Als Privatdetektiv Nigel Strangeways gemeinsam mit seiner Frau Georgia zu einer Tante nach Essex reist, glaubt er noch, er sei nur eingeladen worden, um das rätselhafte Verhalten einer Katze aufzuklären. Doch schnell wird klar, dass der Geist, der offenbar seit Heiligabend in Easterham Manor sein Unwesen treibt, es nicht auf Katzen abgesehen hat, sondern auf sehr reale Menschen. Als ein Mitglied der Familie Restorick in Easterham zu Tode kommt, erwacht der Spürsinn des Detektivs. Welche Geheimnisse birgt das alte Gemäuer, in dem es angeblich spukt? Und welche Absichten verbergen die Gäste der Restoricks?

NICHOLAS BLAKE
ist das Pseudonym des Autors Cecil Day-Lewis (1904–1972). Er war ein irisch-britischer Akademiker, arbeitete eine Zeit lang beim Verlag Chatto & Windus, wurde von der Queen zum Hofdichter ernannt und brauchte irgendwann Geld, weshalb er begann, unter Pseudonym äußerst erfolgreiche psychologische Kriminalromane zu schreiben.

MICHAEL VON KILLISCH-HORN
geboren 1954 in Bremen, studierte Romanistik, Germanistik und Deutsch als Fremdsprache. Er lebt in München als Übersetzer, vor allem aus dem Französischen und Italienischen.

Nicholas Blake

DAS GEHEIMNIS DES SCHNEEMANNS

Eine weihnachtliche Kriminalgeschichte

Aus dem Englischen von
Michael von Killisch-Horn

KLETT-COTTA

MIX
Papier | Fördert gute Waldnutzung
FSC® C083411

Klett-Cotta
www.klett-cotta.de
Die englische Originalausgabe erschien unter dem Titel
»The Case of the Abominable Snowman« im
Verlag Collins Crime Club, Glasgow

Cover: ANZINGER UND RASP Kommunikation GmbH, München
unter Verwendung einer Illustration von
© Dieter Braun, Hamburg
Gesetzt von Dörlemann Satz, Lemförde
Gedruckt und gebunden von
CPI – Clausen & Bosse, Leck
ISBN 978-3-608-98744-7
E-Book ISBN 978-3-608-11699-1

KAPITEL 1

Wär ich ein Possenkönig doch aus Schnee.
WILLIAM SHAKESPEARE

Der große Frost von 1940 war vorüber. Das große Tauwetter hatte eingesetzt. Zwei Monate lang hatte das flache Land um Easterham Manor unter einer eintönigen Schneedecke gelegen, die wie ein Zauberer die vertrautesten Orientierungspunkte in seltsame und stumme Gestalten verwandelte. Durch die beschlagenen Fensterscheiben des Kinderzimmers starrend, konnten John und Priscilla Restorick Easterham Village sehen, das, eine Meile entfernt, allmählich aus seiner schneeweißen Trance erwachte. In dieser Landschaft aus flachen Feldern und kurvenreichen, heckenlosen Straßen gab es außer den Dörfern wenig, was das ständige Toben der Schneestürme aufhalten konnte. Easterham lag halb begraben unter Schneeverwehungen. Immer wenn Männer Korridore durch die einzige Straße oder die Hinterhöfe gegraben hatten, waren sie sofort wieder zugeschneit worden. Heute glich Easterham einer Reihe von halb beendeten Ausgrabungen in einer weißen Wüste; von den roten Dächern gleitend, unter den Schritten der Einwohner zu gelblichem Matsch schmelzend, von den Ulmen des Pfarrhauses prasselnd, nur noch eine löchrige Schneedecke auf den Parzellen bildend, ließ der Schnee allmählich die Umrisse des Dorfs erkennen, das die Kinder kannten.

Doch Johns und Priscillas Aufmerksamkeit galt nicht dem Dorf. Sie starrten mit der tiefen Versunkenheit ihres Alters auf den Schneemann direkt unter ihrem Fenster.

»Queen Victoria wird liquidiert«, murmelte John, der die Gabe hatte, abgedroschene Wörter der Älteren aufzugabeln und sie aufzumöbeln. Er benutzte dieses Wort *sotto voce*, weil er wusste, dass sein Vater das absolut nicht guthieß. Es war ohne jeden Zweifel – wie »Dirne« und »verdammt« – eines jener Wörter, die Shakespeare und die Erwachsenen ruhig benutzen durften, die aber für Kinder nicht geeignet waren. Will Dykes, der Freund ihrer Mutter, der bei ihnen wohnte, hatte es einmal beim Mittagessen gebraucht; und ihr Vater hatte auf tadelnde Weise, die John schmerzlich vertraut war, langsam die Augen geschlossen und einen schockierten Nicht-vor-den-Kindern-Gesichtsausdruck aufgesetzt.

»Queen Victoria wird liquidiert«, murmelte John erneut, wobei er das Wort genüsslich auf seiner Zunge zergehen ließ und beobachtete, wie ein weiterer Schneeklumpen von der sich auflösenden Witwe glitt.

»Queen Victoria wird dekontaminiert«, rief Priscilla, die ihm nicht nachstehen wollte. Sie rieb die beschlagene Stelle auf dem Fenster, auf die sie ihre Stupsnase gedrückt hatte.

»Du bist eine Närrin«, sagte John leutselig. »Dekontaminieren ist das, was man mit dir macht, wenn du mit Senfgas in Berührung gekommen bist. Sonst bekommst du verdammt große Blasen, die aufplatzen.«

»Du sollst dieses Wort doch nicht benutzen.«

»Ist mir doch egal. Tante Betty hat es auch immer benutzt.«

»Sie war erwachsen. Außerdem ist sie tot.«

»Was macht das für einen Unterschied? Sag mal, Maus, findest du nicht auch, dass das mit Tante Betty ziemlich seltsam war?«

»Seltsam? Was meinst du, Ratte?«

»Na ja, dass die ganze Zeit Polizisten da waren und die Erwachsenen wie verrückt herumwuselten.«

»Die wuselten nicht herum. Sie saßen alle da, als ... als warteten sie auf einen Zug. Ja«, führte Priscilla aus, »es war, als würden wir in die Sommerferien fahren. Alle setzen sich hin, stehen wieder auf, stürmen davon und sind zu beschäftigt, um mit uns zu spielen, und du weißt nie, ob sie besonders nett zu dir sein werden oder dir den Kopf abreißen.«

»Aber es gibt keine Polizisten, die herumwuseln, wenn du in die Ferien fährst.«

»Ich mag Mr Strangeways. Er ist mein liebster Polizist.«

»Er ist kein Polizist, du Leopard. Er ist ein Privatimitator.«

»Was ist das?«

»Das ist ... na ja, eben ein Privatimitator, wie Sherlock Holmes. Er klebt sich einen falschen Bart an und verfolgt den Verbrecher bis zu seinem Versteck, wenn die Polizei nicht mehr weiterweiß.«

»Warum kann er den Verbrecher nicht bis zu seinem Versteck verfolgen, ohne sich einen Bart anzukleben? Ich mag Bärte nicht. Es kitzelt, wenn Dr. Bogan mich küsst.«

»Sei kein Esel. Er klebt sich einen falschen Bart an ... na ja, das gehört zu den Dingen, die du verstehen wirst, wenn du älter bist.«

»Ich habe Mr Strangeways nie mit einem falschen Bart gesehen. Und überhaupt, ich bin so alt wie du, Zwillingsratte.«

»Du bist zehn Minuten nach mir geboren worden.«

»Frauen sind für ihr Alter immer weiter als Männer, das weiß doch jeder.«

»So ein Blödsinn! Du bist keine Frau. Du bist ein Wickelkind.«

»Benimm dich nicht wie Miss Ainsley. Sie ist ein arroganter Vampir.«

»Ist sie nicht. Sie hat Onkel Andrew und uns geholfen, den Schneemann zu bauen.«

»Ist sie wohl. Sie hat blutige Fingernägel und spitze weiße Zähne.«

»Damit sie dich besser fressen kann. Tante Betty hat ihre Fingernägel rot lackiert. *Und* ihre Fußnägel. Ich habe sie gesehen, in der Nacht, als sie hereinkam.«

»In welcher Nacht?«, fragte Priscilla.

»In der Nacht, in der sie starb und in den Himmel kam. Sie kam herein und sah mich an, und dann ging sie wieder hinaus. Sie dachte, ich würde schlafen. Ihr Gesicht war totenbleich. Ich konnte sie im Mondlicht erkennen. Sie sah ganz gefroren aus, wie ein Schneemann.«

»Ich nehme an, es war ihr Geist.«

»Sei kein Esel«, sagte John eine Spur weniger selbstsicher. »Wie konnte sie ein Geist sein, wo sie noch gar nicht tot war?«

»Na ja, es wäre nicht das erste Mal, dass ein Geist in diesem schimmligen Haus herumspukt.«

»Was faselst du denn da?

»Das ist ein Geheimnis. Ich hörte Daddy und Mr Strangeways ... Psst, da kommt jemand!«

Hereward Restorick betrat das Kinderzimmer. Der Vater

der Zwillinge war ein ehemaliger Armeeoffizier und Gutsbesitzer durch und durch. Sein flachsfarbener, herabhängender Schnurrbart, den er länger trug, als es in der Kavallerie Mode war, erinnerte an seine sächsische Abstammung. Das Geschlecht der Restoricks of Easterham war älter als das *Domesday Book*.

Hereward blickte sich beunruhigt im Kinderzimmer um; er wirkte wie ein Offizier, der seine Männer inspiziert, den Kopf aber woanders hat.

»Was ist das denn?«, fragte er und deutete auf eine Anhäufung von Spielsachen auf dem Fußboden.

John schob seine Unterlippe vor, als wollte er sich gegen Ärger wappnen. Aber Priscilla war nicht im Geringsten beeindruckt. Mit einer siegesgewissen, eigensinnigen Geste, die sie von ihrer amerikanischen Mutter hatte, warf sie ihre dunklen Locken zurück und sagte:

»Wir misten den Spielzeugschrank aus, Daddy.«

»Ihr mistet aus? Hm. Nun ja, John kann das zu Ende bringen. Es ist Zeit für deinen Musikunterricht, kleiner Lockenkopf.«

Der hohe Schnee und die Quarantäne wegen Masern hatten die Kinder in diesem Halbjahr von der Schule ferngehalten, und ihre Eltern hatten ihnen gelegentlich Unterricht erteilt. Hereward Restorick besaß, eher überraschend für jene, die in ihm den Inbegriff eines Freiluftsportlers sahen, eine Begabung für das Klavier.

Priscilla lief zu ihm, nahm seine Hand und zog ihn aufgeregt zur Tür. Als sie hinausgingen, blickte er noch einmal zu seinem Sohn, der schon wieder aus dem Fenster starrte.

»Mach weiter, alter Mann«, sagte er – nicht unfreundlich,

aber mit unterdrückter Ungeduld in seiner Stimme, was dafür sorgte, dass der Junge sich ein wenig versteifte. »Räum das auf. Du kannst nicht den ganzen Vormittag vertrödeln.«

»Wir haben beobachtet, wie der Schneemann schmilzt.«

»Das ist schon in Ordnung. Aber er wird auch noch da sein, wenn du aufgeräumt hast. Das Luftgewehr ist doch nicht etwa geladen, oder? Bist du sicher?«

»Onkel Andrew sagte, ich könnte aus dem Fenster auf Vögel schießen, als er es mir gab.«

»Ich fragte dich, ob es geladen ist, Sohn.«

»Es muss bereit sein, falls ich plötzlich einen Vogel sehe, und ...«

»Hab ich dir nicht gesagt, dass ein Gewehr niemals geladen sein darf? Du bist zehn, und es wird Zeit, dass du lernst, wie gefährlich Feuerwaffen sind. Also bitte, ich will sehen, dass du die Kugel herausnimmst. Sofort, bevor du es vergisst.«

John tat, wie ihm geheißen. Er war kein ängstliches Kind, aber er wusste, dass es besser war, das jähzornige, furchterregende Temperament seines Vaters nicht durch Ungehorsam zu provozieren. Instinktiv erkannte er, dass sein Vater, der normalerweise ein geduldiger, freundlicher Mann war, gerade leicht reizbar war und beim geringsten Anlass explodieren konnte. Er hatte sich irgendwie verändert in letzter Zeit, daran bestand kein Zweifel. Das hatte damit zu tun, dass die Atmosphäre im Haus seit Tante Bettys Tod eine andere geworden war; all das war Teil eines verwirrenden Bildes, zu dem für John auch seine Abwesenheit von der Schule gehörte, das Kommen und Gehen der Polizisten, die geplatzten

Rohrleitungen, der Schneemann und die gedämpften Unterhaltungen der Erwachsenen, die abrupt abbrachen, wenn er oder Priscilla den Raum betraten. Das gestörte Gleichgewicht eines Haushalts, der sonst so reibungslos lief wie ein Acht-Zylinder-Motor.

John stellte das Luftgewehr in eine Ecke und kehrte zum Fenster zurück. Er öffnete es und lehnte sich hinaus. Überall machte sich das Tauwetter bemerkbar: in dem Schnee, der von den Nadelbäumen hinter dem Tennisplatz blätterte, in der feuchten, milden Luft, die sein Gesicht sanft streichelte, und vor allem in der dahinplätschernden Musik in den Dachrinnen, deren Strom am Ende in einem Miniaturwasserfall in den Steingarten stürzte, und in der ganzen schmelzenden Landschaft dahinter.

Nur der Schneemann schien dieser allgemeinen Auflösung zu widerstehen. Seine Oberfläche hatte zwar ein pockennarbiges, gekörntes Aussehen angenommen, doch seine plumpe Gestalt bewahrte noch immer etwas von der Form, die seine Erbauer ihm gegeben hatten; der Schnee ringsum, festgetreten von vielen Füßen, erinnerte John an seine Verfertigung und an seinen Traum. Er dachte an den Nachmittag vor ein paar Wochen, als Onkel Andrew, Mr Strangeways, Priscilla und er ihn gebaut hatten. Miss Ainsley war auch dabei gewesen, sie trug scharlachrote Wollhandschuhe und pelzbesetzte Schneestiefel und machte eine Menge verrückter, komischer Bemerkungen, die er nicht verstand. Sie war diese Art Frau, die herumsaß und alles kommentierte. Sie hatte sogar einen Küchenstuhl, um sich hinsetzen zu können, aber Onkel Andrew kippte sie sehr bald herunter und ließ sie in den Schnee kullern. Miss Ainsley lachte herzlich und nahm die

Sache sportlich; John glaubte allerdings, dass sie das nicht annähernd so amüsant fand, wie sie behauptete. Dann nahm Onkel Andrew den Stuhl, um darauf den Schneemann zu platzieren. Er sagte, der Stuhl sei ein Thron und der Schneemann Queen Victoria; und Miss Ainsley sagte irgendetwas Vulgäres über die gute Queen, die Hämorrhoiden bekäme, wenn sie draußen im Schnee säße. Die Kinder rollten große Kugeln aus dem feuchten, klebrigen Schnee, die Onkel Andrew in die richtige Position hob und daran schabte und drückte, bis er eine Gestalt geformt hatte, die tatsächlich so aussah wie die Queen in Johns Geschichtsbuch. Dann drückten sie Halfpennymünzen als Augen ins Gesicht, und Miss Ainsley fand eine alte Witwenhaube im Kostümschrank, die sie dem Schneemann auf den Kopf setzten. Doch aus irgendeinem Grund missfiel Daddy das, als er nach draußen kam, um das Ergebnis zu begutachten, und sie mussten die Haube wieder entfernen.

Als er jetzt auf den Schneemann hinunterschaute, empfand John ein eigenartiges Hochgefühl. Es war, als wäre er Gott, der vom Himmel herabblickt und dem Schneemann befiehlt zu schmelzen. Eine der Halfpennymünzen fiel geräuschlos aus der Augenhöhle. »Das ist des Herrn Wille und wundervoll in unseren Augen«, murmelte John träumerisch. Er wollte, dass ein Riss im Kopf des Schneemanns erschien, und siehe da, der Riss erschien tatsächlich. »Schau mal, Maus, Queen Victoria hat einen Riss!«, rief er, ganz vergessend, dass seine Schwester ja gar nicht mehr im Zimmer war.

Erneut erinnerte er sich an seinen Traum. Er war über eine Woche her, aber in ihm noch immer ungewöhnlich lebendig.

Er hatte geträumt, dass er mitten in der Nacht aufwachte und zum Fenster ging. Es war eine mondlose, aber sternenhelle Nacht. Ein paar Meilen entfernt waren die Suchscheinwerfer der Outer Defences senkrecht in den Himmel gerichtet, wie eine Palisade aus Licht. Auf dem Rasen unten konnte er nur die schimmernde, gedrungene Gestalt des Schneemanns erkennen. Aber in seinem Traum verschwand sie und tauchte wieder auf, immerzu, als ginge jemand vor ihr auf und ab (wie er am nächsten Morgen dachte). Es war fast so, als baute jemand einen zweiten Schneemann, doch am nächsten Morgen stand Queen Victoria noch immer allein da, ohne Gefährte: ein bisschen dicker und weniger verlottert vielleicht, weil in der Nacht Neuschnee gefallen war, aber immer noch in ihrer ganzen majestätischen Pracht.

Er hatte seinen Traum niemandem erzählt, außer Priscilla, und in seiner Aufgeregtheit wegen des Luftgewehrs, das er von Onkel Andrew bekommen hatte, hatte er ihn vorübergehend vergessen. Doch als es an diesem Morgen keine pummeligen Vögel mit zerzausten Federn auf dem Rasen gab, auf die er zielen konnte, weil das Tauwetter sie auf ihre normalen Winterwege zurückgeschickt hatte, schien es John, als erlebte er seinen Traum noch einmal.

Es war seltsam, dachte er vage, dass dieser Traum ihn überhaupt nicht erschreckt, sondern nur interessiert und – nur leicht – beunruhigt hatte, als wäre ein Teil von ihm unten auf dem Rasen, während der andere Teil vom Fenster aus zuschaute.

Priscillas Klavierspiel im Gesellschaftszimmer unten hörte auf. Überall herrschte Stille, mit Ausnahme des leisen Plätscherns des tauenden Schnees. Johns Pony in der Koppel schlug plötzlich aus und galoppierte zur Hecke, wobei es den Schnee aufspritzen ließ. Priscilla rannte die Treppe herauf. Unten erschien Mummy, in Gummistiefeln, und sprach mit dem Gärtner. John erinnerte sich, dass er Priscilla etwas fragen wollte.

»Sag mal«, rief er, als sie ins Kinderzimmer kam, »was war das vorhin für ein Unsinn über einen Geist?«

»Selber Unsinn. Ich hörte, wie sie darüber sprachen. Scribbles hat den Geist auf jeden Fall gesehen, sagte Mummy.«

»Katzen sehen keine Geister.«

»Scribbles ist eine sehr kluge Katze.«

»Scribbles ist ein ungezogener alter Stinkstiefel. Wo soll sie ihn denn gesehen haben?«

»Im Bischofszimmer. Das ist alles, was ich gehört habe. Sie brachen das Gespräch ab, als sie sahen, dass ich lauschte. Ach ja, und einer sagte, dass Scribbles merkwürdig aufgedreht war.«

»Aufgedreht? Das ist hirnrissiges Gewäsch. Komm mal her, Maus, und schau dir Queen Victoria an. Sie ist auch rissig.«

Die Kinder lehnten sich Seite an Seite aus dem Fenster. Als sie hinunterblickten, hatte sich der Riss auf dem Kopf des Schneemanns vergrößert. Ein Brocken Schnee glitt sanft wie ein Kameraverschluss über sein Gesicht. Das Gesicht hätte nun eigentlich verschwunden sein müssen. Aber es war immer noch da. Der gedrungene, unförmige Schneemann hatte noch immer ein Gesicht – ein Gesicht, das fast so weiß war wie der Schnee, der es bedeckt hatte, das tote menschliche Gesicht von jemandem, der dort absolut nicht hätte sein dürfen.

John und Priscilla tauschten einen starren, entsetzten Blick aus. Dann rannten sie zur Tür und stürmten die Treppe hinunter.

»Daddy! Daddy!«, schrie John. »Komm schnell! Da ist jemand im Schneemann! Es ist ...«

KAPITEL 2

Erfindungs-Fantasie, nie mehr gefordert,
als wenn der Schönheit aufzuwarten sie bestellt ist.
WILLIAM COWPER

Nigel Strangeways Verstrickung in die makabren und tragischen Ereignisse, die er später den »Fall des abscheulichen Schneemanns« nennen sollte, erfolgte ein paar Wochen, bevor der Schneemann sein Geheimnis preisgab – durch einen Brief an seine Frau Georgia. Mit einem amüsierten Schmunzeln reichte sie ihm den Brief über den Frühstückstisch in ihrem Cottage in Devonshire. Er war auf dickem, cremefarbenem Papier mit dem Briefkopf »The Dower House, Easterham, Essex« geschrieben, in einer Handschrift von besonderer Eigenart und Zartheit. Nigel begann ihn vorzulesen:

»Liebe Cousine Georgia,

es würde einer alten Frau große Freude bereiten, wenn Du und Dein Mann ihr die Ehre erweisen würdet, sie zu besuchen. Ich lebe, wie Du weißt, sehr zurückgezogen von der Welt, und es wäre überaus angenehm für mich, eure Gesellschaft für eine Woche genießen zu dürfen, falls ihr euch entschließen könntet, in diesen unersprießlichen Zeiten die

Reise auf euch zu nehmen. Ich bin mir der Unannehmlichkeiten bewusst, die meine Bitte euch bereiten muss; aber abgesehen von der Freude, die euer Besuch mir machen würde, habe ich ein kleines Problem, das, wenn ich mir die Bemerkung erlauben darf, die Neugier Deines Mannes, dessen Ruf bis in meine ländliche Abgeschiedenheit gedrungen ist, wecken könnte. Das Problem betrifft, um es kurz zu machen, eine Katze ...«

»Oh, also wirklich«, protestierte Nigel, »ich kann doch nicht kurz mal nach Essex fahren, nur um eine vermisste Katze zu suchen.«

»Lies weiter. Es geht um mehr als nur um eine verschwundene Katze.«

»... eine Katze«, fuhr Nigel fort, »die Hereward Restorick von Easterham Manor gehört. Ich bin, hoffe ich, keine Fantastin, wenn ich erkläre, dass hinter dem Benehmen dieser Katze mehr steckt, als auf den ersten Blick erkennbar ist – um eine abgedroschene Phrase zu benutzen. So unvorhersehbar die Gepflogenheiten dieser Sippschaft auch sein mögen, haben wir doch Anlass, uns zu wundern, wenn solch ein Geschöpf allgemeinen Alarm auslöst, indem es sich in einen wahnsinnigen Derwisch verwandelt. Auch wenn ich mich im Herbst meines Lebens befinde, gehe ich davon aus, dass ich noch genügend Verstand besitze, um nicht dem Übernatürlichen zuzuschreiben, was sicherlich mit Vernunft gelöst werden kann. Sollte der scharfsinnige Mr Strangeways meine armseligen Beobachtungen durch seine Fingerzeige ergänzen, würde er, daran hege ich keinen Zweifel, Licht ins Dunkel bringen und damit die Neugier – nein, die schlimmsten Befürchtungen befrieden.

Deine ergebene Cousine
Clarissa Cavendish«

Als Nigel nach dem Vorlesen dieses außergewöhnlichen Briefs wieder zu Atem gekommen war, sagte er zu Georgia:

»Also sag mal, du hast ja ganz schön exzentrische Verwandte. Wer ist denn diese Fantastin aus dem achtzehnten Jahrhundert?«

»Ich habe sie seit Jahren nicht gesehen. Nicht seit sie nach Easterham gezogen ist. Ein Großonkel von mir hinterließ ihr ein hübsches Sümmchen Geld, und sie kaufte das Dower House, und deswegen versuchten sie, sie in die Klapse zu stecken.«

»Georgia, Liebling, sprich bitte am frühen Morgen nicht in Rätseln. Warum sollten sie sie in die Klapse stecken, weil sie ein Dower House gekauft hat? Und wer sind ›sie‹?«

»Die Cousins, die dachten, dass ihr das Erbe nicht zusteht, natürlich. Und der Grund war nicht, dass sie das Haus gekauft hat, sondern dass sie sich so seltsam benahm, nachdem sie es gekauft hatte.«

»Zum Beispiel?«

»Oh, das wirst du alles sehen, wenn wir dort sind.«

»Jetzt, Georgia, jetzt. Der scharfsinnige Mr Strangeways wird nicht den ganzen Weg nach Essex auf sich nehmen, noch dazu in Kriegszeiten, nur um bei einer alten Geistesgestörten zu wohnen und den Fall einer Katze zu untersuchen, die sich in einen wahnsinnigen Derwisch verwandelt hat.«

»Er wird. Und sie ist keine Geistesgestörte: Soweit ich mich an sie erinnere, war sie bemerkenswert vernünftig. Und obendrein reizend. Wenn sie lieber in der Regierungszeit von George III. als in der von Queen Victoria lebt, wie die meisten alten Damen, so heißt das noch lange nicht, dass sie weich in der Birne ist.«

Und so war es beschlossen. Ein paar Tage später trafen sie in Chelmsford ein, wo, wie ihnen Miss Cavendish in einem hoheitsvollen Telegramm mitgeteilt hatte, ein Beförderungsmittel gemietet werden konnte, das sie zum Ziel ihrer Reise bringen würde. Sie hatten allerdings nicht mit der Unwirtlichkeit des Wetters in diesem Teil des Landes gerechnet, obwohl es schon in Devonshire ungemütlich genug gewesen war. Ein eisiger Ostwind peitschte sie, als sie aus dem Bahnhof kamen; Schneehaufen überall; unter dem zinnfarbenen Himmel schien alles Leben stillzustehen.

»Brr«, brummte Nigel. »Wir werden lebendig erfrieren, bevor die Wildkatzenjagd überhaupt angefangen hat. Lass uns wieder nach Hause fahren.«

Sogar Georgia, deren Erfahrung als Forschungsreisende sie eigentlich an solche Unbilden gewöhnt haben sollte, trauerte ein wenig ihrem warmen, strohgedeckten Cottage im Südwesten nach. Doch sie fanden einen Taxifahrer, der gewillt war, den Gefahren der Straße nach Easterham zu trotzen, und sie machten sich auf den Weg. Für die zehn Meilen brauchten sie eine Stunde, mehrmals mussten sie das Auto aus Schneeverwehungen freikämpfen, und einmal wären sie in einer rechtwinkligen Kurve beinahe in einen Fluss gerutscht. Als sie Easterham dann endlich erreichten, dämmerte es bereits.

Das Dower House überragte das, was der Dorfanger sein musste, auch wenn der allgegenwärtige Schnee alles, was darauf hindeutete, unter sich begraben hatte. Er konnte jedoch nicht ganz den Charme von Miss Cavendishs Heim auslöschen, ein Haus aus rotem Backstein, das seine Symmetrie von Fenster und Schornstein, Schrägdach und behaglichen Gauben, Portikus, Oberlichtern und schmiedeeisernem Tor auch in Schnee eingemummelt nicht ganz verbergen konnte, so wie bei einer eleganten Frau auch schwere Pelzmäntel nicht ihre Schönheit verdecken können.

»Hab ich's dir nicht gesagt?«, flüsterte Georgia. »Niemand kann in einem so perfekten Haus leben und geisteskrank sein.«

Nigel bezweifelte die Logik dieser Bemerkung. Doch in seinem Gehirn, betäubt von der Kälte, war nur Platz für einen Gedanken – wie konnte ein so großes Haus eine so kleine Frau beherbergen. Denn Clarissa Cavendish, die sie in der Eingangshalle empfing, war eine Zwergin, die zarte Miniaturausgabe einer Frau, filigran wie eine Schneeflocke. Ihr weißes Haar war zu einer Hochfrisur aufgetürmt und ihr Teint ein Triumph – der Kunst oder der Natur, da war Nigel sich nicht sicher.

»Der Schnee ist wirklich grauenhaft«, bemerkte sie mit kristallklarer Stimme, die gut zu ihrer Erscheinung passte. »Ihr müsst erschöpft von der Reise sein. Ich werde euch euer Zimmer zeigen. Und dann trinken wir eine Schale Tee, Georgia. Mr Strangeways zieht sicher einen Clairet vor.«

Nigel warf ein, dass er nachmittags um halb fünf keinen Clairet trinke.

»Dann heben wir uns die Flasche für das Abendessen auf«,

sagte Miss Cavendish – eine Erwiderung, deren Bedeutung Nigel bald klar werden sollte.

Nach dem Tee bot ihre Gastgeberin an, ihnen das Haus zu zeigen. Nigel akzeptierte bereitwillig, da er bereits von den zahlreichen schönen Stücken fasziniert war, die sie im Gesellschaftszimmer umgaben – Hepplewhite-Stühle, ein Bartolozzi-Stich, ein Satz Miniaturen von Cosway, ein Serviertisch mit mehreren großartigen Beispielen von Battersea-Email, eine Vitrine voller Fächer, Spielzeug, Schnupftabakdosen und Nippes, der von auserlesener Kunstfertigkeit zeugte, Wandbehänge aus Seide und ein Adam-Kamin.

Es war in der Tat ein großes Haus, größer sogar, als er es sich vorgestellt hatte. Miss Cavendish, dieses winzige stocksteife Persönchen, ging voraus und führte sie von Raum zu Raum. Jeder Raum hatte die angenehmen, zur Erbauungszeit üblichen Proportionen. Sogar das elektrische Licht, durch das Miss Cavendish die Kristalllüster glitzern ließ wie gefrorene Wasserfälle, wobei sie nonchalant über die Verdunkelungsvorschrift hinwegging, zerstörte nicht die Illusion einer anderen Epoche: Die Türen waren aus Mahagoni, und die Wände waren in zarten Grün-, Gelb-, Blau- und Taubengrautönen gestrichen.

»Reizend«, wiederholte Nigel mechanisch, »ein perfekter Raum.« Er zwickte sich immer wieder, um sicher zu sein, dass er nicht träumte. Er traute sich nicht, zu Georgia zu blicken. Denn jeder einzelne Raum, den sie betraten, war, mit Ausnahme des Gesellschaftszimmers, einem kleinen Frühstückszimmer, Miss Cavendishs und ihrem Schlafzimmer, vollkommen leer. Nicht ein einziges Möbelstück, kein Vorhang, kein Teppich schmückten ihre exquisite Symmetrie.

Als sie ins Gesellschaftszimmer zurückgekehrt waren, suchte Nigel vergeblich nach einer Bemerkung, die der Situation gerecht würde und Miss Cavendishs Zartgefühl nicht verletzte. Georgia jedoch kam mit ihrer üblichen Direktheit sofort zur Sache.

»Warum sind all diese Räume denn leer, Cousine Clarissa?«, fragte sie.

»Weil ich es mir nicht leisten kann, sie in dem Stil einzurichten, den sie verlangen, meine Liebe«, lautete die vernünftige Antwort. »Ich lebe lieber in einem Teil eines schönen Hauses als in einem ganzen, das hässlich ist. Du wirst sicher einer alten Frau das Recht auf ihre Launen zugestehen.«

»Ich finde das sehr passend«, sagte Nigel. »Sie haben ein elastisches Haus. Sie können sich darin ausdehnen oder einschränken, je nach den Schwankungen Ihres Einkommens.«

»Mr Strangeways«, verkündetet Miss Cavendish, »ich sehe, dass wir uns verstehen werden.«

»Du könntest einen Flügel in jeden dieser Räume stellen, und an jedem sitzt ein Pianist, und sie spielen alle zusammen. Der Klang müsste hervorragend sein bei diesen hohen Decken«, sagte Georgia träumerisch.

»Ich verabscheue das Klavier. Das ist ein Instrument, das für die Töchter von Handwerkern geeignet ist. Das Spinett ist sehr schön. Auch das Cembalo gefällt mir. Aber das Klavier produziert einen vulgären, protzigen Lärm. Ich bin überrascht, dass Restorick es spielt.«

»Restorick?«

»Hereward Restorick, der Besitzer von Easterham Manor. Es befindet sich seit geraumer Zeit in Familienbesitz. Sie waren es auch, die das Dower House erbauen ließen.«

»Ach ja«, sagte Nigel. »Das ist der Bursche, dessen Katze uns zusammengebracht hat, nicht wahr? Wollen Sie uns von der Katze erzählen, Miss Cavendish?«

»Nach dem Dinner, Mr Strangeways. Das ist eine Geschichte, die eine gute Verdauung verlangt. Ich bin eine alte Frau, die man nicht hetzen darf.«

Als sie sich zwei Stunden später in ihrem Schlafzimmer für das Abendessen umzogen, sagte Georgia zu Nigel: »Ich hoffe, du nimmst es mir nicht übel, dass ich dich hierhergeschleppt habe.«

»Liebling, ich würde das auf gar keinen Fall missen wollen. Aber wodurch ist sie so geworden?«

»Jetzt fällt mir alles wieder ein. Clarissa war eine der ersten Blue Stockings - eine Dozentin in Girton, meine ich. Sie machte sich einen Namen als Historikerin, ihre Epoche war das achtzehnte Jahrhundert, darin ging sie richtig auf. Dann hatte sie einen schweren Nervenzusammenbruch - Überarbeitung, und ich glaube, es gab da auch noch eine unglückliche Liebesaffäre. Nachdem sie sich erholt hatte, war ein Teil von ihr ganz in der Georgianischen Ära versunken. Natürlich musste sie ihre Stelle aufgeben, das war eine harte Zeit für sie. Sie arbeitete als Hauslehrerin, bis sie dann geerbt hat.«

Ein schwaches, zartes Gebimmel, wie die Töne einer Spieluhr, drang zu ihnen herauf, und Georgia und Nigel gingen zum Abendessen hinunter. Das weiß getäfelte Frühstückszimmer betonte die Anmut und den glänzenden Teint ihrer Gastgeberin zusätzlich; ihre Augen strahlten in ruhiger Freude. Nigel war gerührt, weil er in dieser alten Frau die intelligente, fröhliche Unabhängigkeit des Mädchens sah, das sie einmal gewesen war. Der Gedanke, dass sie als Hauslehrerin der Gnade schroffer, herablassender Arbeitgeber ausgesetzt gewesen war, war ihm unerträglich.

Eine Frau aus dem Dorf, die in ihrer Spitzenhaube und ihrer kurzen Schürze aus Nesselstoff eigenartig verkleidet wirkte, bediente sie. Das Essen war ausgezeichnet, auch wenn die Portionen auf Miss Cavendishs Statur zugeschnitten waren – ein Stückchen Seezunge, ein Scheibchen Tournedos, hauchdünnes frittiertes Gemüse.

»Wir müssen eure erste Nacht hier feiern«, sagte ihre Gastgeberin. »Annie, die Flasche Clairet.«

Es war ganz offensichtlich die einzige Flasche Clairet in ihrem Weinkeller. Er erwies sich jedoch als ein exzellenter Château Beychevelle, und Nigel lobte ihn gebührend.

»Das ist ein Wein, den Harry ganz besonders geliebt hat«, sagte Clarissa Cavendish; der Hauch eines Gefühls, das Nigel nicht benennen konnte, huschte über ihr geschminktes Gesicht. »Sie werden mir verzeihen«, fuhr sie fort, »dass ich Champagner trinke. Ich vertrage keinen Wein, nur Champagner.«

Annie füllte ihr Glas zur Hälfte aus einer Flasche, die schon vor diesem Abend geöffnet worden war. Der Champagner war schal wie abgestandenes Wasser. Clarissa Cavendish spritzte etwas Sodawasser hinein, hob feierlich das Glas und sagte zu Nigel:

»Ich trinke auf Ihr Wohl, Mr Strangeways.«

Der Schneesturm heulte draußen vor den Fensterläden. Das alte Haus stand felsenfest. Es war eine Nacht – trostlos draußen, warm und beruhigend drinnen – wie gemacht für Gespenstergeschichten, und als hätte sie seine Gedanken gelesen, sagte Clarissa Cavendish, während sie sie in das Gesellschaftszimmer führte, in dem bestimmten Ton einer Professorin, die die Kenntnisse ihres Schülers prüft:

»Mr Strangeways, ich wüsste gern, ob Sie an das Übernatürliche glauben.«

KAPITEL 3

Eine Katze, ein harmlos nützlich Tier.
WILLIAM SHAKESPEARE

»Ich glaube, es gibt mehr Dinge zwischen Himmel und Erde …«

»Ich bitte Sie, Sir«, unterbrach Miss Cavendish ihn und trommelte mit ihren juwelengeschmückten Fingern energisch auf ihr Beistelltischchen, »verschanzen Sie sich nicht hinter irgendwelchen Zitaten.«

Nigel versuchte es erneut. »Gut, also dann, ich glaube, dass wir die Gesetze der Natur noch nicht vollständig verstanden haben, dass sogar die Natur sich nicht immer an ihre eigenen Gesetze hält, dass wir aber die Pflicht haben, nach rationalen Erklärungen für alle Phänomene zu suchen.«

»Das ist schon besser. Ich schließe daraus, dass Sie, wenn Sie eine Katze sehen, die versucht, sich den Kopf an einer Wand einzuschlagen, nicht sofort annehmen, dass sie vom Teufel besessen ist oder eine Geistererscheinung angreift, die nur für ihre Augen sichtbar ist; Sie würden vielmehr vermuten, dass eine innere Störung sie wahnsinnig gemacht hat.«

»Katzentollwut«, warf Georgia ein.

»Ja«, sagte Nigel. »Das Tier hat wahrscheinlich Anfälle. Oder es hatte unerträgliche Schmerzen.«

»Scribbles hat nie Anfälle«, sagte Miss Cavendish streng. »Und ein paar Minuten nach ihrem sonderbaren Benehmen schlief sie sofort ein.«

»Ich denke, Sie sollten besser von Anfang an erzählen«, sagte Nigel.

Die alte Dame nahm eine noch aufrechtere Haltung ein und legte die Hände in den Schoß. Hin und wieder machte sie kleine Handbewegungen, als spielte sie mit einem Fächer. Davon abgesehen bewegten sich während ihrer merkwürdigen Erzählung nur ihr Mund und ihre dunkelbraunen, funkelnden Augen.

»Meine Geschichte beginnt am vierten Tag vor Weihnachten. Ich trank Tee mit Charlotte Restorick, Herewards Frau. Sie ist eine ... Amerikanerin.« Nigel war überzeugt, dass Miss Cavendish sich gerade noch verkniffen hatte, »eine Kolonistin« zu sagen. »Aber ich finde sie recht zivilisiert, und sie gilt allgemein als attraktive Frau. Gott allein weiß, warum sie Restorick geheiratet hat. Er ist ein armer Kerl - nichts als Schnurrbart und Anständigkeit. Die Restoricks sind natürlich ein trauriger Fall von Inzucht. Nachdem die Gäste sich versammelt hatten, kam das Gespräch schnell auf das Thema Gespenster. Es gibt ein Zimmer in dem Manor, das Bischofszimmer genannt wird und in dem es spuken soll, und Elizabeth Restorick schlug vor, wir sollten nachts einmal dort zusammenkommen und - wie sie sich ausdrückte - dem Malheur die Hucke vollhauen.«

»Elizabeth Restorick?«, fragte Nigel. »Wer ist sie?«

»Sie ist ein Flittchen«, erwiderte Miss Cavedish lebhaft. »Herewards Schwester, aber ein ganzes Stück jünger als er und von schockierender Dreistigkeit. Wenn Hereward das

Vermögen der Restoricks geerbt hat, dann hat Elizabeth ihre Lasterhaftigkeit geerbt. Sie wurde allerdings in Amerika erzogen, wir dürfen also nicht zu streng über sie urteilen. Sie müssen wissen, dass Harold Restorick, Herewards Vater, ein paar Jahre in der Botschaft in Washington arbeitete, daher musste er notgedrungen seine Familie nach Amerika mitnehmen, weswegen die Kinder lediglich die rudimentäre Ausbildung erhielten, die das Land zu bieten vermag. Ein Jammer. Denn Elizabeth und Andrew waren beide begabt.«

»Andrew? Das ist der Bruder, nicht wahr?«

»Ja. Er war Harrys Lieblingssohn, obwohl Hereward natürlich der Erbe war. Doch Andrew enttäuschte seinen Vater leider. Er erwies sich als unsteter Bursche, mit einem Hang zu schlechtem Umgang. Dabei ist er ein ziemlich gutaussehender Bursche, und eigentlich nicht wirklich lasterhaft, es sei denn, es ist ein Laster, die Moralpredigten seines Bruders nicht zu ertragen. Er und Elizabeth waren immer sehr eng miteinander.«

»War er auch unter den Gästen an Weihnachten?«

»Ja, war er. Die Gesellschaft bestand aus Elizabeths letzter Eroberung, einem Mr Dykes – eine nervtötende, flegelhafte Person, Verfasser von Liebesromanen –, und Miss Ainsley, eine unscheinbare, geschwätzige Person. Ach ja, ich vergaß Dr. Bogan. Dr. Bogan ist, fürchte ich, ein Quacksalber.«

»Da scheint sich ja eine bunt gemischte Gesellschaft unter einem so konventionellen Dach zusammengefunden zu haben«, kommentierte Georgia. »Ein Flittchen, ein angelsächsischer Landjunker, eine amerikanische Ehefrau, ein unsteter Bursche, eine Klatschtante und ein Quacksalber.«

Clarissa Cavendish neigte ihren Kopf. Ihre Finger zuckten

und fanden dann wieder Ruhe in ihrem Schoß. »Harry hätte das nicht geduldet. Aber Hereward hat kein Rückgrat. Wenn Charlotte eine Person einladen will, dann ist das eben so. Sie ist ein Snob, das arme Mädchen, und glaubt, dass aus jedem hässlichen Entlein ein Schwan wird. Nun denn, wir vereinbarten also, uns in der Weihnachtsnacht im Bischofszimmer zu versammeln.«

»Was erwarteten Sie zu sehen?«, unterbrach Nigel sie.

»Das ist eine dumme Geschichte. Der Bischof von Eastchester hielt sich 1609 in diesem Manor auf. Eines Morgens wurde er in jenem Zimmer tot aufgefunden. Ein paar bösartige Personen behaupteten, er sei von seinem Gastgeber vergiftet worden, und die Sache löste einen Skandal aus. Aber die damaligen Restoricks erklärten, dass der Bischof, der bekanntermaßen ein Genießer war, am Abend zuvor dem Wildbret zu sehr zugesprochen hatte und daran gestorben war. Für mich steht außer Zweifel, dass das die Wahrheit ist. Doch wie auch immer, es hält sich der Aberglaube, dass nachts Stöhnen aus dem Bischofszimmer zu hören ist und der Bischof den Leichtgläubigen in einem Nachthemd aus Batist erscheint, sich den Bauch hält und schrecklich stöhnt.«

»Für mich klingt das eher nach einer albernen Gespenstergeschichte«, sagte Georgia.

»An Heiligabend begaben wir uns alle eine halbe Stunde vor Mitternacht ins Bischofszimmer. Das ist ein entsetzlich kalter Raum, der als kleine Bibliothek genutzt wird, und Charlotte Restorick hatte einen Punsch vorbereitet, um uns von innen zu wärmen. Beim Abendessen war bereits eine Menge Wein getrunken worden, und er und der Punsch sorgten dafür, dass Elizabeth und Miss Ainsley ziemlich angeheitert waren. Ich erinnere mich, dass Restorick mit Betty schimpfte, weil sie auf Mr Dykes Schoß saß, und sie erwiderte, der Bischof hätte seinerzeit noch weitaus Schlimmeres getan. Ihre schnippische Art führte zu einer sehr merkwürdigen, vulgären Szene. Sie ist manchmal sonderbar rabiat. Ein ausgesprochen zanksüchtiges Weib. Aber was für eine Schönheit! Und auf dem Höhepunkt des Streits – obwohl Elizabeth die Einzige war, die stritt, und Restorick nur versuchte, sie zu beruhigen – schlug es Mitternacht. Andrew Restorick sagte, ›Halt die Luft an, Betty, oder der Bischof wird nicht erscheinen.‹ Daraufhin war sie ruhig. Seine Worte schienen auch den Rest der Gesellschaft abzukühlen. Wir saßen auf Stühlen an der Wand, gegenüber dem Kamin. Plötzlich sagte jemand: ›Schaut euch Scribbles an.‹«

Clarissa Cavendish machte eine dramatische Pause. In der Stille konnten Georgia und Nigel hören, wie der Ostwind um das Haus heulte. Miss Cavendish erschauerte ein wenig, sodass ihre Halskette leise klirrte wie Eiszapfen; dann setzte sie ihre Geschichte fort.

»Die Katze hatte eine Untertasse mit Milch geschleckt, die für sie hereingebracht worden war. Jetzt schnurrte sie – ein ziemlich raues, unangenehmes Geräusch, als wäre das Tier ein rostiges Uhrwerk, das von jemandem aufgezogen wird. Dann ging sie in die Mitte des Zimmers, mit seltsam steifen Beinen, machte einen Buckel und schnurrte immer noch infernalisch. Wir waren sprachlos vor Verwunderung. Scribbles schlug uns alle in ihren Bann. Sie duckte sich wie ein Tiger, massierte den Teppich mit ihren Pfoten und starrte in eine Ecke des Zimmers. Plötzlich setzte sie zum Sprung in diese Ecke an. Ich wünschte, ich hätte es nicht gesehen.

Sie sprang, schlug mit dem Kopf gegen die Wand und prallte wie ein Gummiball von ihr ab. Sie wiederholte dieses merkwürdige Verhalten drei- oder viermal, mit größter Wucht und Grausamkeit schleuderte sie sich gegen die nackten Wände oder Bücherregale, bis wir dachten, sie würde sich den Kopf an ihnen einschlagen. Die Versammlung war sichtlich aufgewühlt von dem Anblick. Eine der Frauen – Miss Ainsley, glaube ich – begann zu schluchzen und zu kreischen, sie schrie, die Katze würde irgendetwas Entsetzliches sehen, das für uns unsichtbar sei.«

»Und was dachten *Sie?*«, fragte Nigel scharf.

»Ich dachte, dass die Katze nicht verängstigt war, sondern ihre Jagd genoss.«

Aus irgendeinem Grund ließ dieser mit Miss Cavendishs heller, klarer Stimme geäußerte Kommentar Georgias Blut gefrieren.

»Nach einer Weile«, fuhr die alte Dame fort, »schienen diese eigenartigen Angriffe Scribbles zu ermüden. Sie lief zurück in die Mitte des Zimmers, begann ihren Schwanz zu jagen und drehte sich rasch im Kreis wie ein verrückter Derwisch oder wie ein Kreisel; dann rollte sie sich vor uns zusammen und schlief ein.«

Ein langes Schweigen trat ein. Nigel starrte an seiner Nase vorbei nach unten, weil er der alten Dame nicht in die Augen blicken wollte. Georgia spielte mit ihrer Zigarettenspitze, ausnahmsweise einmal um Worte verlegen.

»Warum haben Sie uns das erzählt?«, fragte Nigel endlich und hob den Kopf.

Clarissa Cavendishs funkelnde Augen blickten in seine. Es war eine Erregung in ihnen, die er nicht ergründen konnte;

sie schienen auch etwas von ihm zu erwarten, als wäre sie eine Lehrerin, die sich nur mit Mühe zurückhalten kann, einen Schüler zur richtigen Antwort zu drängen. Sie sagte:

»Zunächst einmal, Mr Strangeways, was ist Ihre Meinung zu dem Vorfall?«

»Entweder hat die Katze ein Gespenst gesehen oder nicht. Wenn es ein Gespenst war, wäre sie erschrocken gewesen, hätte einen Buckel gemacht, gespien, aber sicher nicht mehrere Angriffe gestartet. Außerdem sind wir so lange bereit, nicht an das Übernatürliche zu glauben, bis wir sicher sind, dass keine rationale Erklärung gefunden werden kann. Die Gewalttätigkeit des Verhaltens des Tiers ... ach ja, wie alt ist es eigentlich?«

»Drei«, sagte Clarissa.

»... hält uns davon ab, es einem katzenhaften Spieltrieb zuzuschreiben. Nehmen wir an, ihr wurde etwas verabreicht. Sie sagten, sie habe eine Untertasse mit Milch bekommen. Ich weiß nicht, welches Gift solche Symptome hervorruft, ohne schlimmere Nachwirkungen zu verursachen. Aber nehmen wir mal an, jemand hat der Milch etwas beigemischt oder ihr eine Injektion gegeben, bevor die Séance begann. Warum hätte er das tun sollen? Um die Anwesenden zu erschrecken, scheint die einzig mögliche Antwort zu sein. Ein Schabernack. Oder um *einen* der Anwesenden zu erschrecken, ernsthaft zu erschrecken.«

»Für einen einfachen Schabernack kommt mir das zu aufwändig und grausam vor«, sagte Georgia. »Wenn der Spaßvogel ein Nachthemd aus Batist getragen, sich den Bauch gehalten und gestöhnt hätte – aber der Gespensterbischof scheint ja ins Abseits gedrängt worden zu sein.«

Miss Cavendish nickte energisch und gab der Armlehne ihres Sessels einen zustimmenden Klaps.

»Wenn der Schabernack ernster gemeint war«, fuhr Nigel fort, »und gegen ein bestimmtes Mitglied der Versammlung gerichtet, dann bedeutet das, dass da irgendetwas in dem Verhalten der Katze war, das das Opfer verstanden und mehr erschreckt hat als die anderen. War jemand besonders verstört, abgesehen von Miss Ainsley?«

»Kennen Sie *Hamlet*, Mr Strangeways?«

Nigel bejahte.

»Dann erinnern Sie sich sicher an das Stück im Stück – wie der König die Schauspieler beobachtet und Hamlet den König beobachtet. An Heiligabend waren wir nicht alle von den Sperenzchen der Katze in Bann geschlagen. Ich riskierte einen Seitenblick und bemerkte, dass Andrew Restorick ein anderes Mitglied der Versammlung anstarrte.«

»Wen?«

»Das kann ich Ihnen nicht genau sagen. Die Stühle waren im Halbkreis aufgestellt. Andrew saß ganz links außen und starrte auf einen von denen am anderen Ende, es hätte seine Schwester Elizabeth sein können oder Dr. Bogan oder Mr Dykes.«

»Dann waren Sie selbst also auch nicht ganz und gar von dem Spiel gefesselt, Miss Cavendish?«

»Sir, Sie sind wirklich hartnäckig!«, rief sie mit einer Koketterie, die ein gewisses Unbehagen nicht verbergen konnte. »Ich habe immer noch meinen Verstand, hoffe ich. Ich werde wohl noch meine Augen benutzen dürfen.«

»Und war einer von den dreien besonders verstört?«

»Ich glaube nicht. Betty schaute stumpfsinnig vor sich

hin, ich dachte, sie sei zu beschwipst, um zu erschrecken. Mr Dykes schien vor sich hin zu schimpfen. Dr. Bogan wirkte sehr reserviert. Ich sah allerdings, wie er und Betty hinterher ihre Köpfe zusammensteckten.«

»Hat es seitdem irgendwelche Konsequenzen gegeben?«

Miss Cavendish starrte ihn verständnislos an, als käme der Begriff in ihrem Wortschatz nicht vor.

»Sie schrieben in Ihrem Brief, Sie hätten gewisse Befürchtungen«, beharrte Nigel. »Fürchten Sie, es könnte mehr dahinterstecken als die Halluzinationen einer Katze? War das nur ein Anfang?«

Merkwürdigerweise schien die alte Dame nicht reden zu wollen. Ihr Blick war jetzt unkonzentriert, sie starrte unbestimmt und schmerzerfüllt vor sich hin. Sie wirkte verloren. Schließlich erhob sie sich aus ihrem Sessel, ging schwer, auf ihren mit Quasten geschmückten Elfenbeinstock gestützt, in die Ecke des Zimmers, fuhr mit ihrem Finger über einen Stich an der Wand und sagte, mit dem Rücken zu Nigel und Georgia:

»Ja, ich *habe* Angst. Irgendetwas stimmt nicht in dem Haus. Ich kann es nicht genau beschreiben, aber ich weiß, dass es so ist. Ich habe«, ihre Stimme stockte ein wenig, »ich habe aus bestimmten Gründen ein besonderes Interesse an dieser Familie, insbesondere an Elizabeth und Andrew. Meine Gründe sind nicht von Bedeutung, und deswegen bitte ich um Nachsicht, dass ich nichts weiter dazu sage. Eines *kann* ich Ihnen aber sagen: dass ich mich lieber dem Teufel und all seinen Engeln aussetzen würde als dem Einfluss, der in Easterham Manor zu spüren ist, was immer das auch sein mag.«

»Ich verstehe«, sagte Nigel freundlich. »Sie wollen, dass ich …«

Clarissa Cavendish drehte sich zu Nigel um und richtete ihren Elfenbeinstock wie einen Degen auf ihn. Ihre Stimme hatte jetzt eine solche Schärfe, dass er sich in seinem Sessel aufrichtete.

»Ich möchte, dass Sie herausfinden, was genau da nicht stimmt. Ich möchte, dass Sie herausfinden, was Dr. Bogan in dem Haus macht. Ich halte ihn für eine äußerst unangenehme Person. Und wovor Hereward Restorick Angst hat. Und was in jener Nacht in Andrew Restoricks Herz vorging, als er der Katze keine Beachtung schenkte, sondern eindringlich eine andere Person in dem Zimmer anstarrte. Und ich möchte«, fügte sie flüsternd hinzu, sodass Nigel es gerade noch hören konnte, »dass Sie Elizabeth vor der Verdammnis bewahren.«

Sie kehrte zu ihrem Sessel zurück und blickte Nigel erwartungsvoll an.

»Sind sie alle noch da … die Gäste?«

»Sie kommen und gehen. Aber im Augenblick sind sie alle im Manor und werden vorerst auch dort bleiben. Im Winter sind die Straßen kein reines Vergnügen.«

»Aber wissen Sie«, erklärte Nigel freundlich, »ich bin nicht befugt …«

»Darum habe ich mich gekümmert. Es gibt da eine gewisse Society for Psychical Research. Und Sie sind ab jetzt Mitglied. Ich habe Sie zu mir gebeten, damit Sie den Vorfall mit der Katze untersuchen. Es ist alles geregelt.«

»Aber ich verstehe nicht das Geringste von Parapsychologie.«

»Ich habe mir ein paar Bücher über das Thema besorgt. Sie werden sie morgen studieren, und am Abend sind wir zum Dinner im Manor eingeladen.«

Nigel verschlug es fast den Atem angesichts der Eigenmächtigkeit von Miss Cavendish. Er wäre gern etwas skeptischer gewesen, was ihre unglaublichen Behauptungen betraf, aber sie hatte ihn gegen seinen Willen beeindruckt. Mehr noch, sie hatte ihn äußerst neugierig gemacht und den dringlichen Wunsch in ihm geweckt, die schemenhaften Umrisse der Charaktere, die sie beschrieben hatte, auszufüllen.

»Was für ein Doktor ist Dr. Bogan?«, fragte er.

»Der Medizin, meine ich. Ich hoffe, ich werde nie eines seiner Medikamente einnehmen müssen.«

»Wer hat ihn eingeladen? Wissen Sie das?«

»Elizabeth lädt viele unzumutbare Personen ins Manor ein.«

»Dann ist sie also selbst häufig dort?«

»Ja. Sie ist ein recht launisches Mädchen, fürchte ich. Aber Hereward kann ihr schlecht das Haus verbieten.«

Miss Cavendishs Antworten waren nicht sehr aufschlussreich, dachte Nigel. Er versuchte es auf andere Weise.

»Gab es damals irgendwelche Erklärungen für das Verhalten der Katze? Hat jemand die Untertasse untersucht?«

»Was die anderen später darüber sagten, weiß ich nicht. Hereward hielt es für angebracht, die Versammlung sofort aufzulösen. Er gehört zu den Menschen, die lieber ignorieren, was sie nicht verstehen können. Er würde eher hundert Matratzen übereinanderstapeln, als nach der Erbse zu suchen. Ich weiß also nicht, ob die Untertasse untersucht wurde.«

»Sie sagen, Dr. Bogan und Elizabeth Restorick hätten nach

dem Vorfall die Köpfe zusammengesteckt. Haben Sie irgendwas von dem verstanden, was sie gesagt haben?«

»Nichts von Bedeutung, da bin ich sicher. Ich bin etwas schwerhörig, aber geschickt im Lippenlesen. Ich meine, dass Dr. Bogan zu Elizabeth so etwas sagte wie *stick it, E.*, aber ich habe ihnen keine große Beachtung geschenkt. Und jetzt, meine Lieben, nach diesem anstrengenden Tag werdet ihr mir vergeben, wenn ich mich zurückziehe. Wenn ihr vor dem Schlafengehen noch eine Tasse Schokolade wollt, läutet nach Annie. Ich freue mich, euch beide hier zu haben.«

Mit bemerkenswerter Würde erhob sich die alte Dame, küsste Georgia auf die Wange, reichte Nigel ihre zarten, juwelengeschmückten Finger und ging, auf ihren Stock gestützt, hinauf in ihr Schlafzimmer.

KAPITEL 4

Über allem hing ein Schatten von Furcht.
THOMAS HOOD

Als sie am folgenden Abend aus dem Wagen stiegen, den Hereward Restorick geschickt hatte, um sie abzuholen, war Easterham Manor nichts als eine Masse, die sich noch schwärzer gegen die Schwärze der Nacht abhob. Nigel konnte gar nicht anders, als Miss Cavendish aufs Wort zu glauben, dass das Haus in der Regierungszeit von Queen Elizabeth erbaut und seitdem kaum verändert worden war. Die jungfräuliche Königin und ihre Untertanen, überlegte er, hatten niemals unter einer solchen Verdunkelung gelitten. Der Wagen fuhr wieder los, die Schneeketten klirrten, und leichte Schwaden aufgewirbelten Schnees markierten den Weg der unsichtbaren Räder. Die Eingangstür öffnete sich. Easterham Manor gehörte ganz offensichtlich zu der Art von Häusern, deren Tür sich öffnete, ohne dass man läuten musste. Es sollte ein feudales, mehrgängiges Dinner geben. Nigel drückte Georgias Arm, als sie hineinhuschten, und hinter ihnen schloss der Butler rasch die Tür.

Ein Dienstmädchen führte Georgia und Miss Cavendish nach oben, damit sie ihre Mäntel ablegen konnten. Für Miss Cavendish bedeutete das ein ziemliches Unterfangen, denn obwohl ihr Gastgeber so aufmerksam gewesen war, ihnen einen Wagen zu schicken, und die Fahrt von Tür zu Tür kurz gewesen war, hatte sie sich eingemummelt wie für eine Polarexpedition. Neben einer Mütze trug sie einen Pelzmantel und eine Golfjacke aus Leder über ihrem Abendkleid und – ihrer Mrs-Noah-gleichen Figur nach zu urteilen – darunter sechs oder sieben Petticoats.

Während das Entkleiden Fortschritte machte, hatte Nigel Muße, die Eingangshalle zu betrachten, in der er zurückgelassen worden war. Sie war groß genug, um auf der Weltausstellung einen nicht unerheblichen Platz zu beanspruchen, mollig warm (amerikanische Ehefrau, Zentralheizung, jede Menge Geld, dachte Nigel) und auf fast überwältigende Weise elisabethanisch mit ihren großen Eichen- und Zederntruhen, Schilfmatten, eisernen Kerzenleuchtern und Wappen an den Wänden – die Art von Halle, die Charlotte Restorick vermutlich als »herzallerliebst« bezeichnet hätte.

Ja, das hätte sie sicher, dachte Nigel ein paar Augenblicke später, als Mrs Restorick in einem herrlichen Goldlamékleid auf sie zuschritt. Er musste sich sehr am Riemen reißen, sie nicht mit »Mrs Rittenhouse« anzusprechen, denn sie sah der vornehmen, spitzbübischen Gastgeberin, der in *Animal Crackers* so übel mitgespielt wird, täuschend ähnlich.

»Ich freue mich, dass Sie da sind, Clarissa«, dröhnte sie mit der Stimme eines röhrenden Hirschs. »Und das ist die berühmte Georgia Strangeways. Hereward, habe ich nicht immer gesagt, dass ich dafür sterben würde, Mrs Strangeways kennenzulernen?«

Hereward Restorick stimmte mit wohlerzogenem Gemurmel zu, während er an den Spitzen seines Schnurrbarts zupfte.

»Angenehm«, war er zu vernehmen. »Großartige Frau. Habe Ihre Romane gelesen.«

»Oh, wie peinlich die Männer doch sind«, rief seine Frau schalkhaft. »Mrs Strangeways schreibt keine Romane, Hereward. Sie ist die Forscherin, du erinnerst dich. Willkommen in Easterham Manor, Mr Strangeways. Ich finde, die Parapsychologie ist einfach herzallerliebst. Hereward, den Sherry, die Ärmsten müssen halb tot sein vor Kälte. Und jetzt, Mrs Strangeways, möchte ich, dass Sie Mr Dykes kennenlernen. Will Dykes, wissen Sie, der proletarische Romanschriftsteller. Ich bin sicher, Sie haben wahnsinnig viel gemeinsam, klug, wie Sie beide sind. Eunice, das ist Mr Strangeways, der alles über unser Gespenst für uns herausfinden wird. Mr Strangeways, Miss Ainsley.«

Ein Gong ertönte, kaum weniger bedeutungsschwanger als Big Ben, aber nicht wirklich erfolgreich im Wettstreit mit Mrs Restoricks glockengleicher Stimme. Zwei Männer betraten den Raum, der eine schlank, braungebrannt, von recht athletischer Statur, der andere blass, gebeugt und bärtig. Sie wurden als Andrew Restorick und Dr. Dennis Bogan vorgestellt. Und in diesem Moment, inmitten der durcheinanderredenden Stimmen, klang Clarissas wie ein klirrender Eiszapfen.

»Wo ist Elizabeth?«, fragte sie. »Leistet sie uns keine Gesellschaft?«

Die Wirkung dieser unschuldigen Frage war unglaublich. Sie löste ein kurzfristiges Schweigen aus, das Nigels Nerven kribbeln ließ, als hätte Clarissa eine unverzeihliche Anklage vorgebracht. Er bemerkte, dass manche der Anwesenden sich verstohlen beobachteten, als wollten sie abschätzen, welche Wirkung Miss Cavendishs Frage auf ihre Nachbarn hatte. Für einen Augenblick schien alles in der hilflosen Unwirklichkeit eines Albtraums erstarrt. Dann sagte ihre Gastgeberin:

»Tut mir leid. Elizabeth fühlt sich nicht wohl. Sie hatte einen ihrer Anfälle und wird heute Abend nicht herunterkommen können. Sie ist untröstlich. Wie geht es ihr, Dr. Bogan?«

»Der Puls ist immer noch ein wenig hoch. Aber ich hoffe, sie wird morgen wieder aufstehen können.« Die Stimme des Doktors war wie Öl, das auf tobende Wogen gegossen wird. Eigentlich hätte das die eigenartige Situation beenden sollen, doch dann sagte Clarissa Cavendish:

»Zu viele Cocktails. Sie sollten sie ihr verbieten. Sie sind nicht gut für den Kreislauf.«

Das war eine ungewöhnliche Bemerkung, zumal sie von Miss Cavendish kam, dachte Nigel, die doch normalerweise eigentlich die Zeremonienmeisterin war. Die Art, wie ihre Worte aufgenommen wurden, zeigte jedoch, dass Miss Cavendish dem Haushalt enger verbunden war, als er gedacht hatte. Sie schienen die Situation eher zu beruhigen, als die Spannungen noch zu verschärfen, obwohl Nigel sie ziemlich unpassend fand. Einige der Anwesenden lachten nachsichtig, und Andrew Restorick sagte:

»Miss Cavendish, Sie sind unverbesserlich. Ich glaube, auch Sie würden es vorziehen, uns mit Sherry und Clairet unter dem Tisch zu sehen, als an einem Gläschen mit verwässertem Gin und Angostura nippend.«

»Zu meiner Zeit«, erwiderte die alte Dame lebhaft, »wurde Gin nur vom einfachen Volk getrunken. Ein Penny das Viertelpint. Betrunken für einen Penny, sturzbetrunken für zwei, sagte man.«

Erneut kribbelte Nigels Kopfhaut. Es war unheimlich, dieses »zu meiner Zeit«, das sich auf eine Zeit vor zweihundert Jahren bezog, ein Jahrhundert, aus dem Clarissa Cavendish, die kerzengerade in ihrem geblümten Kleid und einer Aura wohlkalkulierter Höflichkeit dasaß, möglicherweise als Wiedergängerin zu ihnen gekommen war.

»Ein Penny das Viertelpint!«, rief Miss Ainsley. »Das waren noch Zeiten! Aber ich dachte eigentlich, nur Brotlaibe wurden als Viertelpint verkauft!«

Miss Cavendish betrachtete die zappelnde rotwangige junge Frau voller Verachtung durch ihr Lorgnette, ohne eine Antwort zu geben. Will Dykes murmelte deutlich hörbar:

»So wie manche von Ihnen reden, könnte man Betty für trunksüchtig halten.«

»Wirklich, Dykes«, protestierte Hereward und massierte seinen Schnurrbart noch energischer. »Ich bin mir nicht bewusst, dass jemand angedeutet hätte ...«

»Oh nein. Wir deuten gar nichts an. Wir sitzen hier als höfliche Damen und Herren und tun so, als bemerkten wir den üblen Geruch nicht.«

»Ein ungeschliffener Diamant«, flüsterte Charlotte Restorick Georgia ins Ohr. »Aber was für ein Talent, was für eine angeborene Ehrlichkeit, der arme Kerl. Er wurde in der Gosse geboren, buchstäblich in der Gosse, meine Liebe. Das ist doch wundervoll, meinen Sie nicht?«

Georgia wurde von dem Butler, der das Dinner ankündigte, davor bewahrt, eine Meinung zu Mr Dykes wundersamer Geburt äußern zu müssen. Nigel fand sich neben seiner Gastgeberin wieder, Dykes saß ihm gegenüber. Der Romanschriftsteller, den er jetzt mit mehr Muße studieren konnte, wirkte eindeutig wie ein Fisch auf dem Trockenen, und er tat nichts, um diese Unstimmigkeit zu verbergen. Sein Haar lag in einer geölten Tolle über einer breiten Stirn, seine grobe Haut und seine vorstehende Unterlippe verliehen ihm eine Hässlichkeit, die durch die lebhaften, forschenden Augen und eine ungewöhnlich vollklingende Stimme wettgemacht wurde. Nigel kam zu dem Schluss, dass er hier weder aus seiner proletarischen Herkunft Profit schlug, noch sich von seiner Umgebung einschüchtern ließ. Die Art, wie er eine Lanze für Elizabeth Restorick gebrochen hatte, hatte etwas Sympathisches gehabt. War er vielleicht in sie verliebt? Welche Erklärung könnte es sonst dafür geben, dass er sich in eine Gesellschaft begab, in die er so offensichtlich nicht passte? Und - eine Frage, die ihm keine Ruhe ließ - warum hatte die Erwähnung der abwesenden Elizabeth so scharfe und unterschiedliche Reaktionen bei diesen Leuten ausgelöst? Ja, es saß ein Gespenst an dieser Festtafel; und Nigel dachte bei sich, dass es nichts mit den Halluzinationen der Katze Scribbles zu tun hatte.

Nigel hatte die Gabe, die man mehr bei Frauen als bei Männern findet, sich aktiv an einer Unterhaltung zu beteiligen, während seine Aufmerksamkeit auf etwas ganz anderes gerichtet war. Er beobachtete die anderen Gäste intensiv, machte sich aber gleichzeitig so seine Gedanken über Mrs Restorick. Sobald er begann, sich von seinen anfänglichen Assoziationen an Mrs Rittenhouse freizumachen, fand er, dass sie durchaus eine ziemlich reale Person war. Sie hatte den positiven Hochmut der Amerikaner, der so viel angenehmer ist als sein negatives englisches Gegenstück, weil er auf Tatendrang und Erfahrungshunger beruht.

»Wir werden nach dem Abendessen alle ins Bischofszimmer hinaufgehen«, sagte sie. »Sie werden das Verbrechen sicher vor Ort rekonstruieren wollen, Mr Strangeways.«

Die Bemerkung wurde von einem hellen, höflichen Lachen begleitet, aber auch von einem Blick aus ihren saphirblauen Augen, der Nigel aus der Fassung brachte. Er fragte sich, was sie damit meinte. Was für eine merkwürdige Art, von der von Halluzinationen geplagten Katze zu sprechen. Er sagte:

»Ich fürchte, ich bin nur ein Amateur, wissen Sie, Mrs Restorick. Sie dürfen nicht zu viel von mir erwarten. Seien Sie nicht enttäuscht, wenn es mir nicht gelingt, das Geheimnis Ihres Gespenstes zu lüften.«

»Ach ja. Das Gespenst. Ich nehme an, jede alte Familie in diesem Land hat ihr«, sie machte eine kurze Pause, »ihr Skelett.«

»Der Bischof muss nach dem, was man so hört, ein ziemlich gewichtiges Skelett gewesen sein. Haben Sie selbst etwas in dem Zimmer gesehen oder gehört, Mrs Restorick?«

»Nein. Ich fürchte, ich bin kein Medium.« Sie drehte ihren Kopf, um Will Dykes in die Unterhaltung mit einzubeziehen. »Glauben Sie an Gespenster, Mr Dykes?«

Nigel hörte mit einem Ohr die kämpferisch dogmatische Antwort des Romanautors. Aber er hörte auch dem Gespräch am anderen Ende des Tischs zu, an dem Hereward Restorick, Andrew, Georgia und Clarissa saßen. Mrs Restoricks Bemerkung über »das Verbrechen« schien dort ein Gesprächsthema vorgegeben zu haben. Hereward und Georgia sprachen über einen Kriminalroman, den sie beide gelesen hatten. Plötzlich warf Andrew ein:

»Das Problem mit Kriminalromanautoren ist, dass sie sich um das wahre Thema herumdrücken.«

»Das wahre Thema?«, fragte Georgia.

»Das Thema des Bösen. Das ist doch das einzig wirklich Interessante am Verbrechen. Ihre üblichen Nullachtfuffzehn-Verbrecher, die stehlen, weil sie das für den einfachsten Weg halten, ihren Lebensunterhalt zu verdienen, die für Geld morden oder aus reiner Verzweiflung, sind nicht interessant. Und der Verbrecher im durchschnittlichen Kriminalroman ist noch uninteressanter, allein dazu da, die verschachtelte, konstruierte Handlung zusammenzuhalten, die Hauptprämisse eines Arguments, das nirgendwohin führt. Aber was«, hier nahm Andrew Restoricks ruhige Stimme einen lauteren, dringlicheren Ton an, der alle am Tisch aufhorchen ließ, »was ist mit demjenigen, der das Böse feiert? Der Mann oder die Frau, deren ganzes Leben von der Macht abhängt, andere zu verletzen oder herabzusetzen?«

Schockierte Stille trat ein. Der Satz »der das Böse feiert« ließ die ganze Gesellschaft in eisigem Schweigen erstarren, als hätte Andrew das Gorgonenhaupt aus seiner Serviette hervorgeholt. Und erneut wurde Nigel sich eines allgemeinen Zurückschreckens bewusst – eine Besorgnis, die weit größer war, als die Bemerkung hätte hervorrufen sollen; nicht so sehr eine Besorgnis vielleicht, als ein schauderndes Entsetzen vor dem Erscheinen von etwas, das alle erwartet hatten. Unsinn, dachte Nigel gereizt, du wirst schon so krank wie Scribbles. Hereward sagte:

»Komm schon, Andrew, alter Knabe. Solche Leute gibt es nicht. Nicht im wirklichen Leben. Es gibt so viel Gutes im Schlechtesten von uns ... Wie geht der Spruch noch gleich?«

»Was ist mit Hitler?«, fragte Miss Ainsley matt.

Will Dykes sagte: »Restorick hat recht. Das ist zu lebensfremd. Die findest du im wirklichen Leben nicht - nicht Charaktere wie der Hausdiener und die Gouvernante in *The Turn of the Screw*.«

Andrew Restorick zog die Schraube noch etwas an, indem er sagte:

»Oh, da täuschen Sie sich aber. Ich bin ein wenig in der Welt herumgekommen, und ich sage Ihnen, ich habe solche Geschöpfe kennengelernt. Drei von ihnen, um genau zu sein. Einer war ein Amerikaner in Konstantinopel, ein Erpresser. Der zweite war ein sadistischer SA-Mann in Breslau, der sich eines Nachts vollllaufen ließ und mir anvertraute, er lebe nur für die Folter, die er Gefangenen zufügen dürfe.« Andrew Restorick machte eine Pause.

»Und der dritte?«, ermunterte Miss Cavendish ihn kaltblütig. »Sie heben sich etwas ganz besonders Grauenhaftes für den Höhepunkt auf, da bin ich mir sicher.«

»Der dritte«, sagte Andrew Restorick bedächtig, mit einer Stimme, die Nigel aus einem Abgrund aus Schmerz und tiefer Bestürzung zu dringen schien, »der dritte, da Sie mich schon fragen, kann, falls ich mich nicht sehr irre, heute Nacht in diesem Haus gefunden werden.«

»Oh, Andrew«, rief Clarissa Cavendish, »Sie sind abscheulich. Ich protestiere, wegen Ihnen habe ich am ganzen Körper Gänsehaut.«

»Andrew, du bist sehr ungezogen«, sagte Mrs Restorick,

hineinplatzend wie ein schalkhafter Titan, um die Situation zu retten. »Andrew ist ein schrecklicher Scherzbold. Er versucht, uns in Panik zu versetzen wegen unserer kleinen Séance heute Abend. Das dulde ich nicht, Andrew, Mr Strangeways möchte, dass wir die Sache ruhig und wissenschaftlich angehen.«

»Tut mir leid, Charlotte. Meine Fantasie ist mit mir durchgegangen«, sagte Andrew Restorick, um ihr ein wenig zu Hilfe zu kommen. »Aber ich bleibe dabei, dass es solche Leute gibt. Was sagen Sie, Dr. Bogan? Sie müssen doch aus einem reichen Erfahrungsschatz schöpfen können, was das angeht.«

Der Doktor, der das Gespräch mit einem aufmerksamen, verschmitzten Blick verfolgt hatte, zupfte sanft an seinem Bart. Sein Blick wurde leer, als ginge er in Gedanken Fallgeschichten durch.

»Ich neige dazu, Ihnen zuzustimmen, Restorick. Natürlich haben wir in meinem Beruf nicht die gleichen Werte. Für uns gibt es kein Gut oder Böse. Nur Krankheit oder Gesundheit. Wir urteilen nicht. Aber ja, ich glaube, dass es Menschen gibt, die unheilbar geisteskrank sind, die, wie Sie sich ausdrücken, für das Böse leben. Ich halte das für möglich.«

Doch an diesem Punkt beendete ihre Gastgeberin energisch die makabre Diskussion, indem sie die Damen mit einem Blick aufforderte, ihr zu folgen. Als die Herren allein waren, hatte Nigel mehr Muße, sich umzuschauen. Das Esszimmer war groß genug, um es als Bankettsaal zu bezeichnen; ganz hinten befand sich eine Empore für Musiker. Die Tafel wurde von elektrischen Kerzen in schweren Eisenleuchtern erhellt, und in dem gewaltigen Kamin schienen mehrere Baumstämme zu brennen.

»Das muss ein wunderschönes Haus sein«, sagte er höflich zu Hereward Restorick.

»Ich würde es Ihnen gern zeigen. Es hat etwas von einem Labyrinth. Kommen Sie morgen früh. Mit Ihrer netten Frau. Sie müssen auch die Kinder kennenlernen.«

Nigel hatte die ansehnliche Charlotte Restorick nicht unbedingt als Mutter von Kindern gesehen. Er sagte, er würde sich freuen.

»Und ich sage, Strangeways«, fuhr sein Gastgeber fort und wirkte dabei wie ein schwermütiger Spaniel, der auf frischer Tat ertappt worden ist, »wegen Ihrer Séance heute Abend. Meine Frau kann es gar nicht erwarten, andernfalls würde ich ... was ich meine, ist, alle sind etwas aufgeregt ... dieser Krieg, wissen Sie ... und wir wollen die Frauen nicht erschrecken, daher dachte ich ... nun ja, was meinen Sie?«

Nigel entnahm diesem zusammenhanglosen Gemurmel, dass sein Gastgeber die parapsychologische Sitzung gern ausfallen lassen würde, ohne sie selbst absagen zu müssen. Nigel wäre nur allzu bereit gewesen, diesem Wunsch zu entsprechen, vor allem angesichts eines gewissen eindringlichen skeptischen Blicks, den er bei Dr. Bogan wahrgenommen hatte – ein Blick, der Schlimmes verhieß für Betrüger. Aber die Situation in Easterham Manor war so geheimnisvoll, dass die Neugier die Vorsicht überwog, deswegen entschied er sich für einen Kompromiss und sagte, er denke, er sollte daran festhalten, da seine Gastgeberin es von ihm erwarte, aber es werde alles ganz harmlos und unspektakulär ablaufen – lediglich eine Aufnahme der Fakten.

Und so versammelten sich alle eine Stunde später im Bischofszimmer. Es war ein unscheinbarer Raum, düster und kalt trotz des Feuers, das im Kamin brannte. Regale standen in Abständen an den Wänden, gefüllt mit verstaubten, in Kalbsleder gebundenen Büchern und Exemplaren dunkler Zeitschriften aus dem neunzehnten Jahrhundert. Die Decke war so niedrig, dass Nigel sich bücken musste, um sich nicht an einem der massiveren Balken den Kopf anzuschlagen. Kalte Zugluft lief wie Mäuse über den Boden und die Knöchel hinauf.

Nichts von alldem hatte jedoch irgendeine Wirkung auf Charlotte Restoricks Verhalten. Sich von ihrem Stuhl erhebend, die Hände auf ihrem üppigen Busen und einen Ausdruck von vorweggenommener Verzückung auf ihrem Gesicht, verkündete sie dem Halbkreis von Stühlen - als wären sie der kampfbereite Rat der Vierhundert -, wie glücklich sie sei, Mr Strangeways hierzuhaben, den namhaften Experten für Parapsychologie, der mit ihrer Hilfe das Geheimnis des Bischofszimmers lüften werde.

Die vereinte Wirkung dieser Ankündigung und des Zimmers lösten in Nigel die Empfindung aus, sein Blut würde abwechselnd in seinen Adern kochen und gefrieren. Dennoch ergriff er das Wort, wobei er ein unverhohlenes Augenzwinkern von Georgia ignorierte und Dr. Bogans Blick beharrlich auswich. Mrs Restorick habe seine Fähigkeiten stark übertrieben, begann er. Er sei ein reiner Amateur in Parapsychologie. Aber der Vorfall an Heiligabend habe seine Neugier geweckt - und apropos, wo sei eigentlich Scribbles?

Charlotte Restorick errötete und sagte, das sei ihr unangenehm, aber in der Aufregung habe sie ganz vergessen, die Katze hochbringen zu lassen. Sie sprach ins Haustelefon. Nigel erwartete fast, der Butler würde erscheinen und die Katze auf einem Tablett servieren, doch dann kam Scribbles auf den Armen eines Hausmädchens herein, das die Vorstellung, das Zimmer zu betreten, in dem es spukte, sichtlich in Panik versetzte. Sie ließ ihre Last auf den Boden fallen – wo sie sich augenblicklich zusammenrollte und zu Nigels Füßen einschlief – und rannte die Treppe hinunter.

In der Zwischenzeit hatte Nigel, der sich dachte, das sei die einfachste Weise, sein Unwissen zu verbergen, begonnen, jeden der Anwesenden zu bitten, ihm seine Version des Vorfalls zu erzählen. Ihre Aussagen wichen nur wenig voneinander ab. Eunice Ainsley erschauderte heftig von ihrem blonden Kopf bis zu ihren zierlichen Zehen und beteuerte, sie habe einen seltsamen, unheimlichen Schatten an der Wand entlanghuschen sehen, genau dort, wo die Katze sich den Kopf eingeschlagen habe. »Autosuggestion«, murmelte Dr. Bogan, womit er Nigel die Worte aus dem Mund nahm. Andrew Restorick gab eine geschönte Darstellung von Scribbles Verhalten, eine Darstellung, die nicht auf eigener Anschauung beruhen konnte, wenn er – wie Miss Cavendish behauptet hatte – eher die Wirkung als den Urheber des weihnachtlichen Schreckens beobachtet hatte. Hereward Restorick trug eine nüchterne Zusammenfassung der Geschichte des Bischofszimmers bei. Alle wirkten ein wenig ernüchtert, ein wenig beschämt wegen der Heftigkeit, mit der sie auf das Ereignis regiert hatten. Nigel hatte das Gefühl, dass etwas Entscheidendes fehlte – die Anwesenheit, vielleicht, der schwer fassbaren Elizabeth Restorick.

»So viel zu den Fakten«, sagte er. »Jetzt müssen wir die Möglichkeit in Erwägung ziehen, dass das Ganze ein Scherz war. Wer hat das Experiment ursprünglich vorgeschlagen?«

»Betty«, sagte Charlotte Restorick. Sie drohte ihrem Schwager schalkhaft mit dem Finger. »Andrew, bist du sicher, dass es nicht einer von deinen und Bettys Streichen war? Ihr zwei betragt euch ja manchmal wie ungezogene Kinder.«

»Diesmal unschuldig«, erwiderte Andrew mit gutherzigem Lächeln.

»Aber verdammt noch mal«, sagte Hereward, »man kann einer Katze doch nicht beibringen, sich so zu benehmen. Das war unglaublich. Zum Grausen.« Die Versammlung erschauerte leicht. Hereward sprach hastig weiter. »Ich will damit nicht sagen, dass das Viech besessen war. Es muss etwas gefressen haben, das ihm nicht bekommen ist.«

»Wer hat Scribbles die Milch gegeben?«, fragte Nigel.

Nach einem Augenblick allgemeinen Zögerns sagte Will Dykes:

»Betty.«

»Das ist doch absurd«, sagte Miss Ainsley. »Betty würde das nie tun. Sie hasst Tiere.«

»Mag sein, aber ich habe sie gesehen«, beharrte Will Dykes.

»Vielleicht hat jemand sie darum gebeten.« Nigel blickte die Gäste fragend an. Sie schüttelten den Kopf oder schwiegen.

»Tja, dann muss ich sie selbst fragen.«

»Verdammt noch mal!« Will Dykes explodierte plötzlich. »Ist das eine polizeiliche Ermittlung oder was? Es ist immer Betty, die für alles verantwortlich gemacht wird.«

»Seien Sie kein Narr, Dykes«, sagte Miss Ainsley boshaft. »Nur weil Betty Sie am Gängelband hat, meinen Sie, sie sei ein Engel. Ich könnte Ihnen Dinge erzählen ...«

»Halten Sie Ihre Zunge im Zaum, Sie Miststück!«, rief Will Dykes.

Die Szene war unglaublich, wie ein Donnerschlag bei klarem Himmel. Ausnahmsweise war Nigel vollkommen ratlos. Selbst die vorwarnenden Brisen, die während des Dinners über die Tafel geweht waren, hatten ihn nicht auf diesen Sturm vorbereitet. In diesem Haus schienen die Nerven blank zu liegen, sodass schon die leichteste Berührung einen Aufschrei auslöste. Mrs Restorick riss sich jedoch zusammen und trotzte dem Wirbelsturm – oder, besser, brachte es fertig, so zu tun, als bemerkte sie ihn nicht. Die Gesellschaft wurde nach unten geführt. Letzte Drinks wurden serviert. Herewards Chauffeur fuhr die Bewohner von Dower House nach Hause. Nigel und Georgia waren eingeladen worden, früh am nächsten Morgen wiederzukommen.

Eine halbe Stunde später tauschten sie ihre Eindrücke aus.

»Liebling, ich wünschte, wir wären nicht hergekommen«, sagte Georgia. »Das gefällt mir nicht. Ich habe noch nie in meinem Leben eine solche Angst gehabt.«

Das war ein erstaunliches Geständnis, denn Georgia hatte in ihren fünfunddreißig Jahren mehr Gefahren getrotzt als die meisten Menschen in ihrem ganzen Leben. Doch Nigel glaubte ihr.

»Was hat dir am meisten Angst gemacht?«

»Andrew Restorick, als er sagte, es gebe jemanden im Haus, ›der das Böse feiert‹. Eines seiner drei Beispiele. Weißt du, er meinte es ernst. Er wollte uns nicht auf die Schippe nehmen.«

»Genau das dachte ich auch«, erwiderte Nigel nüchtern.

»Clarissa weiß das. Die Geschichte mit der Katze war nur ein Vorwand, um dich herzulocken.«

»Ich frage mich, wen Andrew gemeint hat. Was glaubst du? Elizabeth? Was hat Clarissa doch gleich gesagt? ›Ich möchte, dass Sie Elizabeth vor der Verdammnis bewahren.‹ Ich denke, das ist nicht ganz meine Kragenweite.«

»Hast du bemerkt, kurz nach unserer Ankunft, als Clarissa fragte, ob Elizabeth uns heute Abend Gesellschaft leisten würde, wie komisch die anderen reagiert haben? Wie merkwürdig die Leute sich angeschaut haben?«

»Ja. Das lässt mich vermuten, dass jeder von ihnen sein eigenes Geheimnis über sie hat und verstohlen versuchte herauszufinden, ob die anderen es erraten haben. Was ich meine, ist, wenn Leute ein Geheimnis *teilen*, besteht ihre Schutzreaktion darin, dass sie sorgfältig den Blicken der anderen ausweichen.«

»Was ausschließt, dass Elizabeth durch eine Art allgemeiner Verschwörung von uns ferngehalten wurde. Sie muss ein bemerkenswertes Geschöpf sein. Du konntest ihren Namen nicht ein Mal erwähnen, ohne dass jemand merkwürdig reagierte oder an die Decke ging.«

»Nun ja, es ist sinnlos, darüber zu spekulieren, solange wir nicht wissen, was dahintersteckt. Ich frage mich, ob es ihr morgen gut genug gehen wird, damit wir sie sehen können. Ich würde nur zu gern wissen, *weswegen* Dr. Bogan sie behandelt.«

Tatsächlich sollte Nigel Elizabeth Restorick am nächsten Tag zu sehen bekommen, allerdings unter ganz anderen Umständen, als er gedacht hatte. Als sie am Morgen nach einem mühsamen Marsch durch den Schnee in Easterham Manor eintrafen, öffnete ihnen der Butler. Sein dickes weißes Gesicht zitterte wie Pudding. Mit einer Stimme, die er kaum unter Kontrolle hatte, sagte er:

»Mrs Restorick wünscht, dass ich Sie in ihr Zimmer führe.

Oh Sir, es ist etwas Schreckliches geschehen. Miss Elizabeth ...« Seine Stimme versagte.

»Geht es ihr ... schlechter?«

»Sie ist tot, Madam. Milly fand sie heute Morgen. Tot.«

»Das tut mir sehr leid. Wir hatten ja keine Ahnung, dass sie so krank war. Ich bin sicher, sie möchten lieber nicht, dass wir ... Bitte versichern Sie sie unseres tiefsten Mitgefühls.«

»Mrs Restorick hat ausdrücklich darum gebeten, dass Sie hereinkommen. Sie müssen wissen, Sir«, der Butler schluckte, »Miss Elizabeth hat sich erhängt.«

KAPITEL 5

Gott machte den Hals für einen anderen Gebrauch,
als in einem Strick erdrosselt zu werden.
A. E. HOUSMAN

Als sie in Mrs Restoricks Zimmer warteten, erinnerte sich Nigel an einen früheren Fall, dessen Lösung von einem jungen irischen Mädchen abhängig gewesen war, das sich Jahre vorher in einem anderen Land umgebracht hatte. Anfangs hatte er über jene Judith ebenso wenig gewusst, wie er jetzt über diese Elizabeth wusste. Judith war ein Gesicht gewesen, das er auf einem alten Schnappschuss gesehen hatte. Elisabeth war für ihn immer noch eine schemenhafte Gestalt; er wusste wenig über sie, abgesehen von dem, was Miss Cavendish ihm zwei Abende zuvor erzählt hatte – dass sie die Lasterhaftigkeit der Familie Restorick geerbt hatte und dass sie eine Schönheit war. Und gestern Abend hatte es jedes Mal, wenn ihr Name erwähnt worden war, eine eigenartig heftige Reaktion gegeben.

Charlotte Restorick erschien. Schock und Trauer hatten sie ihre kleinen Affektiertheiten in Rede und Gebärden abstreifen lassen, und sie strahlte jetzt eine ruhige Würde aus, die Nigel sehr beeindruckte. Als er ihr verhärmtes Gesicht sah, stellte er sich vor, dass sie von der Tragödie in ihrem Haushalt am meisten belastet wurde. Georgia versuchte, ihr ihr Mitgefühl auszudrücken. Charlotte nahm es mit einer freundlichen Vornehmheit entgegen, die es umso unangemessener erscheinen ließ; dann wandte sie sich an Nigel.

»Mr Strangeways, ich habe eine Bitte an Sie, die Sie natürlich ohne Weiteres ablehnen können. Eine Bitte und ein Geständnis. Ich fürchte, ich habe Sie gestern Abend unter falschen Voraussetzungen hergebeten. Miss Cavendish hatte mir erzählt, Sie seien Privatdetektiv, und ich bat sie, sie nach Dower House einzuladen. Der Vorfall im Bischofszimmer schien dafür der beste Vorwand zu sein. Nur Miss Cavendish und ich kennen, soweit ich weiß, ihren wahren Beruf.«

»Sie hatten erwartet, dass etwas geschehen würde?«

»Ich wusste es nicht. Ich war in großer Sorge – aber darüber reden wir später. Worum ich Sie bitte, ist«, ihre Hände umklammerten die Rückenlehne ihres Stuhls, sodass ihre Fingerknöchel weiß wurden, »einen Blick auf Elizabeth zu werfen. Nur das. Ich weiß, dass etwas nicht stimmt, aber mir ist nicht klar, was es ist. Kommen Sie danach zu mir, und wir reden darüber. Vielleicht habe ich mir in den letzten Wochen nur etwas eingebildet, es war alles so unerklärlich. Ich ...«

Sie verlor ein wenig den Faden, und um sich selbst zu stoppen, wandte sie sich abrupt an Georgia:

»Ob Sie wohl den Kindern eine Weile Gesellschaft leisten könnten? Das wäre sehr freundlich. Priscillas Gouvernante hat Urlaub, und Miss Ainsley mögen sie nicht. Ich möchte nicht, dass sie unbeaufsichtigt durchs Haus streifen, nicht jetzt.«

Georgia stimmte bereitwillig zu. Mrs Restorick ließ ihrem Mann eine Nachricht zukommen und ging dann mit Georgia nach oben. Hereward erschien und führte Nigel zu Elizabeths Zimmer. Unterwegs entschuldigte er sich - eine vage und eher lächerliche Entschuldigung - für die Unannehmlichkeiten, die sie Nigel bereiteten. Er wirkte verstörter als seine Frau, als hätte er der Tragödie nichts als seine gute Erziehung entgegenzusetzen, und damit wurde er der Belastung nicht Herr.

»Ich nehme an, Sie haben die Polizei gerufen?«, fragte Nigel.

Hereward zuckte zusammen. Ein Ausdruck von Widerwillen legte sich über seine Gesichtszüge. »Ja, ich fürchte, das wird ein schrecklicher Skandal. Sie wissen ja, wie das in diesem Land ist, Skandal und Klatsch. Natürlich, Dixon wird sein Bestes tun, um es unter dem Teppich zu halten. Er ist der Chief Constable. Ein Freund von mir. Ein famoser Kerl. Vorsicht, stoßen Sie sich nicht den Kopf am Türrahmen.«

Das obere Stockwerk des Hauses war, wie Restorick gesagt hatte, ein wahres Labyrinth. Dunkle, schmale Korridore, die sich zu schlängeln und abzubiegen schienen, bis man jede Orientierung verlor. Niedrige Türen. Stufen, die nach oben oder unten führten, wo man sie am wenigsten erwartete.

»Haben Sie auch nach einem Arzt geschickt?«

»Oh, das hielt ich nicht für notwendig. Bogan ist ja da. Er hat sich um sie gekümmert.«

Er warf einen unsicheren Blick auf Nigel, der ebenso sprechend wie Worte war - verteufelt unangenehm, das alles; ein vollkommen Fremder; keine Ahnung, warum Charlotte ihn da hineinziehen will. Er machte einen so rührend verzweifelten Eindruck, dass Nigel versuchte, ihm aus der Klemme zu helfen.

»Mein Onkel ist Assistant Commissioner beim New Scotland Yard. Ich habe eine gewisse Erfahrung in diesen Dingen. Vielleicht kann ich irgendwie helfen.«

»Durchaus. Durchaus. Sehr nett von Ihnen. Also, hier sind wir. Andrew sagte, wir sollten nichts anrühren. Ich, äh, lasse Sie allein. Robins – das ist unser Constable – wird bald hier sein. Er war gerade nicht da, als ich anrief. Schwer durchzukommen bei diesem Schnee«, sagte Hereward Restorick, öffnete eine Tür und zog sich eilig zurück.

Es war vielleicht der merkwürdigste Anblick, der sich ihm jemals geboten hatte, denn alles – sogar die zentrale Gestalt – schien dagegen zu sprechen, dass sich hier eine Tragödie abgespielt hatte. Es war ein fröhliches Zimmer, mit einer Decke, die höher als die meisten anderen im Manor war, einer hübschen geblümten Tapete und hellen Vorhängen des gleichen Musters. Die Verdunkelungsvorhänge waren zurückgezogen worden, sodass der Glanz des Schnees den Raum mit einem ungewöhnlich strahlenden Licht erfüllte. Helle Kleidung war über die Stühle verstreut, ein dunkelroter Pantoffel auf dem Boden zog den Blick auf sich, und in den Spiegeln des Toilettentischs spiegelte sich eine stattliche Reihe von Parfümfläschchen und Toilettenartikeln. Ein reiner, angenehmer Geruch von Sandelholz lag in der Luft. Es hätte das Zimmer eines jungen Mädchens sein können, voller Unschuld und Lebensfreude.

Und tatsächlich hätte auch Elizabeth Restorick, die, ein doppelt gezwirntes Seil um den Hals, mitten im Zimmer an einem Balken hing, ein junges Mädchen sein können. Sie war splitterfasernackt. Ihr Körper war selbst im Tod von einer jugendlichen Vollkommenheit, die atemberaubend war. Glänzend im Licht des Schnees, die rotlackierten Zehennägel so nah am Fußboden, dass sie beinahe auf Zehenspitzen zu stehen schien, forderte ihr Körper den Blick heraus und demütigte ihn. Nigel verstand, was für ein Chaos das Mädchen zu Lebzeiten verursacht haben mochte.

Aber sie war eine Frau, kein Mädchen. Wenn auch ein wenig verzerrt durch die Art ihres Todes – friedlich allerdings und vage lächelnd –, zeigten ihre Gesichtszüge Zeichen von Erfahrung. Unter ihren braunen Augen waren leichte Falten zu erkennen, und die Haut an den Schläfen wirkte müde und spröde. Einen Moment lang war Nigel von der Schönheit und dem gleichgültigen Blick der toten Frau so fasziniert, dass ihm das Merkwürdigste an ihr beinahe nicht aufgefallen wäre. Ihr Gesicht war geschminkt. Nachdem er das bemerkt hatte, kehrten seine Gedanken immer wieder zu dieser Tatsache zurück, sogar während er mit den routinemäßigen Voruntersuchungen beschäftigt war. Ihr Gesicht war sorgfältig geschminkt, wenn auch nicht ganz perfekt – der Lippenstift folgte nicht ganz den Linien des Mundes. Nun gut, niemand konnte erwarten, dass sie gerade in dieser Situation eine ruhige Hand hatte. Er hatte das Gefühl, dass ihm das eine ganze Menge über Elizabeth verriet – dass sie ihr Gesicht für diese Verabredung mit dem Tod hätte abschminken sollen.

Aber vielleicht hatte sie es gar nicht. Vielleicht hatte sie ihr Tages-Make-up niemals entfernt. Denn warum hätte sie sich die Mühe machen sollen, wenn sie genau dies vorgehabt hatte? Nein, das war nicht von Bedeutung, entschied Nigel. Für einen Augenblick hatte er einfach nur sein Augenmaß verloren, als er dieses schöne, künstliche Gesicht gesehen hatte, über das das dunkle Haar fiel, den lasziven Kopf, der auf den Körper gesunken war, der derjenige eines unschuldigen Mädchens hätte sein können.

Nichts, hatte Hereward gesagt, war angerührt worden. Dann hatte sie also keinen Abschiedsbrief geschrieben, es sei denn, Hereward hatte in seiner krankhaften Angst vor einem Skandal einen gefunden und beschlossen, es sei besser, ihn verschwinden zu lassen. Hereward oder jemand anderer, der ein Interesse daran haben konnte – ein Abschiedsbrief von Elizabeth hätte ohne Weiteres mehr als einer Person schaden können, dachte Nigel bei sich. Nun ja, es kam durchaus vor, dass Selbstmörder keinen Brief hinterließen. Und vielleicht war Elizabeth ihrer Rolle treu geblieben, indem sie sich nackt erhängt und ihre Schönheit bis zum Schluss zur Schau gestellt hatte. Bis er besser über die Fakten Bescheid wusste, blieb Nigel nichts mehr zu tun. Er verließ das Zimmer und fand den Weg nach unten.

Als er sich Mrs Restoricks Zimmer näherte, sah er ihren Mann in der Eingangshalle mit einem Polizisten reden, der verstohlen versuchte, etwas von dem anhaftenden Schnee von seinen Stiefeln loszutreten. Wenn Hereward so zuversichtlich war, den Chief Constable davon zu überzeugen, die Sache zu vertuschen, dann schien es mehr als wahrscheinlich, dass er auch den Dorfpolizisten auf seine Seite ziehen würde. Und was war mit Dr. Bogan? Würden seine Lippen ebenfalls versiegelt bleiben? Nigel ahnte, dass er es nicht leicht haben würde. Aber bis jetzt hatte er ja keinen Anlass zu glauben, dass es überhaupt irgendetwas zu vertuschen geben könnte – irgendetwas jenseits des Selbstmords einer unberechenbaren Verwandten. Oder wollte Hereward es wie einen Unfall aussehen lassen?

Charlotte Restorick saß an ihrem Schreibtisch. »Ihre Frau ist ein Schatz«, sagte sie, »die Kinder sind schon ganz verrückt nach ihr. Kommen Sie, setzen Sie sich zu mir und erzählen Sie mir, was Sie über all das denken.«

»Darf ich Ihnen vorher ein paar Fragen stellen?«

»Natürlich.«

»Wer fand die Leiche?«

»Milly. Sie ist das Mädchen, das sich um die arme Betty kümmerte. Sie schaute heute Morgen um neun nach ihr – Betty schlief gern lang – und fand sie so. Dann hörten wir sie schreien.«

»Was passierte dann? Rannten alle hinauf?«

»Hereward, Andrew und ich gingen hoch und sahen, was geschehen war. Ich wollte, dass man das arme Ding losmacht, aber Andrew sagte, in dem Zimmer dürfe nichts angerührt werden.«

»Hinterließ sie einen Abschiedsbrief für jemanden?«

»Nein. Jedenfalls haben wir keinen gefunden. Vielleicht ist er irgendwo weggeschlossen. Wir dachten, es wäre besser, nichts zu öffnen, bis die Polizei kommt.«

»Haben Sie sich vergewissert, dass sie tot ist? Sofort?«

»Oh, Mr Strangeways, wir wussten es. Aber Andrew schickte Hereward trotzdem zu Dr. Bogan.«

»War die Tür verschlossen, bevor Milly hineinging?«

»Das weiß ich nicht. Sie hat natürlich einen Schlüssel. Soll ich nach ihr läuten?«

Das Mädchen erschien sogleich, mit geröteten Augen und zitternd. Sie sagte, ja, die Tür sei verschlossen gewesen. Nein, sie habe nichts in dem Zimmer angerührt, sie hätte sich nicht getraut, selbst wenn man ihr hundert Pfund angeboten hätte.

»Was ist mit den Verdunkelungsvorhängen? Waren sie offen oder geschlossen?«, fragte Nigel.

Milly sagte, sie sei viel zu erschrocken gewesen, um es zu bemerken.

»Sie waren geschlossen«, sagte Mrs Restorick. »Wir konnten Betty in dem Licht sehen, das durch die Tür fiel, aber Andrew zog sie auf, damit wir mehr Licht hatten.«

»Dann war es also ziemlich dunkel? Ich meine, das elektrische Licht brannte nicht, als sie eintraten?«

Sowohl Mrs Restorick als auch Milly bejahten es.

»Milly«, fragte Nigel, »wann haben Sie Miss Restorick zum letzten Mal gesehen?«

»Um zehn Uhr gestern Abend, Sir. Ich ging hinauf, um ihr zu helfen, sich fürs Bett fertig zu machen, die arme Seele.«

»Ach, sie war nicht im Bett? Ich dachte, es sei ihr gestern Abend nicht gut gegangen.«

Mrs Restorick warf einen raschen, scharfen Blick auf ihn. »Sie fühlte sich nicht wohl genug, um zum Dinner herunterzukommen. Aber sie war nicht im Bett. Sie ist nur in ihrem Zimmer geblieben. Dr. Bogan wollte, dass sie gleichmäßige Wärme hat.«

»Ich verstehe. Sie haben ihr also geholfen, sich fürs Bett fertig zu machen, Milly? Aber mir ist aufgefallen, dass Sie ihre Kleider nicht weggeräumt haben.«

»Sie wollte nicht, dass ich es tue, Sir.«

Nigel runzelte die Stirn. »Erinnern Sie sich an ihre genauen Worte?«

»Sie sagte, ›Du brauchst dich heute Abend nicht um meine Kleider zu kümmern, Milly. Geh jetzt, sei so gut‹, sagte sie. Na ja, da bin ich dann natürlich nach unten gegangen, aber die Sache kam mir schon etwas seltsam vor ... Miss Elizabeth hat immer Wert darauf gelegt, dass ihre Kleidung ordentlich weggeräumt wird.«

»Wirkte sie müde? Deprimiert?«

Das Mädchen dachte einen Augenblick nach. »Tja, Sir, das ist auch seltsam, wenn man sieht, was die arme Dame vorgehabt hat. Aber sie wirkte nicht traurig. Sie kam mir eher irgendwie aufgeregt vor.«

»Und das war das Letzte, was Sie von ihr gesehen haben ... bis heute Morgen? Hatte sie ihr Nachthemd an, als Sie sie verlassen haben?«

»Ja, Sir. Sie saß vor dem Spiegel und machte ihr Gesicht, in Nachthemd und Morgenrock.«

Nigels Augen sprühten plötzlich Funken, und der Ton seiner Stimme ließ das Mädchen zusammenzucken, als er sagte:

»Sie machte ihr Gesicht? Sie meinen, sie schminkte es?«

»Oh nein, Sir. Sie hatte es abgeschminkt und trug eine Feuchtigkeitscreme auf. Das tat sie jeden Abend.«

»Ich verstehe«, sagte Nigel nach einer kurzen Pause. »Und jetzt, Milly, können Sie ein Geheimnis bewahren?«

»Oh ja, Sir. Was soll ich ...«

»Ich will, dass Sie mit niemandem – wirklich niemandem, verstehen Sie – über das reden, was wir hier besprochen haben.«

Das Mädchen versprach es und wurde fortgeschickt. Nigel bemerkte, dass Charlotte Restorick ihn sehr genau beobachtete. Er stand auf, ging zum Kamin und begann gedankenverloren mit einem Lalique-Fisch zu spielen, der auf dem Sims stand, eine zarte, groteske Glasarbeit, allerdings nicht grotesker als der Gedanke, der ihn beschäftigte.

»Ich fürchte, ich verstehe nur allzu gut, was Ihnen durch den Kopf geht«, flüsterte Mrs Restorick. »Aber das ist nicht möglich. Sie *müssen* sich täuschen, Mr Strangeways.«

»Wie gut kannten Sie Miss Restorick? Hat sie sich Ihnen anvertraut? Hatten Sie irgendeinen Grund zu glauben, sie könnte Selbstmord begehen?«

»Ich kannte sie nicht sehr gut. Ich bewunderte sie – sie war ein so schönes Geschöpf und so voller Leben. Aber ich denke nicht, dass je irgendeine Frau«, Mrs Restorick betonte das letzte Wort ein wenig, »sie wirklich gut kennengelernt hat. Ich will ganz offen zu Ihnen sein. Sie hätten es sowieso selbst herausgefunden. Elizabeth war eine Männer-Frau, jeder Zoll von ihr. Manche von uns sind so, andere nicht. Nein, sie hat sich mir nicht anvertraut. Sie war nie für längere Zeit hier. Natürlich gab es hier immer ein Zimmer für sie, aber sie war unberechenbar und verschlossen ... und kam und ging. Sie hatte ihr eigenes Einkommen, durch das Erbe ihres Vaters, und war die meiste Zeit in London oder auf Reisen.«

»Sie sind nie auf den Gedanken gekommen, sie könnte sich das Leben nehmen?«

»In letzter Zeit war sie oft schlecht gelaunt und nervös.«

»In letzter Zeit?«

»Dieses Mal fiel es uns besonders auf. Sie kam kurz vor Weihnachten.«

»Was für eine Krankheit hatte sie?«

Mrs Restorick schaute etwas verwirrt drein. »Ich denke, das fragen Sie am besten Dr. Bogan.«

»Das werde ich. Verstehe ich das richtig, dass er offiziell für sie zuständig war? Ist er die ganze Zeit hier gewesen? Kannten Sie ihn vorher schon?«

»Ich weiß nicht viel über ihn. Elizabeth brachte gewöhnlich ganz zwanglos Leute mit. Er war ein Freund von ihr. Aber ich glaube, sie konsultierte ihn auch beruflich. Er ist irgendein Spezialist aus London. Er war jedes Wochenende hier, seit Elizabeth gekommen war.«

»Und Ihre anderen Gäste, sind sie alle schon seit kurz vor Weihnachten hier?«

»Andrew kam eine Woche vor den anderen. Will Dykes und Miss Ainsley kamen am selben Tag wie Elizabeth. Sie wollten zwei Wochen bleiben, aber jetzt ...«

»Kannten sie sich alle vorher schon?«

Charlotte Restorick stand von ihrem Stuhl auf und ging zu Nigel. Ihr schönes volles Gesicht bewahrte seine Würde, obwohl sie nicht versuchte, ihre innere Bedrängnis zu verbergen.

»Mr Strangeways«, sagte sie, »all diese Fragen ... hören wir auf, uns etwas vorzumachen. Sie glauben nicht, dass meine Schwägerin Selbstmord beging.«

Nigel blickte sie direkt an. »Sie haben den Leichnam gesehen. Das Gesicht war geschminkt. Milly sagte uns, Miss Restorick hätte sich abgeschminkt, als sie sie verlassen hat. Milly sagte, sie habe ›aufgeregt‹ geklungen. Glauben Sie wirklich, dass Elizabeth, dass irgendeine Frau sich abschminken *und sich dann wieder schminken* würde, bevor sie sich erhängt?«

Mrs Restoricks Hände umklammerten den Rand des Schreibtischs hinter ihr.

»Sagen Sie es ganz offen«, flüsterte sie.

»Elizabeth war ›aufgeregt‹, nicht deprimiert. Sie wollte, dass Milly schnell das Zimmer verlässt, als würde sie jeden Augenblick einen Besucher erwarten, daher sagte sie ihr, sie brauche die Kleider nicht wegzuräumen. Sie hatte angefangen, sich abzuschminken, weil sie nicht wollte, dass Milly glaubte, sie würde einen Besucher erwarten. Als Sie sie heute Morgen fanden, war ihr Gesicht geschminkt und ihr Körper nackt. Dafür gibt es nur eine Erklärung. Sie erwartete *tatsächlich* einen Besucher, und es besuchte sie auch *tatsächlich* jemand ... ein Liebhaber. Und dieser Jemand tötete sie.«

KAPITEL 6

Es gibt schlimmeren Zeitvertreib in der Welt,
als einer Frau den Puls zu fühlen.
LAURENCE STERNE

Ein paar Minuten später nahm Mr Restorick Nigel mit, um die anderen zu befragen. Es war, dachte Nigel, eine schreckliche Karikatur des Abends zuvor; da war sie wieder, die Verlegenheit und Gekünsteltheit der Hausbewohner, die sich im Gesellschaftszimmer versammelt hatten, und der Hauch von Förmlichkeit in der Art, wie Charlotte Restorick ihn vorstellte; während Nigel selbst sich in seiner Rolle nur etwas weniger unbehaglich fühlte als am Abend zuvor. Mrs Restorick hatte ihm zugestimmt, dass keiner von beiden die furchtbare These erwähnen sollte, die er hinsichtlich Elizabeths Tod geäußert hatte; und daher stellte sie ihn in einer Ansprache, die zwischen zwanglos und förmlich schwankte und zu der ihre Würde sie sogar unter diesen Umständen befähigte, als einen Freund vor, der einige Erfahrung in diesen Dingen habe und sich bereiterklärt habe, ihnen zu helfen, so gut er könne.

»Mr Strangeways scheint ein Mann mit vielen Talenten zu sein«, murmelte Andrew, als Mrs Restorick fertig war. »Ermittler für paranormale Phänomene. Freund in einer Notlage. Experte in, äh, polizeilichen Angelegenheiten.«

Hereward rutschte auf seinem Stuhl hin und her und blickte seinen Bruder an. Miss Ainsley starrte Nigel an, mit ungebührlich offenem Mund, während ihre nikotingelben Finger an ihrer Unterlippe zogen. Dr. Bogan starrte zur Decke und strich seinen Bart. Will Dykes sah, wie Nigel feststellte, als er seinen Blick über die Anwesenden wandern ließ, aus dem Fenster, eingekapselt in seine Trauer, während Tränen seine Wangen hinunterliefen. Die anderen bemühten sich nach Kräften, so zu tun, als bemerkten sie es nicht. Dykes war also in sie verliebt, dachte Nigel, daran besteht kein Zweifel. Er kümmerte sich nicht weiter um den Romanschriftsteller und wandte sich an alle Anwesenden.

»Ich hoffe, Sie betrachten mich nicht als einen Eindringling. Die Polizei wird Ihnen gleich Fragen stellen, und es wäre sicher besser für alle, wenn Sie darauf vorbereitet sind. Es geht natürlich nicht darum, eine Geschichte zurechtzubasteln, aber Sie sollten sich über die wesentlichen Punkte im Klaren sein.«

Nigel machte eine Pause, die lang genug war, um zu erkennen, wie wenig überzeugend diese Einleitung klang. Dann fuhr er fort:

»Also, zunächst einmal, hat jemand von Ihnen vermutet, dass so etwas geschehen könnte? Hatte jemand gehört, dass Miss Restorick damit gedroht hat, sich umzubringen? Gibt es irgendeinen Grund, warum sie das getan haben könnte?«

Ein unbehagliches, düsteres Schweigen trat ein. Hereward Restorick sagte schließlich, als hielte er es für seine Pflicht als Gastgeber, das Gefühl der Unbehaglichkeit zu verscheuchen:

»Ich persönlich hatte nie den Eindruck, dass ... aber Betty

war natürlich ein ziemlich ... na ja, ich meine, sie war ein ziemlich ...«

»... neurotisches Mädchen«, ergänzte Andrew in einem so schroffen Ton, dass sogar Nigel zusammenzuckte und ihn überrascht ansah. Andrews dünnes, braunes Gesicht war genauso düster wie der Winterhimmel draußen. Seine Worte setzten alles in Bewegung, wie wenn man den Pflock löst, der das Flößholz zurückhält.

»Betty war, was die Welt aus ihr gemacht hat. Sie lebte in einer verdorbenen Umgebung, und das färbte zwangsläufig auf sie ab. Aber in ihrem Herzen war sie gut. Ich sage Ihnen, in ihrem Herzen war sie unschuldig. Und sie war viel zu mutig, um den leichten Weg zu wählen. Ich verstehe es nicht.«

Will Dykes schien zu sich selbst zu sprechen. Seine Stimme war leise und monoton, wie die Stimme eines Menschen, der im Albtraum murmelt. Nachdem er geendet hatte, war es, als hätte das Reden ihn aus seinem Traum erweckt. Er sah sich benommen um, dann wurde er sich plötzlich der Tränen auf seinen Wangen bewusst und wischte sie mit dem Ärmel fort. Einen Augenblick herrschte empörtes Schweigen. Dann sagte Eunice Ainsley:

»Also angesichts der Tatsache, dass ich erst vor einer Woche gehört habe, wie sie zu Mr Dykes sagte, sie könne das nicht machen, hätte ich gedacht ... aber sie konnte Männer ja ständig glauben lassen, Schwarz sei Weiß.«

»Na kommen Sie, Kind, Sie sind überreizt«, sagte Mrs Restorick bestimmt.

»Stimmt das, Dykes?«, fragte Andrew.

Der Romanautor erstarrte auf seinem Stuhl, eine Gestalt,

die mit ihrer öligen Haartolle und ihrer provinziellen Kleidung nicht so recht in diese Gruppe passte.

»Was Miss Ainsley durch Schlüssellöcher hört, ist kaum beweiskräftig. Aber ja, Betty sagte das zu mir.«

»Was? Großer Gott! Aber warum haben Sie nichts ...?« Hereward geriet ins Stocken.

»Es ist nicht von Belang«, sagte Dykes stur.

»Nicht von Belang?«, fragte Andrew. »Das können die Polizei oder Mr Strangeways wohl besser beurteilen.«

»Als Betty sagte, sie könnte das nicht machen, sprach sie nicht von Selbstmord. Sie sprach vom Heiraten.«

»Heiraten?« Der Ton, in dem sie das sagte, machte klar, dass Charlotte Restorick zum ersten Mal davon hörte.

»Ja«, sagte Will Dykes, warf den Kopf in den Nacken und blickte die Anwesenden herausfordernd an.

»*Sie* heiraten?« Miss Ainsley konnte sich ein Kichern nicht verkneifen. »Betty *Sie* heiraten?«

Dykes zuckte leicht zusammen, behielt aber seinen trotzigen Gesichtsausdruck. Nigel fragte sich, ob er die Wahrheit sagte. Oder ihren »guten Namen« verteidigte um den Preis, selbst lächerlich zu wirken. Letzteres würde zu ihm passen. In Nigels Vorstellung setzte sich der zarte, prachtvolle Körper, der dort oben hing, neben die ungehobelte Gestalt des Romanautors. Hereward Restorick sagte etwas unpassend:

»Tja, also das muss natürlich ein furchtbarer Schock für Sie sein, Dykes. Ich hatte keine Ahnung, dass der Wind aus dieser Richtung bläst. Eine hässliche Sache für uns alle. Arme Betty ...«

»Nachdem dieses Missverständnis nun geklärt ist«, sagte Andrew mit durchdringender Stimme, »können wir uns anderen Dingen zuwenden. Vielleicht will Dr. Bogan uns seine Sicht mitteilen.«

Der Doktor hob den Blick langsam zu Andrew Restorick. Er war melancholisch und zugleich zurückhaltend. Nigel dachte bei sich, dass Dr. Bogans Patienten wohl vor allem Frauen waren – die Melancholie sprach ihre mütterlichen Gefühle an, und die tiefgründige Zurückhaltung faszinierte die Pandora in jeder von ihnen.

»Meine Sicht der Dinge?«, sagte der Doktor schleppend.

»Hielten Sie Betty für einen Selbstmordtyp?«, fragte Andrew.

»Ich neige nicht zu der Annahme, dass es so etwas wie einen Selbstmord*typ* gibt. Wenn Sie mich fragen, ob die Bedingungen, die einen zur Selbstzerstörung treiben, für Miss Restorick gestern gegeben waren, würde ich das aber bejahen müssen.«

»Sie meinen, sie war nicht nur körperlich krank, sondern auch mental?«, fragte Nigel. »Oder haben Sie sie sogar nur wegen ihrer psychischen Krankheit behandelt?«

»Jetzt kommen wir endlich zur Sache«, sagte Andrew. »*Was* genau stimmte nicht mit Betty? Oder, anders gefragt, was für ein Doktor ist Dr. Bogan?«

Nigel erinnerte sich, dass er diese Frage vor Kurzem schon einmal gehört hatte – von Miss Cavendish. Dr. Bogan schien Andrews aggressiver Ton nichts auszumachen. Er erwiderte gelassen:

»Ich bin spezialisiert auf Nervenkrankheiten von Frauen.«

»Ah!«, rief Andrew unverschämt. »Ein einträglicher Beruf. Wie sagte doch Laurence Sterne? ›Es gibt schlimmeren Zeitvertreib in der Welt, als einer Frau den Puls zu fühlen.‹«

»Also wirklich, Andrew! Dr. Bogan ist Gast in meinem Haus. Ich muss dich bitten, das nicht zu vergessen«, sagte Charlotte Restorick.

»Ja. Schlechtes Benehmen«, fügte ihr Mann hinzu. »Gerade jetzt müssen wir alle am gleichen Strang ziehen. Keine gegenseitigen Beschuldigungen.«

»Ich verstehe die Gefühle Ihres Bruders durchaus«, sagte Dr. Bogan ruhig, aber bestimmt. »Er mag mich nicht, was daher rührt, dass er auf seine Schwester fixiert ist. Er hat sich über meine Anwesenheit hier geärgert wegen des Einflusses, den ich als Arzt auf Miss Restorick ausgeübt habe. Das ist eine ganz normale Reaktion.«

Andrew schien ausnahmsweise einmal sprachlos zu sein. Der Gedanke, eine seiner Reaktionen könnte normal sein, missfiel ihm sichtlich.

»Gehen wir einen Schritt zurück«, schlug Nigel vor. »Könnten Sie uns genauer sagen, welcher Art die Krankheit Ihrer Patientin war, und uns erklären, warum Sie glauben, dass – wie drückten Sie sich aus? – die Bedingungen, die einen zur Selbstzerstörung treiben, für sie gestern gegeben waren? Vielleicht klärt sich die Angelegenheit dann von allein.«

Dr. Bogan dachte einen Augenblick nach. »Miss Restorick war nicht nur eine Freundin von mir, sie suchte auch meinen professionellen Rat. Sie wollte nicht, dass die Art ihrer Nervenkrankheit bekannt würde, andernfalls hätte sie Ihnen selbst alles erzählt. Daher würde ich sowohl das Siegel der Freundschaft als auch das der ärztlichen Schweigepflicht brechen, wenn ich ausplaudern würde, was sie selbst nicht einmal ihrer Familie erzählen wollte. Was ...«

»Einen Moment, Doktor«, unterbrach Nigel ihn, »sind Sie

ein *alter* Freund von Miss Restorick? Haben Sie sie ursprünglich in Amerika kennengelernt?«

Zum ersten Mal wirkte der Doktor verwirrt, was sich an seinem leicht unfokussierten Blick zeigte.

»In Amerika? Warum ...«

»Sie *sind* doch Amerikaner, oder?«, hakte Nigel nach. »Ihre Ausdrucksweise ist manchmal ...«

»Ich habe eine ganze Weile in Amerika gelebt«, sagte der Doktor. »Aber ich bin kein amerikanischer Staatsbürger. Halb Ire, halb Italiener, leider. Nein, Mr Strangeways, Amerika ist ein großes Land, und ich kannte Miss Restorick nicht, als ihre Familie dort lebte. Bedenken Sie, das ist zehn, fünfzehn Jahre her.«

»Ich verstehe. Vielleicht könnten Sie uns dann, ohne gegen Ihr Berufsethos zu verstoßen, Genaueres über die Selbstmordneigungen Ihrer Patientin sagen.«

»Menschen begehen, wie ich glaube, nur dann Selbstmord, wenn der Lebenswille zeitweilig – wie soll ich sagen? – seine Macht über den Todeswunsch verloren hat.«

»Das Offensichtliche. Sigmund Freud lässt grüßen«, murmelte Andrew, aber nicht leise genug, um nicht von Dr. Bogan gehört zu werden.

»Offensichtlich klingt das nur für einen oberflächlichen Geist, Restorick. Es gibt weder einen Selbstmordtyp noch eine Neigung zum Selbstmord. Es gibt nur den vorherbestimmten und unaufhörlichen Krieg zwischen Lebenswillen und Todeswunsch ... ein Krieg, der immer im Sieg des Todes enden muss, aber in dem manchmal die positiven Kräfte zum Feind überlaufen, noch bevor die Schlacht halb vorüber ist.«

Dr. Bogan fesselte die Aufmerksamkeit aller mehr durch

seine lebhafte Stimme und Präsenz als durch das, was er sagte. Sogar Andrew Restorick blickte ihn mit wachsamem Respekt an.

»Elizabeth«, fuhr der Doktor fort, »war eine sehr impulsive Frau. Wie Sie alle wissen, war sie fähig, die Leute zu verstören, indem sie sie beim Wort nahm. Und sie nahm sich auch selbst beim Wort. Als ich gestern Abend unmittelbar vor dem Essen zu ihr ging, sagte sie etwas, das mich hätte wachrütteln sollen.«

»Das ist es, worauf wir ... worauf Strangeways hinauswollte«, unterbrach ihn Hereward Restorick. »Sie war deprimiert, meinen Sie? Hat sie angedeutet, dass ...«

»Sie hat angedeutet, sich umzubringen, ja – jetzt ist mir das klar. Aber sie war nicht deprimiert. Man könnte fast sagen, sie war erregt. Sie strahlte. Sie sagte, ›Dennis, ich nehme an, dass du froh sein wirst, eine hysterische Frau weniger zu haben, um die du dich kümmern musst.‹ Ich dachte, sie bezog sich auf den Erfolg meiner Behandlung. Das war mein Fehler.«

»War Ihre Behandlung denn erfolgreich?«, frage Nigel.

»Ich glaubte es. Körperlich. Aber ich war mir der Stärke ihres Todeswunsches nicht bewusst. Das alte Klischee, dass man nichts mehr hat, wofür zu leben sich lohnt, bedeutet mehr, als wir oft denken.«

»Aber sie wollte doch heiraten?«

Dr. Bogans leichtes Achselzucken fegte Charlottes Argument hinweg. »Sie lebte ein, verzeihen Sie, bis zur Weißglut gesteigertes Leben. Als das Feuer die ersten Anzeichen zeigte nachzulassen, war sie bereit zu gehen. Ihr Nervenleiden machte sie für diesen Akt anfällig. Aber es war die Leere des

Lebens, das sich vor ihr erstreckte, das Gefühl, dass jede Erfahrung nur noch eine fade Wiederholung sein könnte, die dem Todeswunsch erlaubte, in die Festung einzudringen.«

»Nein!«, schrie Will Dykes in höchster Pein. »Nein! Das ist nicht wahr! Sie *hatte* etwas, worauf sie sich freuen konnte, etwas anderes, ein besseres Leben. Mich können Sie mit Ihrem hochgestochenen Gerede von Lebenswillen und Todeswunsch nicht einseifen. Ich sage Ihnen, sie ...«

Dr. Bogan hatte seine Hand in besänftigender Abwehr erhoben. Aber es war der Eintritt des Butlers, der Will Dykes verstummen ließ. Der Mann näherte sich Hereward, beugte feierlich seinen Kopf zu ihm hinunter und flüsterte seinem Herrn etwas zu.

»Der Chief Constable ist hier«, sagte Hereward und stand auf. »Ich fürchte, wir müssen, äh, die weitere Diskussion verschieben. Ich nehme an, dass er mit Ihnen sprechen will, Bogan. Wollen Sie auch mitkommen, Strangeways?«

Der Chief Constable, Major Dixon, war in Begleitung eines Superintendent der Polizei – ein großer, knochiger Mann namens Phillips, der aussah, als käme er von einem Bauernhof. Beide Männer behandelten Hereward mit einer Ehrerbietung, die zeigte, welchen Einfluss er in dem Bezirk hatte. Nachdem alle einander vorgestellt worden waren, begab sich die Gruppe nach oben. Der Polizist, der vor Elizabeths Zimmer Wache stand, salutierte und öffnete ihnen die Tür.

»Großer Gott!«, rief Major Dixon; sein abgebrühter Gesichtsausdruck entgleiste, als er sah, was der Raum enthielt. »Großer Gott, sie ist ...! Das ist ja schockierend, Restorick. Schockierend.«

Schockierend für ihn, dachte Nigel, in mehr als einer Hinsicht. Elizabeth sah auch im Tod noch so sensationell aus wie im Leben. Die roten Lippen des Mädchens, das da hing, schien ein feines spöttisches Lächeln zu umspielen.

»Andrew meinte, wir sollten besser nichts anrühren«, sagte Hereward entschuldigend, »deswegen haben wir sie, äh, nicht abgeschnitten. Bogan hat sich natürlich vergewissert, dass keine Hoffnung mehr bestand.«

»Sie muss mindestens fünf Stunden tot gewesen sein, als sie gefunden wurde«, sagte der Doktor.

»Ich verstehe. Ja. Hm.« Major Dixon machte einen ratlosen Eindruck. »Gut, Phillips, Sie rufen besser Robins herein und holen sie da runter.«

Während die beiden Polizisten sich an die Arbeit machten, begann der Chief Constable, Routinefragen zu stellen, wobei er sich zwingen musste, seinen Blick von dem herausfordernden leblosen Körper abzuwenden. Hatte Miss Restorick ihnen keinen Abschiedsbrief hinterlassen? Hatte sie in irgendeiner Form erkennen lassen, dass sie vorhatte, Selbstmord zu begehen? Wer hatte den Leichnam gefunden, und wann? Wer hatte sie als Letzter lebend gesehen?

Phillips und Robins hatten den Leichnam abgeschnitten, legten ihn aufs Bett und deckten ihn mit einem Laken zu. Sie waren im Begriff, das Seil zu lösen, das unter dem Kiefer verknotet war, als Nigel sagte:

»Entschuldigen Sie. Nur eine Minute. Bevor Sie weitermachen, würde ich gern kurz mit Major Dixon sprechen.«

Der Chief Constable schaute verwundert, aber Nigels Stimme hatte einen so dringlichen Ton, dass alle Einwände, die er hätte vorbringen können, verstummten. Nigel schob ihn nach draußen. Als er die Tür schloss, sah er, dass die Polizisten sich vom Bett aufrichteten und ihn mit unverhohlener Verblüffung anstarrten. Hereward und Dr. Bogan schauten ebenfalls überrascht. Die Gruppe im Zimmer sollte in den nächsten Wochen noch oft mit dieser Art unterbrochener Tätigkeit und unbehaglichem und sinnlosem Warten auf neue Umstände, über die sie keine Kontrolle hatten, konfrontiert werden.

Nigel ging mit Major Dixon ein Stück den Flur entlang und wiederholte knapp, was er Charlotte Restorick gesagt hatte.

»Sie sehen«, schloss er, »es gibt überzeugende Hinweise, dass es sich nicht um Selbstmord handelt. Ich möchte mich nicht einmischen, aber ich denke, dass eine Obduktion gerechtfertigt ist – und ein aufmerksamer Blick auf das Seil, am besten mit einem Mikroskop.«

»Das Seil?«

»Ja. Sie haben bemerkt, dass es zweimal um ihren Hals geschlungen war. Natürlich kann sie das selbst getan haben. Aber ebenso hätte es auch ein Mörder tun können, um mit den Spuren der doppelten Ligatur die Quetschungen zu überdecken, die er verursacht hat, als er sie bis zur Bewusstlosigkeit gewürgt hat. Wenn der Körper hochgezogen wurde, indem das Seil über den Haken im Balken gelegt wurde, dann wird eine mikroskopische Untersuchung des Seils die Fasern zeigen, die oben lagen, in der dem Ziehen entgegengesetzten Richtung. Sie haben bemerkt, dass eine Menge Schlaffseil um den Haken gewickelt worden ist. Die Knoten am Haken und am Hals des Mädchens dürften uns auch einiges erzählen. Deswegen habe ich mich eingeschaltet, als ich sah, dass Ihr Super den Knoten lösen wollte. Das Ziel des Abschneidens des Leichnams wäre zunichtegemacht worden, wenn er es getan hätte.«

Nigel hatte das in einem leidenschaftslosen, scharfen Ton heruntergerasselt, während Major Dixon ihn immer fassungsloser angesehen hatte.

»Ich fürchte, ich habe Ihren Namen nicht ganz verstanden«, sagte der Chief Constable, als er die Sprache wiedergefunden hatte. Das war – wie Nigel nicht ohne eine gewisse Amüsiertheit begriff – eine höfliche Variante der Frage: »Wer zum Teufel sind Sie, Sir, dass Sie sich hier auf diese Weise einmischen?« Eine Variante, die der Ehrerbietung angepasst war, die der Chief Constable für jeden in Easterham Manor bereithielt.

»Strangeways. Mein Onkel, Sir John, ist Assistant Commissioner bei New Scotland Yard. Ich bin mit der Polizeiarbeit ganz gut vertraut. Mrs Restorick bat mich, ihr in der Angelegenheit behilflich zu sein.«

»Herrje, das wird ganz schön Staub aufwirbeln«, sagte Major Dixon. »Selbstmord ist schon schlimm genug. Aber Mord! Was Restorick dazu sagen wird, wage ich mir nicht einmal vorzustellen.« Er sah Nigel einen Augenblick lang mit einem flehentlichen, bekümmerten Blick an, der zu sagen schien: »Können wir die letzten zwei Minuten nicht einfach vergessen?« Doch gleich darauf fasste er sich, blieb noch einen Moment vor der Tür stehen wie vor einer Badewanne mit eiskaltem Wasser, dann betrat er das Zimmer.

»Phillips, knoten Sie das Seil nicht auf, schneiden Sie es ab. Und dann verpacken Sie es sorgfältig für die Untersuchung. Restorick, ich würde gern mit Ihnen sprechen. Aber dürften wir vorher noch Ihr Telefon benutzen?«

»Natürlich. Aber …«

»Robins, rufen Sie Dr. Anstruther an und bitten Sie ihn, sofort herzukommen.«

»Anstruther?« Hereward Restorick erstarrte. Seine Stimme nahm einen herrischen Ton an, der Nigel eine andere Seite von ihm zeigte – den einflussreichen Grundbesitzer, nicht den eher farblosen Ehemann von Charlotte Restorick, den er bis jetzt in ihm gesehen hatte. »Ich versichere Ihnen, Dixon, Dr. Bogan hier ist absolut befähigt, das Notwendige zu tun – Totenschein und so weiter. Meine Schwester war seine Patientin. Ich verstehe nicht …«

»Tut mir leid, Restorick, aber es haben sich ein, zwei Komplikationen ergeben.« Major Dixon hielt dem sich immer heftiger steigernden Zorn in Herewards Blick stand. »Sie haben sie behandelt, Dr. Bogan? An was für einer Krankheit litt sie?«

»Sie hatte ein Nervenleiden, das für mich nicht leicht zu diagnostizieren war. Ich bin leider nicht befugt, Ihnen die Ursache zu enthüllen«, sagte der Doktor steif.

»Im Rahmen der gerichtlichen Untersuchung wird man Sie auffordern, es zu tun.«

»Ich werde meine Haltung überdenken, wenn es so weit ist.«

Keiner von beiden gab auch nur einen Zoll nach. Nigel, der am Fenster stand, drehte sich plötzlich um und fragte:

»Wären Sie bereit, uns die Art Ihrer Behandlung mitzuteilen?«

»Gewiss. Ich gab ihr Beruhigungsmittel, um ihre Anfälle zu lindern, und versuchte, mithilfe von Hypnose …«

»Sie taten *was*?«, rief Hereward Restorick. »Sie stehen hier und erzählen mir allen Ernstes, dass Sie meine Schwester hypnotisiert haben?«

Das Ganze hätte lächerlich wirken können. Doch die Wut, die in Herewards blauen Augen aufblitzte, und die sichtlich aggressive Haltung seines zornbebenden Körpers versetzten Superintendent Phillips in Alarmbereitschaft. Dr. Bogan ließ sich jedoch nicht aus der Fassung bringen.

»Hypnose ist heutzutage keine ungewöhnliche Form der Behandlung«, sagte er mit ruhiger Selbstsicherheit. »Da steckt keine schwarze Magie dahinter.«

»Das ist kriminell«, tobte Restorick. »Hätte ich gewusst, was Sie mit ihr machen, hätte ich Sie in Nullkommanichts aus meinem Haus geworfen.«

»Miss Restorick hat der Behandlung zugestimmt. Sie war ein freier Mensch.«

Hereward starrte ihn wütend an. Dann packte er den Arm des Chief Constables so fest, dass dieser zusammenzuckte.

»Hypnose! Damit macht man sich Körper und Seele anderer Leute gefügig. Woher sollen wir wissen, dass der Kerl sie nicht eingeschläfert hat und ihr dann befahl – sich zu erhängen? Hm?«

KAPITEL 7

O Rose, du krankst!
WILLIAM BLAKE

Diese Szene zwischen Hereward und Dr. Bogan war eine von vielen, die Easterham Manor zu einem Schlachtfeld machten. Schon in der Nacht vor Elizabeths Tod hatte Nigel das Grollen des drohenden Konflikts gehört. Jetzt war der Krieg offen ausgebrochen. Doch wie der Krieg, der Europa erschütterte, würde er aus langen Perioden von Langeweile bestehen, unterbrochen von plötzlichen kurzen Anfällen heftigen Handelns.

Nigel und Georgia gingen durch den Schnee zum Dower House zurück. Andrew Restorick, der im Dorf Tabak kaufen wollte, begleitete sie. Georgia war bezaubert von den Restorick-Kindern John und Priscilla, die sie den größten Teil des Vormittags unterhalten hatten, ohne zu ahnen, was sich um sie herum im Haus abspielte.

»Ich finde, es ist sehr vernünftig von Mrs Restorick, dass sie das von ihnen fernhält«, sagte sie. »Kinder spüren instinktiv, wenn etwas nicht stimmt, und natürlich bekommen sie mit, wenn etwas passiert ist. Aber sie nehmen es nicht so schwer, wenn sie es nach und nach erfahren. Manche modernen Mütter, die dieser absurden Theorie anhängen, man müsse Kinder wie Erwachsene und Ebenbürtige behandeln, hätten ihnen die ganze Sache wahrheitsgemäß erzählt. Sie ins Vertrauen gezogen. Ich glaube nicht daran; es belastet sie zu sehr, bürdet ihnen zu viel Verantwortung auf.«

»Ich frage mich«, sagte Andrew nach einer Pause, »ob es wirklich eine so gute Idee ist, Kinder von allem abzuschirmen?« Er trat den Schnee mit dem Fuß, und seine Gedanken schweiften ins Persönliche ab. »Schau Sie uns an. Wir hatten eine ideale Kindheit. Eltern, die lieb und verständnisvoll waren, ohne allzu nachsichtig zu sein. Ein wunderschönes Heim. Eine Tradition. Gute Schulen. Ein freies Leben auf dem Land in den Ferien. Und Reisen. Mein Vater arbeitete für die Botschaft in Washington und nahm uns alle dorthin mit. Wir hatten alles, was ein Kind sich wünschen kann. Und jetzt schauen Sie uns an. Hereward verlottert auf dem Land, vertrödelt seine Zeit in Kriegsagrarausschüssen und wird halb verrückt, weil sie ihn noch immer nicht in sein altes Regiment zurücklassen. Ich selbst, eine Art Amateur-Strandgutsammler, der Nichtsnutz der Familie, der es nicht einmal zu der romantischen Berühmtheit gebracht hat, ein echtes schwarzes Schaf zu sein. Und Betty«, er zögerte einen Augenblick, »Betty, die mausetot in ihrem Zimmer hängt.«

»Sie haben sie sehr gern gehabt, nicht wahr?«, fragte Georgia sanft.

Andrews Stimme war ungebärdig vor Schmerz. »Betty war das durchtriebenste kleine Miststück und das herrlichste Geschöpf, das ich jemals ... Ach, verdammt noch mal, sie war meine Schwester ... Mir fallen keine Worte für sie ein, sie bedeuten nichts. Ich kann sie nicht beschreiben – dafür braucht es einen Dichter, Shakespeare oder Donne. Und ich habe nichts für sie getan. Ich habe zugelassen, dass sie das tut.«

Sein schlanker, drahtiger Körper zitterte unkontrolliert. Georgia fasste ihn wortlos am Arm. Er schien die Berührung nicht einmal wahrzunehmen.

»Denken Sie wirklich, dass sie sich umgebracht hat?«, fragte Nigel rundheraus. Seine Worte drangen im ersten Augenblick nicht zu ihm durch. Dann aber blieb Andrew wie angewurzelt stehen und starrte Nigel an.

»Sagen Sie das noch mal.«

»Denken Sie wirklich, dass sie sich umgebracht hat?«

»Erklären Sie das«, sagte Andrew mit ungewöhnlicher, kontrollierter Heftigkeit.

»Ich glaube, sie wurde ermordet«, sagte Nigel. »Und der Mörder arrangierte es so, dass es wie Selbstmord aussah.«

Er spürte Andrews Blick, die ganze grimmige Aufmerksamkeit seines Körpers fast wie einen glühend heißen Wind auf seiner Haut. Das gefrorene Schilf um einen Weiher, an dem sie stehen geblieben waren, bewegte sich im Wind und störte massiv die tiefe Stille.

Nigel fasste kurz zusammen, was er Charlotte Restorick gesagt hatte. »Sie spürten doch sicher, dass die Selbstmordgeschichte nicht wirklich plausibel ist?«, schloss er. »Oder warum haben Sie sonst jedem eingeschärft, ja nichts anzurühren?«

»Oh, das war eine automatische Reaktion. Die einem von Kriminalromanen eingepaukt wird, nehme ich an. Hereward und die Übrigen waren vollkommen am Boden zerstört. Jemand musste das Kommando übernehmen. Aber mir kam nicht in den Sinn, dass es etwas anderes als Selbstmord sein könnte. Zumindest anfangs nicht.« Er warf einen seiner spekulativen Seitenblicke auf sie. »Mein erster Gedanke, als ich sie sah, war: Nein, das kann nicht sein. Betty würde das nicht tun, sie würde niemals diesen Ausweg wählen. Was auf das Gleiche hinausläuft, nehme ich an.«

»Sie haben also nicht damit gerechnet, dass etwas passiert?«

»Was meinen Sie? Lassen Sie uns weitergehen. Es ist höllisch kalt hier an diesem stygischen Ried. Ich frage mich, warum die christliche Tradition die Hölle heiß macht, sie sollte kalt sein – kalt wie diese grässliche Landschaft, kalt wie die Boshaftigkeit, kalt wie alle Lieblosigkeit.«

Nigel führte ihn unbeirrt auf das Thema zurück. »Sie wirkten gestern beim Abendessen alle sehr nervös. Deswegen frage ich, ob Sie nicht damit gerechnet haben, dass etwas passiert.«

»Sie kannten Betty nicht. Sie war krank und gereizt, seit sie angekommen war. Und wenn sie so war, spürte jeder die Schwingungen. Verstehen Sie, sie war ein Mensch, der Leben ausstrahlte, kein Blutegel, der jedem das Leben aussaugte. Und wenn so ein empfindliches Instrument kaputt ist, fühlen sich alle wie gelähmt.« Seine Stimme erstarb zu einem Flüstern, ebenso rau wie das Rascheln des Schilfs, an dem sie vorbeigegangen waren. »O Rose, du krankst! Ich frage mich, wer ihr Bett gefunden hat, blutrote Lust.«

»Sie haben also nicht mit irgendetwas Besonderem gerechnet?«

Andrew drehte sich schnell zu ihm um. »Denken Sie wirklich, dass ich, wenn ich den geringsten Verdacht gehabt hätte, ihr könnte auch nur ein Haar gekrümmt werden, nichts getan ...«

»Von *wem* haben Sie dann gesprochen? Beim Abendessen? Haben Sie sich diese durch und durch böse Person bloß aus den Fingern gesaugt – die Person, die das Böse feiert, wie Sie sich ausgedrückt haben?«

»Oh, ich habe sie nur auf die Schippe genommen«, erwiderte Andrew etwas zu lässig. »Manch wahres Wort wird im Scherz gesprochen.«

»Ich fürchte, die Polizei wird diesem Scherz gründlich auf den Grund gehen wollen, Restorick.«

»Sollen sie doch. Ich habe ein zu wildes Leben gelebt, um mich noch vor einer blauen Uniform zu fürchten.«

»Ganz wie Sie meinen.« Nigel stieß mit seinem Spazierstock gegen ein schneebedecktes Schild am Rand des Dorfs, das sie jetzt betraten. »In Essex gibt es wirklich reizende Ortsnamen. Warum hassen Sie Dr. Bogan so sehr?«

Andrew Restorick lachte mit einer Art spontaner Fröhlichkeit, die einen geschickten Duellanten beim ersten Klicken der Waffe seines Gegners überkommt.

»Nein, nein, Strangeways. So leicht können Sie mich nicht überrumpeln. Natürlich kann ich Bogan nicht ausstehen, weil ich ihn für einen überheblichen Hochstapler halte und glaubte, er würde Betty nicht gut tun. Aber deswegen vermute ich doch nicht gleich, dass er sie getötet hat.«

Er zog seinen Hut vor Nigel, grinste Georgia frech an und betrat den Tabakladen.

»Na, was hältst du von ihm?«, fragte Nigel.

Seine Frau schwieg einen Moment. Dann sagte sie nüchtern: »Ich denke, wenn er herausfindet, wer seine Schwester getötet hat, bevor die Polizei es tut, dann wird es einen zweiten Mord in Easterham Manor geben.«

»So schätzt du ihn ein, ja?«, sagte Nigel, obwohl er Georgias Urteil eigentlich teilte.

»Ja. Erziehung, Temperament und die Art von Leben, das er führt, all das macht ihn zu einem Menschen, der das Gesetz selbst in die Hand nimmt.«

»Hereward hat auch etwas von diesem Charakter.«

»Ja. Aber Anständigkeit und Familientradition sind die Antriebsfedern seines Handelns. Nebenbei bemerkt ist er ein liebevoller Vater, etwas zu streng mit dem Jungen vielleicht, aber beide Kinder beten ihn an, und er geht sehr vernünftig mit ihnen um.«

»Was ist mit Charlotte?«

»Sie verwirrt mich etwas. Diese *Grande Dame* spielt die Gastgeberin nur. Dahinter steckt aber ein einfacher, kluger, realistischer Verstand, würde ich sagen. Ich weiß allerdings nicht, wie gut die beiden Egos miteinander harmonieren. Ich denke, Hereward hat sie zum Teil ihres Geldes wegen geheiratet – es braucht heutzutage eine ganze Menge davon, um so ein Haus in Schuss zu halten, und auch seine Bauernhöfe müssen subventioniert werden. Ich würde sagen, sie und Hereward verstehen sich recht gut, er ist nicht der Typ, der eine intensive emotionale Beziehung sucht – jeder von ihnen hat seinen eigenen Bereich und hält sich auch daran.«

»Er dürfte die Leute, mit denen sie ihr Haus füllt, nicht besonders mögen. Proletarische Romanautoren, Hypnotiseure, Eunice Ainsley.«

»Hypnotiseure?«

»Dr. Bogan arbeitet bei seinen Behandlungen auch mit Hypnose.« Nigel beschrieb die Szene, die sich zwischen Hereward und dem Doktor abgespielt hatte. »Hereward ist sehr naiv. Er verbindet Hypnose mit zwielichtigen Praktiken in irgendwelchen Hinterzimmern, oder hält ihn für Doktor Mabuse – eine schwarze Kunst, mit der man Macht erlangt über Seele und Körper seines Opfers. In Elizabeths Fall wohl besonders über den Körper.«

»Da kann schon was dran sein. In Elizabeths Fall.«

»Na, na, Georgia, Liebling. Ein ehrenhafter Spezialist aus der Harley Street?«

»Wer sagt uns, dass es so ist?«

»Er würde nicht sagen, dass er ein Spezialist aus London ist, wenn es nicht so wäre. Das lässt sich zu leicht widerlegen. Aber wir werden es natürlich überprüfen.«

»›Ehrenhaft‹ ist das entscheidende Wort. Du bist genauso naiv wie der gute Hereward, wenn du denkst, dass ein Mann, der rein zufällig ein Spezialist ist, automatisch auch ehrenhaft ist. Ich könnte dir Dinge erzählen …«

»Also wirklich, Georgia! Nicht schon wieder eine deiner In-den finstersten-Wimpole-Street-Hinterzimmern-Erinnerungen!«

Sie gingen durch das schmiedeeiserne Tor von Dower House.

»Mir fällt gerade ein – Clarissa wird es noch nicht erfahren haben. Du musst es ihr mitteilen, Liebling. Sie hatte eine Schwäche für Elizabeth Restorick, was immer sie auch über sie sagen mochte.«

Während Georgia ihre Cousine suchte, flüchtete Nigel sich in die Zurückgezogenheit ihres Schlafzimmers. Miss Cavendishs häusliche Verhältnisse waren nicht ganz ideal, falls er länger in Easterham bleiben müsste. Der Auftrag, den er von Mrs Restorick erhalten hatte, war eher vage, aber die tote Frau hatte ihn, wie er jetzt erkannte, in Bann geschlagen, und er würde nicht glücklich sein, bis er nicht alles über sie wusste. Nein, nicht ihr Tod; es war ihr Leben, das zählte, sowohl für ihn als auch für die Lösung des Falls. Die Polizei konnte nach konkreten Indizien suchen. Seine Aufgabe wäre es, für sich selbst in all ihren grässlichen, faszinierenden, bemitleidenswerten Einzelheiten die Geschichte des Mädchen zu rekonstruieren, die er in dem nach Sandelholz duftenden Zimmer hatte hängen sehen, mit dem kryptischen Schatten eines Lächelns auf ihren roten Lippen.

Er kramte in seiner Tasche und holte Stift und Papier heraus. Als Georgia zwanzig Minuten später hochkam, fand sie ihn auf der Fensterbank, wie er nach draußen auf den schneebedeckten Dorfanger schaute. Sie nahm den Zettel neben ihm und begann zu lesen.

1. Was hat Clarissa mit all dem zu tun? Wusste sie oder vermutete sie nur, dass E. in Gefahr war? »Ich möchte, dass Sie Elizabeth vor der Verdammnis bewahren.« Hat Charlotte R. sie gebeten, mich einzuladen?

2. Ja, sie sagte es mir. Sie kannte meinen Beruf. Nur *was* befürchtete sie?

3. Von welcher Art waren E.s »Nervenleiden«, und warum ist Bogan so wortkarg diesbezüglich? (Die Antwort ist ziemlich offensichtlich. Die Obduktion wird Klarheit bringen.)

4. Ist die Katze relevant? Onkel John bitten, sich bei Experten zu erkundigen, ob irgendein Mittel Katzen dazu bringen kann, verrückt zu spielen. Shakespeare: »Ich wäre gern dort, und wäre es nur, um zu sehen, wie die Katze springt.« Ins Präteritum setzen, und der Dichter drückt meinen Herzenswunsch aus.

5. Warum hasst Andrew Dr. Bogan so sehr, und warum ärgert sich der Doktor über seine üblen Späße nicht mehr? Wer ist diese »Person, die das Böse feiert«, von der A. sprach? A. selbst vielleicht. Das war kein Auf-die-Schippe-Nehmen, oder mein Name ist Adolf Hitler.

6. Wie weit würde Hereward gehen, um einen Skandal erster Güte zu vertuschen, sogar um den Preis, einen kleineren zu verursachen? H. ist keineswegs zu unterschätzen.

7. Will Dykes. Hat E. oder Mrs R. ihn eingeladen? Wie lange kannte er E.? War sie wirklich mit ihm verlobt? Wusste er Bescheid über die Art ihres »Nervenleidens«? Wie weit ist sein Schlafzimmer von ihrem entfernt? Dito für den übrigen Haushalt.

8. Warum streiten sich Dykes und die Ainsley? Wie passt sie in das Gesamtbild?

9. Und um auf Scribbles zurückzukommen: Wer schlug E. vor, der Katze eine Untertasse mit Milch zu geben an dem Abend der Séance im Bischofszimmer?

»Ich muss dir wirklich ein schönes Notizbuch schenken«, sagte Georgia, nachdem sie sich durch die winzige Schrift gekämpft hatte, die beide Seiten des Zettels bedeckte. »Du brauchst mehr Platz, um dich auszubreiten.«

»Ich will kein schönes Notizbuch. Es würde nur die Form meines Anzugs ruinieren.« Nigel tätschelte wohlgefällig die Tasche seines neuen Tweedanzugs, der schon ein wenig – wie seine ganze Kleidung – aussah, als hätte er darin geschlafen.

»Clarissa ist sehr bestürzt. Aber irgendwie spüre ich, dass die Nachricht nicht wirklich ein Schock für sie war. Sie will dich nach dem Mittagessen sprechen. Vielleicht wirst du da die Antwort auf deine erste Frage bekommen.«

Clarissa Cavendish erschien selbst nicht zum Mittagessen. Doch kurz danach ließ sie Nigel bitten, zu ihr zu kommen. Sie saß kerzengerade da, die Hände auf ihrem Elfenbeinstock, und ihr schneeweißes Haar schaute unter einer Spitzenhaube hervor. Ihr Gesicht war immer noch stark geschminkt, ja, ihr Aussehen entsprach exakt dem vom Abend zuvor; doch als sie zu sprechen begann, wurde deutlich, dass die Nachricht von Elizabeths Tod sie doch weitgehend aus dem achtzehnten Jahrhundert herausgeschleudert hatte, denn die Manierismen ihrer Ausdrucksweise waren stark abgemildert.

Sie bat Nigel, ihr genau zu berichten, was geschehen war, und hörte ihm regungslos zu, ihre vogelartigen Augen aufmerksam auf ihn gerichtet. Als er fertig war, schwieg sie einen Augenblick. Dann sagte sie:

»Glauben Sie, dass die arme Betty ermordet wurde?«

»Ja. Fürs Erste. Die Polizei wird bald die endgültigen Beweise haben, für das eine oder das andere.«

»Die Polizei wird ihre eigenen Fährten verfolgen. Das ist zu erwarten. Aber es gibt da Dinge, die ihr Fassungsvermögen übersteigen. Sie werden niemals wissen, wer die arme Betty getötet hat, solange Sie Betty nicht kennen.«

»Das dachte ich mir. Wollen Sie mir helfen?«

»Ich wäre Ihnen verbunden, wenn Sie mir das Kissen hinter den Rücken schieben. Ich bin ein wenig erschöpft.«

Nigel tat, wie ihm geheißen. Die gerade, zerbrechliche kleine Person entspannte sich mit einem leichten Seufzer. Es war typisch für sie, dass sie sofort zur Sache kam, ohne zu zögern oder sich zu entschuldigen.

»Ich bin eine alte Frau. Ich bin zu meiner Zeit auch töricht gewesen, dumm und töricht wie die arme Betty. Aber Betty fand viele Männer, die sie liebten, doch keinen, den sie respektieren konnte; während ich einen Mann fand, den ich respektieren konnte, doch seine Liebe galt nicht mir. Dieser Mann war Bettys Vater, Harry Restorick. Sie werden also verstehen, warum Betty trotz all ihrer Fehler so etwas wie eine Tochter für mich war.«

Die alte Frau begann, Nigel von Elizabeths Kindheit zu erzählen. Sie war ein faszinierendes, furchtloses Mädchen gewesen, das ihren Bruder Andrew sehr liebte. Und obwohl dieser zwei Jahre älter war als sie, waren die beiden eher wie Zwillinge gewesen. Ihr Charme hatte sie oft vor den Konsequenzen der Streiche bewahrt, zu denen ihre wilde Furchtlosigkeit sie verleitet hatte. Während der frühen Jahre hatte Miss Cavendish sie häufig gesehen, weil sie in Easterham Manor zu wohnen und auf die Kinder aufzupassen pflegte, wenn ihre Gouvernante Urlaub hatte. Nach dem Ersten Weltkrieg nahm Harry Restorick seine Familie mit nach Amerika. 1928, als Elizabeth fünfzehn war, schlug das Schicksal zu. Und die vom Glück begünstigte Familie, die alles besessen hatte, was das Herz begehrt, wurde ausgerechnet über sie, die ihr am meisten von Glück verwöhntes Mitglied zu sein schien, getroffen.

»Wie es geschah, habe ich nie ganz genau erfahren«, sagte Miss Cavendish. »Aber Elizabeth, die auf die High School ging, wurde schwanger. Ihr Kind war eine Totgeburt. Sie weigerte sich, ihren Eltern zu sagen, wer der Vater war. Harry kündigte seine Stelle und kam zurück. Er war rührend in seinem Gefühl für Anstand, aber es war nicht der Skandal, der ihn zerbrach, es war Bettys Einstellung. Das Kind, erzählte er mir, zeigte keine Reue, kein Verständnis für die Ungeheuerlichkeit ihres Benehmens. Sie war mürrisch geworden, ihr Herz war für ihn verschlossen, aber – leider – offen für die schlimmsten Einflüsse. Ich gebe zu, dass ich es kaum glauben konnte, bis ich Betty sah; sie kam später mit ihrer Mutter nach. Sie war tatsächlich eine andere geworden, ganz Feuer und Schönheit jetzt, aber das Feuer war eine schwelende Glut und die Schönheit verdorben. Vielleicht hätte sie zu ihrem besseren Selbst zurückgefunden, aber Harry und seine Frau kamen zwei Jahre später bei einem Autounfall ums Leben. Hereward und Charlotte nahmen sie unter ihre Fittiche, aber sobald sie volljährig war und über das Vermögen verfügen konnte, das ihre Eltern ihr hinterlassen hatten, haute sie ab. Seitdem war ihr Leben strahlend und ungestüm wie das Luzifers.«

Miss Cavendish machte eine Pause. Ihre juwelengeschmückten Finger klopften ein-, zweimal auf den Griff ihres Stocks.

»Ich hoffe, ich bin nicht zu kritisch«, erklärte sie schließlich, wieder in ihre alte Manier verfallend. »Ich glaube, Betty betrachtete mich nach dem Tod ihrer Eltern als ihre einzige Verbindung zur Vergangenheit – mit Hereward stritt sie sich ständig, und Andrew war selten in England. In mir fand sie jemanden, der bereit war, sie so zu akzeptieren, wie sie war. Vielleicht war ich zu nachsichtig mit ihr. Doch es war schwer, ihrer Schönheit zu widerstehen. Sie besuchte mich von Zeit zu Zeit. Ja, sie pflegte mir von ihren Liebhabern zu erzählen. Aber ich konnte kaum etwas missbilligen, das mir – wie soll ich es beschreiben? – wie reine Lebensfreude vorkam. Die Verruchtheit auskosten würde die Welt es wohl nennen, aber ich bin eine törichte alte Frau. Ich war so geblendet vom

Glanz, dass ich die Verruchtheit nicht sehen konnte. Nun ja, richtig oder falsch, das hat jetzt keine Bedeutung mehr.«

»Aber das letzte Mal, als Sie sie sahen, war etwas anders, richtig? Sie sprachen davon, ›sie vor der Verdammnis zu bewahren‹.«

»Sie denken, sie war nicht mehr zu retten. Und vielleicht stimmt das auch. Aber es war, wie Sie sagen, etwas war anders. Ich hatte sie seit sechs Monaten nicht mehr gesehen. Als sie dann unmittelbar vor Weihnachten herkam, war ich schockiert von ihrem Aussehen und ihrem Verhalten. Ich sah in ihren Augen, dass etwas sie furchtbar belastete; das war mehr als eine Krankheit des Körpers - es war, als würde sie gegen ein Seelenleid kämpfen. Ich hatte sie noch nie so gesehen, außer damals, als sie gerade aus Amerika zurückgebracht worden war. Nein, Sir, tatsächlich war etwas in ihren Augen, das ich so nicht einmal da gesehen hatte.« Miss Cavendish machte eine Pause. Dann flüsterte sie ein einziges Wort: »Ekel.«

KAPITEL 8

Hörten Sie je von Kokain-Lil?
Sie lebte in Kokain-Stadt auf dem Kokain-Hügel,
Sie hatte einen Kokain-Hund und eine Kokain-Katze,
Sie kämpften die ganze Nacht mit einer Kokain-Ratte.

ANONYM

Am Nachmittag dachte Nigel über Miss Cavendishs Geschichte nach; am stärksten beschäftigten ihn die Ereignisse, die sie ihm aus Elizabeths Kindheit erzählt hatte. Nicht die farbenprächtige Elizabeth der späteren Jahre wurde am lebendigsten vor seinem inneren Auge, auch nicht das mürrische, verdorbene Mädchen, das aus Amerika zurückgekehrt war, sondern das Kind, das sich mit Andrew verschwor, um in den riesigen Kaminen des Manors nach oben zu klettern und unter den Kaminhauben aufzutauchen, während unten auf dem Rasen ein Gartenfest stattfand. Das Kind, das sein Pony über einen zu hohen Zaun springen ließ, mit einem Blick, der sagte: »Halt mich doch auf, wenn du dich traust«, wie Clarissa sich ausgedrückt hatte.

Nigel war immer noch in diese Erinnerungen versunken, als Superintendent Phillips vorbeischaute. Mit seinem Gang eines Bauern und seiner langsamen bäuerlichen Sprechweise vermittelte er den Eindruck, über unendlich viel Zeit zu verfügen. Tatsächlich zwang der Schnee, der jeden Tag höher lag, die Untersuchung, ein gemächliches Tempo anzunehmen, das ihm mehr behagte als Nigel oder Scotland Yard. Aber auch wenn der Superintendent langsam war, war er doch durchaus gründlich. Mit dem ermutigenden Blick eines Lehrers, der einen nervösen Schüler aus der Reserve locken will, ließ er sich von Nigel über dessen Rolle in der Angelegenheit aufklären, einschließlich des ursprünglichen Auftrags - der Untersuchung des Vorfalls im Bischofszimmer. Nigel fand Gefallen an ihm. Er unterschied sich angenehm von den nervösen, unberechenbaren Leuten im Manor, mit denen er bislang zu tun gehabt hatte.

»Tja, also das ist sehr hilfreich, Mr Strangeways. Wirklich sehr hilfreich«, sagte er, als Nigel geendet hatte. »Sie und ich, wir sollten den Fall gemeinsam klären. Aber Major Dixon spricht davon, den C. I. D. hinzuzuziehen, es werden also viele Männer aus London mitmischen. Unter uns gesagt, glaube ich, dass wir den Fall allein lösen können, auch wenn es nicht ganz einfach sein wird, da Mr Restorick in dieser Gegend sehr bekannt ist. Da müssen wir mit Fingerspitzengefühl vorgehen.«

»Konnten Sie denn inzwischen beweisen, dass es Mord war?«

»Ganz sicher können wir nicht sein, solange wir nicht den Bericht der Experten über das Seil haben. Aber es gibt Hinweise.« Phillips schenkte Nigel einen seiner strahlenden Blicke. »Hinweise, ja.« Mit aufreizender Bedächtigkeit zog er ein Notizbuch aus seiner Tasche, leckte seinen Daumen an und blätterte Seite um Seite um. Nachdem er die richtige gefunden hatte, strahlte er sie an, als wäre sie ein lange vermisster Freund. Dann kam er in aller Ruhe zur Sache.

Zunächst einmal hatte eine sorgfältige Untersuchung der schneebedeckten Böden ergeben, dass keine unbefugte Person das Manor in der Mordnacht besucht hatte. Es gab keine Kampfspuren in Miss Restoricks Zimmer. Das Bett war in der Nacht benutzt worden, aber nicht übermäßig zerwühlt. Ein zerknittertes Nachthemd lag auf ihm. Das hatte nichts zu bedeuten, denn von einem Mörder konnte man nicht erwarten, dass er hinter sich aufräumte. Ein dunkelroter Pantoffel war auf dem Boden neben der Stelle gefunden worden, wo der Körper gehangen hatte, der andere unter dem Bett. Eine Reihe von Fingerabdrücken war fotografiert worden, die zurzeit ausgewertet werden. Es gab keine Spur eines Abschiedsbriefs, aber die Polizei ging Briefe und Rechnungen durch, die im Sekretär gefunden worden waren. Die Schlafzimmer, die dem der toten Frau am nächsten sind, sind das der Restorick-Kinder, das eines Hausmädchens, das sich um sie kümmerte, wenn die Gouvernante nicht da war, und das von Andrew Restorick. Die übrigen Bewohner des Hauses schliefen im gegenüberliegenden Flügel. Niemand hatte in der Nacht verdächtige Geräusche gehört.

»Haben Sie die Kinder auch befragt?«, warf Nigel ein.

»Mrs Restorick wollte sie nicht beunruhigen, Sir. Daher stellte sie die Fragen selbst, in meiner Gegenwart. Sie haben keine Schritte gehört, die in der Nacht an ihrer Tür vorbeigegangen sind, sagten sie.«

»Ich nehme an, die ganze Hausgemeinschaft wird verstanden haben, worauf Sie hinauswollten.«

»Ich sagte ihnen, das seien alles reine Routinefragen, aber

einige von ihnen haben mich schon etwas merkwürdig angesehen.«

»Wer?«

»Dr. Bogan, Sir. Und diese Miss Ainsley. Mr und Mrs Restorick wussten natürlich schon, dass wir nicht zufrieden waren.«

»Und ich habe mit Andrew gesprochen.«

»Oh, taten Sie das, Sir? Ein abgebrühter Bursche ist das. Aber auch ein beredter Mann. Ich erinnere mich an ihn, als er so groß war. Die beiden konnten ganz schön anstrengend sein, er und die arme Miss Betty.«

»Wie hat Mr Dykes es aufgenommen?«

»Er war wie betäubt, Sir«, sagte der Superintendent nach einer Pause, in der er nach dem richtigen Wort gesucht hatte. »Er war wie betäubt. Schien nicht zu begreifen, was vor sich ging. Ein Schriftsteller, wurde mir gesagt. Ich lese ja auch gern ab und zu ein schönes Buch.«

»So weit so gut, Super. Aber ich vermute mal, Sie haben noch etwas in der Hinterhand.«

Phillips sah Nigel mit einem verschmitzten Blick an. »Vielleicht. Zunächst einmal haben wir heute Morgen einen Bericht von Mr Eaves bekommen – er ist Bauer und einer unserer Hilfspolizisten. Er sagt, er sei gestern Nacht auf Patrouille gewesen und habe einen Lichtspalt an einem Fenster des Manors gesehen. Das war zehn Minuten nach Mitternacht. Er wollte sie darauf aufmerksam machen, aber als er sich dem Haus näherte, ging das Licht aus, und da Mr Restorick in dieser Gegend eine bedeutende Persönlichkeit ist, beschloss Mr Eaves, ihm am nächsten Morgen Bescheid zu sagen. Nun, da kommt er dann tatsächlich an, und ich lasse mir von ihm zeigen, welches Fenster es war. Allerdings war es ja ziemlich dunkel, daher können wir nicht ganz sicher sein, aber er deutete auf Miss Restoricks Fenster.«

»Meine Güte! Das ist wichtig. Jemand löschte das Licht um zehn Minuten nach Mitternacht. Nehmen wir an, es war Elizabeth, die noch lebte. Wenn sie vorhatte, sich umzubringen, hätte sie wohl kaum das Licht gelöscht, um ein Schläfchen zu machen. Wenn sie schon kurz davor war, sich zu erhängen, hätte sie es vermutlich ebenso wenig gemacht – es geschieht sehr selten, dass Leute sich im Dunkeln erhängen; es macht die ganze Angelegenheit komplizierter, und in psychologischer Hinsicht lehrt uns die Erfahrung, dass es eher ungewöhnlich ist. Es ist daher sehr wahrscheinlich, dass nicht sie es war, die das Licht gelöscht hat. Bleibt nur der Mörder. Haben Sie die Schalter auf Fingerabdrücke untersucht?«

»Ja, Sir«, erwiderte Phillips mit bedächtiger Befriedigung. »Der Schalter der Nachttischlampe und der Schalter neben der Tür wiesen keine Fingerabdrücke auf. Beide hatten eine verwischte Oberfläche, als wären Handschuhe verwendet worden.«

»Ach ja? Ihr Mörder gibt sich anscheinend Mühe.«

»Und dann ist da noch die Sache mit der Tür, Mr Strangeways. Es handelt sich dabei um eine Tür mit Doppelverriegelung. Der Generalschlüssel des Hausmädchens konnte sie also öffnen, obwohl der Schlüssel innen steckte. Milly sagte aus, dass sie heute Morgen verschlossen war, was auf Selbstmord hindeutet. Aber Sie wissen so gut wie ich, dass es mehr als eine Möglichkeit gibt, einen inneren Schlüssel von außen zu drehen. Und in diesem Fall wurden Schnur und Stift benutzt. Wir fanden Spuren einer Schnur auf dem Anstrich der Tür.«

»Sagen Sie mir nicht, dass Sie auch den Stift gefunden haben. Ich habe ihn nicht bemerkt.«

»Er war unter die Kommode neben der Tür gerollt.«

»Da waren wohl nicht zufällig die Initialen des Mörders drauf?«

»Nein, Sir«, erwiderte Superintendent Phillips ernst. »Der Stift stammt aus dem Frühstückszimmer. Dort liegen jede Menge davon. Bereitgehalten für Gäste, die ein wenig schreiben wollen.«

»Richtig. Sonst noch was?«

»Tja, Sir, wie Sie zweifellos selbst bemerkt haben, gab es keinen umgekippten Stuhl oder etwas Ähnliches in der Nähe der Leiche. Natürlich hätte die arme Frau auf den Kofferbock – ich glaube, so nennt man das – am Fußende des Betts steigen können. Oder auf das Bett selbst. Aber für gewöhnlich benutzen sie einen Stuhl.«

»Ja, dieser Punkt bringt uns nicht weiter. Was ist mit dem Seil?«

»Mrs Restorick sagt, es sei von einer Wäscheleine abgeschnitten worden, die in der Vorratskammer aufbewahrt wird. Diese Vorratskammer befindet sich im Flur, hinter dem kleinen Esszimmer. Im Prinzip hätte jeder das Seil nehmen können. Aber ich bleibe natürlich dran.«

»Es deutet also alles auf ein geplantes Verbrechen hin.«

»Das ist auch meine Meinung, Sir«, sagte der Superintendent und schenkte Nigel sein strahlendstes Lächeln. »Das Seil wurde schon vorher abgeschnitten, um einen Selbstmord zu inszenieren. Stift und Schnur, um den inneren Schlüssel zu drehen. Das sieht nicht gut aus, Sir. Kaltblütig, wenn Sie verstehen, was ich meine.«

»Das tue ich. Ich denke, wir können den Fall jetzt in groben Zügen rekonstruieren. Um 22 Uhr verlässt Milly Miss Restorick. Diese, sagt sie, sitzt in ihrem Nachthemd da und trägt Feuchtigkeitscreme auf ihr Gesicht auf, nachdem sie sich abgeschminkt hat. Anscheinend ist sie bettfertig. Aber sie ist aufgeregt und hat ihrem Mädchen gesagt, es sei nicht nötig, ihre Kleidung wegzuräumen. Was alles darauf hindeutet, dass sie in Kürze einen Besucher erwartete. Einen männlichen Besucher offensichtlich, denn sonst hätte sie sich nicht die Mühe gemacht, Milly auf eine falsche Fährte zu locken. Auch hätte sie sich sonst nicht erneut geschminkt.«

»Das Problem ist das ›in Kürze‹, nicht wahr, Sir? Sie vermuten, dass die Tatsache, dass sie Milly sagte, sie brauche die Kleidung nicht wegzuräumen, bedeutet, dass sie jeden Moment einen Besucher erwartete und nicht wollte, dass das Mädchen bei ihr war, wenn er käme. Aber würde er wirklich so früh zu ihr kommen? Er hätte gesehen werden können. Außerdem waren Sie alle letzte Nacht bis 22 Uhr 30 oder so oben im Bischofszimmer.«

»Ja. Das ist merkwürdig. Aber darum können wir uns im Augenblick nicht kümmern. Ach übrigens, ich nehme an, Sie haben herausgefunden, wann die anderen ins Bett gegangen sind?«

Der Superintendent zog erneut sein Notizbuch zurate.

»Die Gruppe löste sich auf, kurz nachdem Sie gegangen waren. Mrs Restorick und Miss Ainsley und Mr Andrew Restorick gingen um 23 Uhr ins Bett. Dr. Bogan und Mr Dykes etwa zehn Minuten später. Mr Restorick blieb noch ein wenig unten, war aber um 23 Uhr 30 im Bett, wie er sagt. Das Personal war gegen 23 Uhr im Bett, mit Ausnahme des Butlers, der noch seine Runde im Erdgeschoss drehte, Türen und Fenster schloss er um 23 Uhr 15, und um 23 Uhr 20 zog auch er sich zurück. Wir konnten diese Zeiten allerdings noch nicht überprüfen.«

»Dann war die ganze Hausgemeinschaft also um 23 Uhr 30 im Bett. Theoretisch könnte der Mord jederzeit zwischen 23 Uhr und Mitternacht stattgefunden haben, was dem Mörder zehn Minuten gab, den Selbstmord zu inszenieren. Aber er musste an Andrew Restoricks Zimmer vorbei, um zu dem von Elizabeth zu gelangen. Er hätte es tun können, während Andrew noch wach war, aber das wäre ein Risiko gewesen. Wahrscheinlicher ist, dass er Andrew mindestens eine halbe Stunde Zeit gelassen hat, um ins Bett zu gehen. Daher war er in Elizabeths Zimmer irgendwann zwischen 23 Uhr 30 und 24 Uhr 10, als der Hilfspolizist sah, dass das Licht ausging.«

»Ich stimme Ihnen zu, Mr Strangeways, die Zeitspanne zwischen 23 Uhr und 24 Uhr 10 ist die, die wir am gründlichsten überprüfen müssen. Allerdings haben wir keinen Beweis, dass die Person, die zehn Minuten nach Mitternacht das Licht ausschaltete, auch der Mörder ist. Miss Restorick hätte später noch einen zweiten Besucher haben können.«

»Ja, das ist möglich, nehme ich an. Das würde aber bedeuten, dass sie zwei Liebhaber im Haus hatte. Ein anderer würde wohl kaum zu einer so unmöglichen Zeit in ihr Zimmer kommen.«

»Der Mörder muss nicht unbedingt ein Liebhaber von ihr gewesen sein, Sir. Oder es war einer, den sie abgewiesen hat.«

»Sie haben von Mr Dykes gehört?«

Der Superintendent warf Nigel einen verschmitzten, selbstzufriedenen Blick zu.

»Mr Dykes war mit ihr verlobt und sollte sie heiraten, erzählten sie mir. Dann aber …«

»Erzählten *sie* Ihnen?«

»Miss Ainsley war meine Informantin, Sir. Dann aber löste Miss Restorick die Verlobung. Sie sagte, sie könne es nicht machen. Ein mögliches Motiv, Mr Strangeways, insbesondere wenn Dykes glaubte, es gäbe jemanden im Haus, der ihn ersetzte.«

»Gut, ich nehme an, das ist alles, was wir wissen können, bis Sie die Ergebnisse der Obduktion bekommen.«

Der Superintendent strahlte ihn erneut an und erhob sich, um zu gehen.

Nigel verbrachte den Abend mit Lesen und einem Piquet-Spiel mit Miss Cavendish; doch sie waren beide nicht ganz bei der Sache.

Am nächsten Morgen um elf Uhr begrüßte eine vertraute Stimme Nigel am Telefon. Es war sein alter Freund, Detective Inspector Blount vom C. I. D. Scotland Yard war eingeschaltet worden.

»Können Sie mir eine halbe Stunde oder so schenken, Strangeways?«, sagte die sanfte Stimme mit ihrem leichten schottischen Akzent. Blount redete nie um den heißen Brei herum. »Ich bin oben im Manor.«

»Ein königlicher Befehl. Ich habe mich schon gefragt, ob sie Sie herschicken würden. Wie gefällt Ihnen das Wetter? Sie müssten sich eigentlich ganz wie zu Hause fühlen.«

»Oh, gut«, erwiderte Blount wenig begeistert. »Die Obduktionsergebnisse sind gerade gekommen. Die Verstorbene war drogenabhängig. Kokain. Sie können unterwegs darüber nachdenken.«

»Kokain? Ja, so was habe ich mir schon gedacht. Wie lange hat ...« Aber Blount hatte bereits aufgelegt.

Als Nigel in die Dorfstraße einbog, blies ihm der Ostwind um die Ohren, fuhr ihm in die Knochen und umklammerte seinen Schädel wie eine eiserne Haube. Er schien mit seinem brennenden Odem alle Lebenssäfte auszutrocknen. Unmittelbar nach dem Dorf befreiten Männer einen Wagen aus einer Schneeverwehung; ihr Atem bildete Wölkchen in der Luft. Eine Drogenabhängige, dachte Nigel. Arme Betty. Dabei war es offensichtlich gewesen. Alles, was ihm über ihr Benehmen in letzter Zeit erzählt worden war, deutete darauf hin – die Nervosität, der Wechsel von Überschwänglichkeit und Deprimiertheit, die Heftigkeit.

Und doch war es merkwürdig. Es passte irgendwie nicht zu dem Bild, das er sich von Elizabeth Restorick gemacht hatte – das Bild einer Frau, die sich trotz ihrer Erfahrungen eine Art Unschuld bewahrt hatte, einer Frau, die leichtfertig, aber nicht boshaft war. Eine solche Priesterin der körperlichen Ekstase hatte mit Sicherheit nicht die künstliche Erregung nötig, die Drogen auslösten.

Als Nigel in Easterham Manor ankam, wurde er sofort ins Frühstückszimmer geführt, das die Polizei zu ihrem Büro gemacht hatte. Trotz des Feuers, das in dem großen Kamin brannte, wirkte der Raum trostlos – wie der Schreibraum in einem Bahnhofshotel, dachte Nigel, mit seinen ungeeigneten Tischen, Stapeln von Briefpapier und metallenen Aschenbechern. Und trotz des Feuers trug Inspector Blount seine Nachthaube. Ein Kleidungsstück, das Nigel nie gebilligt hatte. Der Inspector, hatte er einmal zu bedenken gegeben, sei von der Natur nicht dazu ausersehen worden, einen Piraten darzustellen oder eine Person aus *A Rake's Progress*. Aber Blount hatte ihm entgegengehalten, wenn man vollkommen kahl sei, habe der Kopf bei kaltem Wetter Schutz nötig, selbst in Innenräumen. »Ich brauche meinen Kopf«, pflegte er zu sagen, »ich kann mir nicht leisten, dass er sich erkältet.«

Superintendent Phillips und ein Detective Sergeant waren ebenfalls anwesend, als Nigel eintrat. Blount, der an einem Schreibtisch neben dem Kamin saß, nahm seinen goldumrandeten Kneifer ab und deutete auf einen Stuhl. Nigel setzte sich gehorsam. Wie üblich wirkte Blount, wenn man über die unpassende Hogarthsche Verwegenheit der weißen Nachthaube hinwegsah, wie der Filialleiter einer Bank, der mit einem Kunden über dessen Kontoüberziehung spricht.

»Sie haben sich also wieder einmal in etwas hineinziehen lassen, Strangeways«, sagte er streng.

Nigel ließ den Kopf hängen.

»Sie erzählen mir die Sache besser in Ihren eigenen Worten.«

»Es ist nicht meine Angewohnheit, die Worte anderer zu benutzen«, erwiderte Nigel würdevoll und gab Blount einen Bericht über den Fall, wie er sich für ihn darstellte. Der Detective Sergeant schrieb eifrig mit.

»Hm«, sagte Blount, als er geendet hatte, »da gibt es ein paar interessante Punkte. Wie, äh, erklären Sie den Vorfall mit der Katze?«

»Ich neige zu der Annahme, dass der Milch etwas beigemischt wurde. Wir müssen herausfinden, ob es irgendein Mittel gibt, das diese Wirkung haben kann. Wir wissen von

Kokainräuschen, aber ich glaube nicht, dass Kokain auf Tiere die gleiche Wirkung hat. Es kann natürlich ein Schabernack gewesen sein. Aber da wir jetzt wissen, dass Miss Restorick drogenabhängig war, können wir eine Verbindung zwischen dem Vorfall mit der Katze und dem Mord vermuten. Vielleicht hat jemand versucht, ihr mitzuteilen, dass er weiß, dass sie drogenabhängig ist?«

»Die erste Andeutung von Erpressung? Oder eine Warnung? Warum hat er es nicht mündlich gemacht?«, fragte Blount.

»Keine Ahnung. Es sei denn, er wollte aus irgendeinem Grund nicht, dass sie wusste, dass er es wusste. Erpresser bleiben lieber anonym.«

»Das ist alles bloße Theorie.« Blount wischte das Argument mit einer brüsken Handbewegung fort. »Denken Sie dabei an jemand Bestimmten?«

»Miss Cavendish – sie ist die Cousine meiner Frau, bei der wir wohnen – sagte, während des Vorfalls mit der Katze habe Andrew Restorick seine Schwester sehr aufmerksam beobachtet. Sie sagte, es sei wie bei *Hamlet* gewesen. Sie wissen schon, diese Szene, in der ...«

»Ich habe Aufführungen des Stücks gesehen«, sagte Blount trocken.

»Nehmen wir an, Andrew war sich nicht sicher, ob seine Schwester drogenabhängig war. Er hätte einen Versuchsballon in diese Richtung steigen lassen können.«

»Die Vermutung ist kaum haltbar, Strangeways. Sie setzt erstens voraus, dass die Verstorbene erkennen würde, dass die Symptome der Katze von einer Droge ausgelöst wurden, und zweitens, dass Andrew – der, wie man uns sagte, seine

Schwester ganz besonders mochte – sich nicht traute, offen mit ihr darüber zu sprechen. Nein, wir müssen etwas Besseres finden. Bitten Sie Dr. Bogan, zu uns zu kommen.«

Der Sergeant ging hinaus. Blount nahm widerwillig seine Nachthaube ab und setzte sich auf einen Stuhl, der etwas weiter vom Feuer entfernt war, wo er das Licht aber in seinem Rücken hatte. Als der Doktor eintrat, war Blount scheinbar in die Papiere auf seinem Schreibtisch vertieft. Nach einer beträchtlichen Pause, in der Dr. Bogan gedankenverloren mit den Fingern durch seinen Bart fuhr, bekleckste Blount ein Blatt Papier, blickte auf und sagte:

»Sie behandelten Miss Restorick wegen ihrer Drogenabhängigkeit.«

»Das ist richtig.« Die Stimme des Doktors klang weder überrascht noch verärgert.

»Sie wussten, dass es früher oder später herauskommen musste. Ich verstehe nicht, warum Sie es gestern verschwiegen haben.«

»Ich war zum einen unsicher hinsichtlich Mr Strangeways Stellung. Und da ich ein Freund der Familie bin, hatte ich persönliche und professionelle Gründe, mich so lange wie möglich an meine Schweigepflicht zu halten.« Der Doktor sprach mit einer Würde, die Nigel positiv beeindruckte.

»Ihre Behandlung war, äh, einigermaßen unkonventionell.«

Dr. Bogans weiße Zähne blitzten in einem raschen Lächeln auf. »Manche meiner Kollegen nennen mich einen Quacksalber. Pasteur hatte unter den gleichen Verdächtigungen zu leiden.«

»Ja, ja«, sagte Blount leicht gereizt. »Aber Hypnose …«

»Kokain ist eine Droge, die süchtig macht. Und die Sucht

setzt sich im Unterbewusstsein fest. Hypnose ist, wie ich glaube, das wirksamste Mittel für einen Gegenangriff an dieser Front.« Dr. Bogan warf einen spöttischen Blick auf den Inspector. »Ich habe natürlich eine von Miss Restorick unterschriebene Erklärung, dass sie einverstanden war, sich einer solchen Behandlung zu unterziehen.«

»Ich würde es begrüßen, diese Erklärung zu gegebener Zeit zu sehen«, sagte Blount steif. »War die Behandlung erfolgreich?«

»Ich denke, wir waren auf einem guten Weg. Miss Restorick war beileibe nicht geheilt. Aber wir hatten bereits versucht, mit dem Konsum der Droge vollständig aufzuhören.«

»Würden Sie sagen, dass irgendjemand im Haus wusste, dass sie drogenabhängig war?«

»Meines Wissens nicht. Aber jeder, der mit ihnen vertraut war, konnte die Zeichen erkennen.«

»Ganz recht. Ja.« Blount versetzte seiner Glatze mehrere heftige Schläge. »Ich würde Sie bitten, uns jetzt ihre Krankengeschichte zu schildern.«

Dr. Bogans Bericht zufolge hatte Elizabeth Restorick sich vor sechs Monaten in seine Hände begeben. Er hatte sie ein paar Wochen zuvor auf einem Fest in London kennengelernt. Sie hatte bereits lange vor dieser ersten Begegnung angefangen, Kokain zu nehmen. In der ersten Phase der Behandlung war sie in Dr. Bogans Privatklinik; nach einem Monat wurde sie entlassen, und die Behandlung wurde in weniger drastischer Form fortgesetzt. Sie hatte sich immer geweigert, ihm zu erzählen, wer sie mit der Droge in Kontakt gebracht hatte und sie damit versorgte, und er hatte es nicht als seine Aufgabe gesehen, sie hartnäckig danach zu fragen.

Soweit er es beurteilen konnte, hatte sie, nachdem die Behandlung begonnen hatte, keine Drogen mehr genommen, abgesehen von den immer geringeren Dosen, die ihr erlaubt gewesen waren. Vor zwei Wochen dann hatte sie auch diese nicht mehr bekommen. Dieser vollständige Entzug war dafür verantwortlich, dass sie sich in letzter Zeit unwohl gefühlt hatte.

»Haben Sie eine Ahnung, warum sie sich von der Sucht befreien wollte? Als sie sich dazu entschloss, meine ich«, fragte Nigel, als der Doktor geendet hatte.

»Ich habe keinen Beweis dafür. Es ist möglich, dass ihre Verlobung mit Mr Dykes etwas damit zu tun hatte. Falls sie in ihn verliebt war ...«

»Falls?«

»Na ja, man würde nicht unbedingt erwarten, dass sie sich in jemanden wie ihn verliebt. Er unterscheidet sich doch sehr von den Leuten, mit denen sie sonst verkehrt.«

»Vielleicht gerade deswegen«, sagte Nigel.

Es gab eine Pause. Nigels letzte Frage hatte den Doktor irgendwie in Verlegenheit gebracht. Sein Bericht jedoch, dachte Nigel bei sich, hat ganz selbstverständlich und ehrlich gewirkt, es kann alles überprüft werden, und er beeindruckt einen positiv – eine bemerkenswerte Persönlichkeit.

Blount dachte offensichtlich das Gleiche. »Ich nehme an, Sie wollen morgen wieder zurück in Ihre Praxis«, sagte er. »Wir bleiben in Verbindung mit Ihnen – Ihre Adresse haben wir ja. Wir werden Ihre Aussage bei der gerichtlichen Untersuchung benötigen.«

Als Dr. Bogan aufstand, kehrte Superintendent Phillips, der während des Gesprächs nach draußen gerufen worden war, zurück und flüsterte Blount etwas ins Ohr. Dieser hob daraufhin die Hand, um Dr. Bogan aufzuhalten.

»Nur einen Augenblick, Doktor.« Seine Stimme hatte abgesehen von ihrer Verbindlichkeit auch etwas Schneidendes, das Nigel von früher kannte. »Wären Sie so freundlich, uns zu sagen, was für Papiere Sie heute Morgen in Ihrem Kamin verbrannt haben?«

KAPITEL 9

Wie wenig Schnee, umhergewälzt,
sogleich zum Berge wird.
WILLIAM SHAKESPEARE

Es gibt Augenblicke, in denen die Zeit, wie man sagt, stillsteht. Und es gibt Augenblicke, in denen, als wäre lautlos ein anderes Getriebe eingeschaltet worden, die Zeit mühelos vorauseilt oder im Schneckentempo verrinnt. Genau das war die Wirkung, die Blounts Frage hatte. Für Nigel schien alles plötzlich die traumartige Qualität einer Zeitlupenaufnahme anzunehmen. Eine Art tödlicher Bedächtigkeit erfasste die Bewegungen der anderen im Raum; es war fast so, als wären sie bei der Pirsch an dem Augenblick angelangt, an dem sie die Beute gesichtet haben, oder hätten den Rand eines Horizonts erreicht, den das Feuer des Feindes hinweggefegt hat.

Wenn Dr. Bogan die Beute war, schien er sich dessen jedoch nicht bewusst zu sein. Ein leichtes verwirrtes Stirnrunzeln kräuselte seine Stirn und verschwand wieder. Sein bohrender Blick suchte bewusst den von Blount und benutzte dann den merkwürdigen Trick, den Fokus zu verlieren, den Nigel schon früher an ihm bemerkt hatte. Seine Stimme war jedoch fest, als er sagte:

»Die Art von Behandlung, die ich bei Miss Restorick anwandte, ist nicht ohne Probleme. Sie haben vermutlich schon von dem gehört, was man ›Übertragung‹ zwischen Psychoanalytiker und Patient nennt. Bei der Hypnose besteht die gleiche Gefahr. Um es freiheraus zu sagen, der Patient verliebt sich in den Arzt.«

»Sie wollen andeuten«, sagte Blount, »dass die Papiere, die Sie verbrannt haben, äh, Liebesbriefe der Verstorbenen waren?«

Bogans Blick konzentrierte sich wieder und nahm ein eigentümliches intelligentes Leuchten an.

»Das werden Sie zweifellos noch früh genug selbst entdecken. Mir wurde gesagt, dass Ihre modernen wissenschaftlichen Methoden verbranntes Papier rekonstruieren und die Schrift darauf wieder lesbar machen können.«

Er hatte das im Plauderton gesagt, zu allen im Raum. Superintendent Phillips konnte sich nicht beherrschen:

»Leider nicht. Die Asche ist in den Müll gewandert ...«

Es gab einen Knall, der alle wie ein Pistolenschuss aufschreckte. Er kam von dem Stift, den Blount entzweigebrochen hatte, und das war das einzige Zeichen, mit dem er seinem Ärger über Phillips Bemerkung Ausdruck gab. Nigel blickte Bogan mit neuem Respekt an. War es Zufall, dass er ihnen auf diese Weise geschickt die Information entlockt hatte, dass die Papiere unleserlich waren?

»Sie haben meine Frage nicht beantwortet, Dr. Bogan«, sagte Blount. »Sie erzählen uns, dass es Liebesbriefe waren, die Sie verbrannt haben?«

»Tut mir leid. Ich bin ebenso wie Sie an dem Inhalt der Papiere interessiert. Denn, wissen Sie, ich habe seit Tagen nichts in meinem Kamin verbrannt.«

Der Detective Sergeant glotzte überrascht. Phillips schnappte nach Luft. Aber Blount fuhr unbeirrt fort.

»Ich verstehe. Können Sie uns denn sagen, wann Sie nicht in Ihrem Schlafzimmer waren?«

»Gestern oder heute? Wann wurden die Papiere gefunden?«

Blounts flackernder Blick verriet, dass seine kleine Falle versagt hatte.

»Am Morgen nach dem Mord.«

»Ich kam um 8 Uhr 45 zum Frühstück runter. Wir saßen noch beim Frühstück, als das Mädchen Miss Restoricks Leiche fand. Mrs Restorick, ihr Mann und ihr Bruder gingen sofort nach oben und ließen Dykes und mich allein. Miss Ainsley war noch nicht erschienen. Etwa fünf Minuten später - sagen wir fünf nach neun - riefen sie mich nach oben. Ich untersuchte den Leichnam. Dann ging ich wieder nach unten. Soweit ich mich erinnern kann, bin ich bis Mittag nicht in meinem Schlafzimmer gewesen.«

Blount setzte seine Befragung fort. Bogan war sicher, dass in dem Kamin keine Papiere verbrannt worden waren, bevor er zum Frühstück hinuntergegangen war. Charlotte und Hereward waren bereits im Esszimmer, Andrew und Dykes erschienen einen Augenblick später. Als er von der Untersuchung der Leiche zurückkam, saß Dykes noch am Frühstückstisch, und Eunice Ainsley hatte sich zu ihm gesellt. Es war ungefähr 9 Uhr 20. Die drei saßen bis Viertel vor zehn am Tisch.

»Wir haben die Aussage des Hausmädchens, das Ihr Zimmer saubermacht, dass sie kurz vor neun hinaufgegangen ist und eine Menge verbranntes Papier aus dem Kamin geholt hat«, sagte Blount. »In dem allgemeinen Wirbel hatte sie das ganz vergessen. Das Papier wurde in einen Mülleimer getan, der später am Tag auf dem Abfallhaufen ausgeleert wurde. Die Asche ist also verstreut worden. Aber es sieht so aus, dass sie zwischen 8 Uhr 45 und 9 Uhr gestern Morgen in Ihrem Kamin platziert wurde.«

»Ich bin erleichtert, dass Sie meine Version der Angelegenheit akzeptieren«, sagte Dr. Bogan mit einem aufblitzenden Lächeln, das Nigel an sein italienisches Blut erinnerte.

»Wir werden das gründlich überprüfen«, erwiderte Blount teilnahmslos. »Ich denke, das ist für den Moment alles, Dr. Bogan.« Er machte eine Pause, als erwartete er, dass der Doktor noch etwas sagen würde, aber Bogan stand nur auf und verließ den Raum.

»Für einen angesehenen Spezialisten scheint er es ja nicht gerade eilig zu haben«, murmelte Nigel.

»Ja. Ich hatte eigentlich auch erwartet, dass er fragt, wann er nach London zurückfahren kann. Aber noch ist das Wochenende ja nicht vorbei – falls er zu denen gehört, die sich lange Wochenenden gönnen.«

Blount fuhr fort, Nigel zu informieren. Die Obduktion hatte ergeben, dass der Tod zwischen zehn Uhr abends und zwei Uhr nachts eingetreten war. Es konnte nicht nachgewiesen werden, ob Elizabeth erwürgt worden war, bevor der Hals in die Schlinge gelegt worden war. Die doppelte Schlinge um ihren Hals hatte mit ihren eigenen Spuren die Quetschungen überdeckt, die ihr möglicherweise vorher zugefügt worden waren. Darüber hinaus wies der Leichnam keine weiteren Spuren von Gewalt auf. Doch die mikroskopische Untersuchung des Seils bewies eindeutig, dass der Körper in die Position gezogen worden war, in der er später gefunden wurde.

»Damit ist Selbstmord also endgültig ausgeschlossen«, sagte Nigel. »Obwohl es keine Spuren von Gewalt gibt?«

»Das verrät uns einiges. Nur eine Person, die mit der Verstorbenen eng vertraut war, konnte mitten in der Nacht in ihr Zimmer kommen und die Finger um ihren Hals legen, ohne dass sie erschreckt und sich wehrt. Außerdem haben wir gute Gründe anzunehmen, dass sie jemanden erwartete.«

»Dennoch hätte man erwarten können, dass sie an ihrem Angreifer Spuren hinterlässt. Doch niemand im Haus scheint einen Kratzer zu haben, soweit ich das beurteilen kann.«

»Wenn sie von hinten erwürgt oder zuerst mit einem Kissen erstickt wurde, könnte ihr Angreifer unversehrt geblieben sein. Möglicherweise finden Sie Kratzer an seinen Händen und Handgelenken. Aber erinnern Sie sich, auf den Lichtschaltern gab es keine Fingerabdrücke, er trug vielleicht Handschuhe.«

»Ihr Liebhaber - wenn Sie denken, dass er es war - wäre sicher nicht mit Handschuhen an ihr Bett gekommen.«

»Nein. Aber er hätte so tun können, als würde er das Zimmer wieder verlassen, sie anziehen und zum Bett zurückkehren können. Das sind alles unbedeutende Details, Strangeways. Was zählt, ist, dass nur der Liebhaber der Frau all unsere Voraussetzungen erfüllt.«

»Was den Kreis der Verdächtigen auf Dykes, Bogan oder eine unbekannte Person X einschränkt, die sich in der Nacht Zugang ins Haus verschafft hat? Das klingt vernünftig. Aber Ihre Argumentation hat einen entscheidenden Fehler.«

»Einen Fehler? Nicht dass ich wüsste.«

»Einen logischen Fehler. Oder einen logisch-emotionalen, um genau zu sein. Haben Sie Dykes schon befragt?«

»Nein. Er ist der Nächste.«

»Könnte ich vorher eine Viertelstunde mit ihm haben? Allein?«

Blount maß Nigel mit einem seiner kältesten Blicke. »Warum?«

»Mir könnte er Dinge sagen, die er bei einer offiziellen Befragung zurückhält. Sie sind ganz schön einschüchternd, wissen Sie.«

»Ich nehme mal an, Sie handeln nicht im Auftrag von jemandem in dieser Angelegenheit?«

»Nicht jetzt«, erwiderte Nigel, und eine plötzliche Vision von Elizabeth Restorick in der skandalösen Schönheit ihres Todes blitzte vor seinem inneren Auge auf.

»Also gut. Ich erwarte natürlich, dass Sie alle relevanten Informationen an mich weitergeben werden.«

»Das versteht sich.«

Nigel fand Will Dykes beim Stöbern in der Bibliothek und nahm ihn mit hinaus in den Garten. Der Romanautor schien sich mittlerweile etwas in den Griff bekommen zu haben, obwohl an seinen Augen zu erkennen war, dass er letzte Nacht wenig geschlafen hatte. Sie gingen forschen Schrittes, denn es blies ein beißender Wind, zur geschützten Seite des Hauses, wo es ein Wäldchen aus Birken gab, deren Spitzen zart mit Schnee bedeckt waren.

»Sondieren Sie die Lage für die Polizei?«, fragte Dykes geradeheraus, als sie außer Hörweite des Hauses waren.

»Sie mögen die Polizei nicht?«

»Leute meiner Klasse haben sie nie gemocht. Polizisten sind die bezahlten Hüter der Privilegien, und jeder halbwegs vernünftige Mensch weiß das.«

»Ich dachte mir schon, dass Sie so empfinden. Deswegen wollte ich mich vorher ein wenig mit Ihnen unterhalten. Blount – das ist der Bursche vom C. I. D. – ist durch und durch Polizist. Er ist ganz in Ordnung und fähig, aber er erlaubt seinem Kopf nicht, auf sein Herz zu hören.«

»Warum sollte er?«

»Er wäre ein besserer Kriminalbeamter, wenn er es täte. Aber das nur am Rande. Worauf ich hinauswill, ist ... Er hat Sie auf die Palme gebracht, Sie in die Defensive gedrängt und Sie dazu verleitet, einen weitaus schlechteren Eindruck von sich zu geben, als gut für Sie ist.«

Dykes wollte eine trotzige Antwort geben. Aber er besann sich, Nigels Worte sprachen den Romanautor in ihm an – den analytischen Beobachter.

»Vielleicht haben Sie recht. Ja. Sie machen einen ganz vernünftigen Eindruck, junger Mann. Obwohl ich nicht die geringste Ahnung habe, was Sie das angeht.«

»Machen Sie sich keine Gedanken deswegen. Und lassen Sie uns eines klarstellen. Ich bin nicht auf Ihrer Seite. Ich bin auf niemandes Seite. Außer vielleicht auf der von Elizabeth Restorick. Über alles, was Sie mir sagen und was für die Untersuchung relevant sein könnte, werde ich die Polizei informieren. Ich spreche mit Ihnen, weil ich glaube, dass Sie mir möglicherweise Dinge sagen werden, die Sie vor einer Gruppe von Polizisten nicht sagen würden.«

»Sie nehmen kein Blatt vor den Mund, hm? Nun ja, endlich mal klare Worte nach dem Gesülze von manchen hier.«
»Nicht dass ich irgendetwas zu verbergen hätte.«

»Das würde ich auch so sehen. Mit Ausnahme vielleicht ihrer Verlegenheit.«

Will Dykes blieb stehen und sah ihn aufmerksam an. »Oh, ich verstehe, was Sie meinen. Die sexuelle Seite der Sache. Also, ich würde sagen, ich bin ein wenig prüde – Kerle aus der Arbeiterklasse sind ein wenig großmäulig, das mag sein, aber sie sind nicht so hinterhältig wie dieses Ainsley-Flittchen. Aber durch die Leute, mit denen Betty sich herumtrieb, bin ich einiges gewöhnt.«

»Wie lange kannten Sie sich?«

»Sechs Monate. Nein, acht. Es war im Mai. Ich lernte sie auf einem dieser verdammten Verlagsfeste kennen. Wissen Sie, ich wurde herumgereicht. Wir fanden Gefallen aneinander, weil die anderen im Raum alle so blutleer wirkten. Die reinsten Gespenster! Betty war kein Engel. Aber, mein Gott, sie hatte Blut in ihren Adern.«

»Sie sagen, sie war kein Engel. Wussten Sie, dass sie drogenabhängig war?«

Der Romanautor grunzte unwillkürlich, als wäre er tief in seinem Herzen getroffen. »Ist das wahr?«, fragte er und packte Nigel an den Armen. Seine Tränen gestern, seine heftige Reaktion jetzt – den Mann zeichnete eine billige Gefühlsduselei aus, die man als Charakterschwäche bezeichnen konnte, wenn man die Maßstäbe der Restoricks anlegt, dachte Nigel.

»Ich fürchte, ja. Das hat die Obduktion ergeben. Kokain.«

»Das war es also«, murmelte Dykes. »Arme Betty. Oh, diese gemeinen, kalten Teufel!«

»Sie vermuteten es also?«

»Diese Ainsley deutete es an. Und andere Freunde von Betty. ›Freunde‹! Mein Gott! Hätte sie es mir doch nur erzählt! Wir hätten das zusammen durchstehen können. Wer hat sie an das Zeug gebracht?« In Dykes Augen blitzte eine mörderische Wut auf.

»Das wissen wir nicht. Ich hätte es Ihnen gern gesagt, Dykes. Vor sechs Monaten begab Elizabeth sich bei Bogan in Behandlung. Sie wollte von der Sucht geheilt werden. Hat das Datum irgendeine Bedeutung für Sie?«

»Bedeutung? Oh, ich verstehe. Ja, vor sechs Monaten bat ich sie, mich zu heiraten.«

»Hat sie zugestimmt?«

»Sie sagte, ich müsse warten. Jetzt verstehe ich auch, warum. Sie wollte zuerst gesund werden. Ich erinnere mich, dass sie sagte ... Es war im Oberdeck eines Busses; wir pflegten lange Busfahrten durch London zu machen, wissen Sie, man kauft eine Fahrkarte von einem Ende zum anderen ... Mit einem Bus zu fahren, war ein neuer Nervenkitzel für sie, nehme ich an ... jedenfalls sagte sie: ›Willie, ich liebe dich, Gott allein weiß, warum – aber ich liebe dich zu sehr, um dich jetzt schon zu heiraten.‹ Jetzt verstehe ich, was sie damit meinte.«

Sich durch den hohen Schnee kämpfend, gingen sie in das Birkenwäldchen. Eine seltsame Umgebung für ein vertrauliches Zwiegespräch, dachte Nigel.

»Schön, diese Bäume, nicht? Wir hatten so einen in unserem Garten hinter dem Haus. Immer mit Ruß bedeckt. Ein hübsches schwarzes Mädchen.«

»Waren Sie ein Liebespaar?«, fragte Nigel.

»Nein. Betty wollte es. Aber ich wollte davon nichts wissen. Heirat oder nichts, sagte ich. Und nichts habe ich bekommen.«

Nach und nach wurde Nigel klar, was für eine merkwürdige Anziehungskraft Elizabeth auf Will Dykes ausgeübt haben musste. Zunächst hatte er es für reinen Eigensinn ihrerseits gehalten. Aber Will war, wie er jetzt erkannte, nicht nur ein neuer Nervenkitzel für sie, er war eine neue Welt. Er verband fantasievolles Verständnis mit gesundem Menschenverstand und einem Moralkodex, den sie nie gekannt hatte. Aber es war mehr als das. Es war der Einfluss einer Persönlichkeit auf sie, die Treue mit Illusionslosigkeit verband. Er würde sie weder als Kleopatra noch als Gespielin behandeln. Die Männer, mit denen sie sich bis dahin getroffen hatte, würden für sie die Scheu empfinden, die einer zu leichten Leidenschaft vorausgeht, und die Verachtung, die ihr folgt. Sie konnten sie zu keiner Zeit wie Dykes als ebenbürtige Partnerin wahrnehmen, die man respektiert. Außerdem würde die Stärke von Elizabeths Leidenschaft, das unbedingte Alles-für-die-Liebe-Motto ihres Lebens den normal schäkernden Mann zutiefst schockieren. Solche Männer, die Angst davor hatten, sich so sehr wie Elizabeth auf jemanden einzulassen, denn das würde bedeuten, unbekanntes Terrain zu betreten, solche Männer konnten ihr nicht gerecht werden. Aber Will Dykes, überlegte Nigel, würde weder schockiert noch ängstlich sein; obwohl sie ihn vielleicht körperlich versklaven würde, würde sich ein Teil von ihm immer ihrer Kontrolle entziehen, er würde zwar nicht Herr über sie sein, aber doch distanziert und unabhängig bleiben.

Ja, Will Dykes repräsentierte für sie die Beständigkeit und Gesundheit, wonach jeder Wüstling sich an einem bestimmten Punkt seiner Karriere sehnt. Aber das bedeutete nicht zwangsläufig, dass er sie nicht ermordet hatte.

»Ist Ihnen klar«, sagte Nigel nach langem Schweigen, »dass die Polizei Sie verdächtigt?"

»Verdächtigt, Betty getötet zu haben? Das nehme ich an. Man kann sich darauf verlassen, dass sie einen aus der Arbeiterklasse aufs Korn nehmen, wenn sie können.«

»Das ist nicht der Grund. Sie werden sagen, dass es sich um ein Verbrechen aus Leidenschaft handelte, dass Sie ihr Liebhaber gewesen sind und sie aus Eifersucht getötet haben, weil sie Sie wegen Dr. Bogan hat sitzenlassen. Und nach allem, was ich weiß, könnten sie damit recht haben.«

Will Dykes fauchte. »Was für ein schmutziges Geschäft! Ich schätze, ich werde den Geschmack nie aus meinem Mund kriegen. Ich Betty töten! Oh ja, das sollte mir eine Lehre sein, mich an meine eigenen Leute zu halten.« Sie hatten sich in stillschweigendem Einverständnis auf den Rückweg zum Haus gemacht. »Sie halten mich für gefühllos, Mr Strangeways, weil ich nicht sage, dass mein Leben zu Ende ist, jetzt, da Betty tot ist? Tja, man kann über alles hinwegkommen. Ich bin glücklich. Ich habe die Bücher, die ich schreiben werde, und ich habe Betty in meinem Herzen, die mich dazu antreibt. Kerle wie ich ... wir sind an die harte Seite der Dinge gewöhnt. Nicht wie die, die da drin ein behütetes Leben führen«, er deutete mit dem Daumen auf das Haus, »die denken, es ist der Weltuntergang, wenn das elektrische Licht ausfällt.«

»Ich würde Andrew Restorick nicht behütet nennen.«

»Oh, er ist kein schlechter Kerl. Aber er hatte immer etwas, worauf er zurückgreifen konnte, wenn es hart auf hart kam. Nein, sie kommen dem wahren Leben keine hundert Meilen nah. Schauen sie sich das Zeug hier an«, Dykes versetzte dem Schnee einen Fußtritt. »Wo ich herkomme, bedeutet das Schneebälle für die Kinder – mit Steinen drin. Es bedeutet, dass die Kleidung nicht dick genug ist und das Feuer nicht groß genug; vielleicht bedeutet es eine Unterbrechung der Arbeit und weniger Geld in der Lohntüte am Freitag. Ja, so ist das, und wir machen keine große Geschichte daraus. Aber was machen diese Leute daraus? Gerade mal ein bisschen Zuckerguss auf ihrem Kuchen. Oder eine verdammte Unannehmlichkeit – die Rohre platzen, und sie machen ein solches Theater, dass man denkt, die Sintflut ist im Anmarsch, und dann müssen sie nach jemandem von uns schicken, um sie zu reparieren. Oder die Züge verspäten sich etwas, und diese dumme Ainsley schafft es nicht rechtzeitig in die Stadt zu ihrem Termin mit der Kosmetikerin, und sie ...«

»... wird es an Ihnen auslassen?«, ergänzte Nigel.

»An mir? Warum sollte sie?«

»Sie scheinen sich ständig in die Haare zu geraten, Ihrem Auftritt vorgestern Abend nach zu urteilen.«

»Ich mag ihre Art nicht, Dinge anzudeuten. Ich wusste nicht, auf was sie anspielte. Ich dachte, es wäre reine Eifersucht.«

Nigel unterdrückte ein Lächeln. Die Vorstellung, dass dieser untersetzte kleine Mann mit seiner geölten Tolle, seiner groben Haut und seinen noch gröberen Manieren das Schlachtfeld zweier so eleganter Frauen war, schien geradezu lächerlich. Befremdlich. Peinlicherweise erriet Dykes seine Gedanken.

»Komisch, nicht? Da müssen Sie lachen? Wissen Sie, normalerweise würde Miss Ainsley mich keine zwei Mal ansehen. Ein entsetzlich gewöhnlicher kleiner Blödmann, meine Liebe«, ahmte er täuschend echt ihre gedehnte Sprechweise nach. »Aber Bettys Interesse für mich ließ ihr keine Ruhe. Was sah Betty nur in mir? Das beschäftigte sie. Ich zweifle nicht daran, dass sie nach einer Weile dachte, ich müsse ein großer Liebhaber sein, ein verkleideter Valentino. Und der nächste Schritt war, dass sie mich selbst wollte. Das kann man verstehen, das ist weibliche Neugier. Deswegen war sie eifersüchtig.«

»Ja, ich verstehe. Miss Ainsley war eine alte Freundin von Elizabeth?«

»Ich glaube, ja. Sie gehörte jedenfalls zu ihrer Clique. Bettys Problem war, dass sie so warmherzig war ... Menschen wie sie machen keine Unterschiede. Wie die Sonne, die gleichermaßen auf Gerechte und Ungerechte scheint.«

Eine gute Grabinschrift für Elizabeth, dachte Nigel. Aber los jetzt, es wartet noch viel Arbeit auf uns.

Sie gingen ins Haus, und Nigel brachte Dykes ins Schreibzimmer. Er hatte gehofft, einen Anruf nach London machen zu können, doch Blount sagte ihm, die Leitung sei tot. Das bedeutete eine eisige, sich hinziehende Bahnfahrt. Aber sie war notwendig. Er war nach Easterham gekommen, um sich um eine Katze zu kümmern, und er beabsichtigte, seinen Auftrag auszuführen.

KAPITEL 10

Wie schnell das gemeine Unkraut wuchert!
PHINEAS FLETCHER

Am Nachmittag desselben Tages, während Nigels Zug auf seinem Weg nach London mit Schneeverwehungen und stellenweise vereisten Gleisen kämpfte, legte Georgia unwissentlich ihren Finger auf ein anderes der verstreuten Teile des Puzzles. Mit dem Einverständnis ihrer Cousine hatte sie die Kinder der Restoricks eingeladen, den Nachmittag im Dower House zu verbringen. Ihre Stimmung war etwas gedrückt, als sie ankamen, denn am Morgen hatten sie von Tante Bettys Tod erfahren, aber eine längere Schneeballschlacht mit Georgia im Garten, während der, nebenbei gesagt, John seine Meinung revidieren musste, dass Frauen nicht gerade werfen können, hatte schnell wieder ihre Lebensgeister geweckt.

Anschließend gingen sie hinein. Georgia hatte nicht so recht gewusst, was sie mit Kindern in einem Haus anstellen könnte, das zu drei Vierteln leer war wie Mother Hubbards Küchenschrank und dessen übrige Räume angefüllt waren mit zerbrechlichem Trödel von unschätzbarem Wert. Sie löste das Problem jedoch, indem sie eine Reihe von Schrankkoffern vom Speicher holte und ein Piratenschiff aus ihnen baute. John, der Kapitän, ließ Georgia und Priscilla nach Herzenslust über die Planke gehen. Georgia, die zugleich Opfer und Steuermann war, vergaß für eine Weile die Tragödie, die auf Easterham Manor lastete, und Priscilla schien ganz glücklich zu sein, von ihrem herrischen Bruder herumkommandiert zu werden.

In einer Spielpause zündete sich Georgia eine Zigarette an und bot aus Spaß auch John eine an. »Rauchst du, Kapitän? Oder kaust du deinen Tabak?«, fragte sie.

Die Reaktion auf diese harmlose Frage war seltsam. Die Kinder tauschten verstohlene Blicke aus, ob voller Schuldgefühle oder einfach nur aus Verlegenheit konnte Georgia nicht erkennen. Vielleicht rauchten sie gelegentlich heimlich zu Hause. Aber sie bildete sich ein, dass John Restorick etwas vor der Zigarettenschachtel zurückgewichen war, die sie ihm hingehalten hatte.

»Nein, danke. Wir rauchen nie«, sagte Priscilla eine Spur scheinheilig.

»Tante Betty hat wie ein Schlot geraucht«, sagte John. »Sie war süchtig.«

»Das ist ungerecht. Warum sollten Erwachsene …? Ich meine, sie hat sich furchtbar aufgeregt, als wir …«

»Oh, halt den Mund, Priscilla. Sie ist jetzt tot. Sagen Sie, Mrs Strangeways, warum sind Polizisten bei uns im Haus?«

Das war die Frage, die Georgia gefürchtet hatte. »Hat eure Mutter euch nichts gesagt?«

»Ich weiß nicht. Sie sagte, Tante Betty wollte sterben und in den Himmel gehen, und das hat sie dann auch getan. Kommen Polizisten immer ins Haus, wenn jemand auf diese Weise stirbt?«

»Ja. Es gibt ein Gesetz dafür.«

»Ich finde, das ist blöd«, sagte Priscilla. »Warum sollte man nicht sterben dürfen, wenn man das will?«

Darauf hatte Georgia keine Antwort, und sie ahnte, dass die übliche vage Beschwichtigung oder ein Themenwechsel bei diesen Kindern nicht funktionieren würde. Doch zu ihrer Erleichterung wechselten sie von selbst das Thema. John schwang seine Beine über die Reling des Piratenschiffs und sagte abrupt:

»Glauben Sie an Gespenster, Mrs Strangeways?«

»Noch habe ich keines gesehen«, erwiderte sie. »Und du?«

Der Blick des Jungen bekam etwas Durchtriebenes, Geheimniskrämerisches. »Oh, unser Haus ist voll von ihnen«, prahlte er.

Georgia hatte den Eindruck, dass er, allem Anschein zum Trotz, vom Thema ablenkte.

»Red keinen Unsinn, Ratte«, sagte Priscilla. »Du hast nie welche gesehen. Hättest du eins gesehen, wärst du ganz schnell weggerannt.«

»Das glaubst auch nur *du*, Maus.«

»Sprecht ihr vom Bischofszimmer?«, fragte Georgia.

John runzelte verwirrt die Stirn, dann nahm sein Gesicht den störrischen, spöttisch-unschuldigen Ausdruck an, der den sensiblen Erwachsenen warnt, das Vertrauen eines Kindes nicht weiter zu strapazieren. Georgia ließ es dabei bewenden, und sie setzten ihr Spiel fort.

Erst kurz vor 22 Uhr kehrte Nigel aus London zurück. Er war taub vor Kälte, empfand aber die angenehme Benommenheit des zivilisierten Mannes, der ungewohnte Unbilden überstanden hatte.

»Sie mussten den Zug aus einer Schneeverwehung freischaufeln«, verkündete er stolz, nachdem er ein Glas von Miss Cavendishs Whisky heruntergekippt hatte – »ein Glas Lebensgeister«, wie sie sagte.

»Und hast du in London auch etwas freigeschaufelt?«, fragte Georgia.

»Wir sind nicht beeindruckt. Wir denken uns nichts dabei, die Anden mitten im Winter zu überqueren, aber …«

»Es war nicht mitten im Winter«, protestierte Georgia.

»… aber hier ist ein Mensch, der ein Lied über die Zeit schreibt, als er ein, zwei Stunden in einer Schneeverwehung feststeckte. Ja, ich weiß. Aber ich glaube, die Wissenschaftler würden mir zustimmen, dass der Schnee in England ebenso kalt ist wie in Südamerika. Das ist ein exzellenter Whisky, Clarissa.«

»Freut mich, dass er Ihnen schmeckt. Bitte, schenken Sie sich doch noch ein Glas ein.«

»Danke, das werde ich.«

»Dann hast du also etwas herausgefunden in London. Nigel hat eine irritierende Schwäche dafür, seine armseligen kleinen Entdeckungen zu dramatisieren«, erklärte Georgia Miss Cavendish. »Er hält die Handlung für seinen Auftritt an wie ein verwöhnter Schauspieler.«

»Eine Theatermetapher«, bemerkte Miss Cavendish. »Und ich glaube, sie ist durchaus treffend.«

»Nun denn, da die Damen darauf bestehen, mir meinen Auftritt zu verderben, hätte ich nicht übel Lust, sie zappeln zu lassen. Aber gut. Onkel John brachte mich mit einem ihrer Giftexperten zusammen. Er erkannte Scribbles Symptome sofort. Die Katze hatte Haschisch im Blut.«

»Haschisch? Bei meiner Seele!«, rief Miss Cavendish. »Das ist doch die Droge, wenn ich mich nicht irre, von der wir das Wort ›Assassinen‹ ableiten.«

Nigel senkte den Blick. Seine Hand, die zum Beistelltisch abirrte, auf dem sein Whiskyglas stand, griff geistesabwesend nach einem ganz anderen Gegenstand. Es war eine Spieluhr, und sie begann zu spielen – zart und kristallklar wie ein Eiszapfen: *Where'er You Walk*. Sie hörten sich die Melodie schweigend bis zum Ende an. Selbst in diesem Augenblick konnten sie sie nicht unterbrechen. Dann sagte Georgia:

»Gibt es da einen Zusammenhang? Ich meine, zwischen der Assassinen-Droge und dem Mord? Es ähnelt wirklich immer mehr der Szene in *Hamlet*.«

»Außer dass in diesem Fall der Mord erst noch bevorstand.«

»Und Miss Restorick natürlich nicht durch eine Droge getötet wurde.«

»Haschisch«, erklärte Miss Cavendish in ihrem dozierendsten Tonfall, »wird aus indischem Hanf gewonnen. Heute wird er hauptsächlich dafür verwendet, einen sinnlichen Rausch auszulösen. Aber die ursprünglichen Assassinen waren Mitglieder einer mohammedanischen Sekte, angeführt von einer Person, die den Spitznamen ›Der Alte vom Berge‹ trug. Diese Sekte pflegte die Droge als eine Art Aufputschmittel vor einem Mord einzusetzen. In den späteren Phasen führen ihre Wirkungen zu extremer Gewalt und Grausamkeit. Für mich besteht kein Zweifel, dass die Katze Halluzinationen hatte, die denen ähnelten, die die Assassinen hatten.«

»Mein Gott, Cousine Clarissa!«, rief Georgia, »du klingst, als wärst du selbst eine Verehrerin des Haschisch!«

»Jedes Schulmädchen sollte mit den Fakten vertraut sein«, erwiderte die alte Dame streng.

»Oh, verdammt!«, rief Nigel. »Tut mir furchtbar leid.« Er hatte die Spieluhr auf den Fußboden fallen lassen, wo sie noch ein paar Takte Händel klimperte und dann verstummte.

»Sie sind sicher müde, Nigel«, sagte Miss Cavendish. »Nein, ich bitte Sie, das ist nicht weiter schlimm. Das Instrument ist unbeschädigt. Aber wir dürfen Sie nicht länger von Ihrer wohlverdienten Ruhe abhalten.«

Die wohlverdiente Ruhe musste jedoch noch ein wenig warten. Als sie in ihrem Schlafzimmer waren, fragte Georgia, warum er die Spieluhr zu Boden hatte fallen lassen.

»Nein, das sollte kein Ablenkungsmanöver sein, ich schwöre es«, sagte er. »Ich bin nur erschrocken.«

»Aber warum? Clarissa sagte doch nur, dass jedes Schulmädchen mit den Fakten vertraut sein sollte.«

»Eben. Schul*mädchen*.«

»Ja, natürlich. Sie war Lehrerin. Eine Dozentin jedenfalls. Das war der Satz, mit dem sie so manchen jungen Emporkömmling in Girton zu bändigen pflegte.«

»Nein, es ist nicht *das*, woran ich denke. Ihre Worte ließen mich an etwas denken, das sich wohl schon auf der ganzen Fahrt von London hierher angebahnt hat. Hör zu. Elizabeth Restorick war ein Schulmädchen in Amerika. Sie geriet auf Abwege. Also. Du hast von Marihuana gehört; das ist selbst angebauter indischer Hanf. Seit dem letzten Krieg herrscht in den Vereinigten Staaten eine zunehmende Angst vor Drogenhändlern, die sich in der Nähe von High Schools herumtreiben und Marihuana in Form von Süßigkeiten oder Zigaretten an die Schüler verkaufen. Marihuana löst erotische Halluzinationen aus. Kurz vor Elizabeths Tod taucht im Haus Haschisch oder Marihuana auf. War das auch die ursprüngliche Ursache für ihren Verfall? Es gibt mit Sicherheit einen Zusammenhang – warum sonst sollte jemand der Katze das Zeug verabreichen?«

»Du meinst, das war eine Art Warnung?«

»Oder Erpressung. Oder ein Symbol für ... nein, das bringt nichts. Ich bin zu müde, und wir wissen noch nicht genug über die Fakten.«

Als er kurz vor dem Einschlafen war, sagte Georgia: »Das Zeug wird in Form von Süßigkeiten oder Zigaretten verkauft?«

»Ja. Eine widerliche Sache. Gute Nacht, Liebling.«

»Gute Nacht.«

Am nächsten Morgen bahnte sich Nigel, nachdem er eine Nachricht von Blount erhalten hatte, seinen Weg zum Dorfpub, in dem der Inspector wohnte. Als er eintraf, aß Blount gerade Porridge, in voller Montur, einschließlich Nachthaube; neben seinem Ellbogen stand ein Teller mit kaltem Schinken.

»Also wirklich, Blount, zu sehen, dass Sie bei weiß der Kuckuck wie viel Grad unter null vorhaben, kalten Schinken zu essen, ist mehr, als ich ertragen kann. Bei einem Mann, der sich mit Nachthauben verwöhnt, ist diese spartanische Kost nicht nur empörend, sondern geradezu absurd.«

»Oh«, erwiderte Blount und bombardierte seine Stirn mit raschen Schlägen, »der Schinken ist ausgezeichnet. Köstlich. Köstlich. Man darf den edlen Schinken nicht verachten. Respektlos. Ein Sakrileg. Außerdem esse ich den Haferbrei zuerst. Erwärmt das Herz.« Er schaufelte einen Löffel davon in seinen Mund.

»Ich denke oft, dass Porridge die Schotten erklärt«, sagte Nigel düster. »Er ist farblos wie ihre Kirchen, labbrig wie ihre Gefühle, langweilig wie ihr Charakter …«

»Haben Sie in London irgendwas rausgekriegt?«, fragte Blount in einer seiner irritierenden Rückbesinnungen aufs Geschäftliche.

Nigel erzählte ihm von der Erklärung für das Verhalten der Katze und von seiner eigenen Theorie, dass es eine Verbindung mit Elizabeth Restoricks Jugendverirrungen geben könnte.

»Das klingt plausibel«, sagte Blount langsam. »Aber mir leuchtet nicht ein, warum dafür eine so umständliche Methode benutzt wurde. Nehmen wir an, irgendjemand dort oben wusste, dass Miss Restorick früher Marihuana genommen und ihre Tugend verloren hat, und dieser Jemand wollte sie damit erpressen. Mit Sicherheit würde er ihr das doch eher heimlich mitteilen und nicht diesen komischen Auftritt der Katze inszenieren. Immerhin war ein Experte nötig, um herauszufinden, was das Verhalten der Katze verursacht hat. Er hätte nicht sicher sein können, dass Miss Restorick die Symptome erkennt. Das gleiche Argument spricht auch gegen die Annahme, der Vorfall mit der Katze sei eine Warnung oder irgendein stummes symbolisches Spiel.«

»Ja. Das ist nicht von der Hand zu weisen.«

»Ich selbst neige zu einer anderen Interpretation. Entweder war es ein Schabernack, der mit der Drogensucht des Opfers nichts zu tun hat, oder es war ein Versuch des Mörders, unsere Aufmerksamkeit auf den Drogenaspekt der Angelegenheit zu lenken.«

»Und wozu sollte das gut sein?«

»Nun, wenn der Mörder ein Motiv hatte, das mit der Drogensucht des Opfers nichts zu tun hatte, er aber von der Sucht wusste, hätte er versuchen können, die Aufmerksamkeit darauf zu lenken, um die ganze Angelegenheit zu verwirren.«

»Irgendetwas steckt auf jeden Fall dahinter.«

»Der Mord weist alle Merkmale eines Sexualverbrechens auf. Und das Motiv für die meisten Sexualverbrechen ist Eifersucht.«

»Ah! Sie haben es also auf Will Dykes abgesehen.«

»Oh nein, ich habe es auf niemand abgesehen«, erwiderte Blount, ein bisschen schockiert. »Allerdings kann ich nicht sagen, dass ich Dykes für einen sonderlich verlässlichen Zeugen halte. Aber er ist nicht die einzige Person, die von Eifersucht getrieben wurde; da sind auch noch Miss Ainsley und Dr. Bogan und vielleicht sogar Andrew Restorick. Aber es ist misslich für den kleinen Mann«, fügte er hinzu und spießte eine Scheibe Schinken auf, »dass wir einen Faden von der Quaste seines Morgenrocks im Zimmer der Verstorbenen gefunden haben.«

»Dykes Morgenrock? Wann?«

»Gestern Nachmittag.«

»Aber die örtliche Polizei hat das Zimmer doch schon vorher durchsucht.«

»Die örtliche Polizei versteht von Durchsuchungen nicht so viel wie wir. Nicht dass ich ihnen in diesem Fall Vorwürfe machen will. Der Faden lag in den Fransen der Matte neben dem Bett, und er hat genau die gleiche Farbe wie die Fransen. Das hätte jeder übersehen können.«

»Haben Sie Dykes damit konfrontiert?«

»Oh ja. Er sagte, das sei eine abgekartete Sache. Er behauptete, wir hätten ihn selbst dort hingelegt, um ihn zum Verdächtigen zu machen. Er hat eine schreckliche Abneigung gegen die Polizei.«

»Aber es könnte ja tatsächlich eine abgekartete Sache sein. So etwas hat es in diesem Fall vorher schon mal gegeben. Denken Sie nur an die Papiere in Bogans Kamin. Ist das Schlafzimmer unbewacht gewesen zwischen dem Zeitpunkt, als man uns sagte, es handele sich um Mord, und dem Zeitpunkt, als Sie es durchsucht haben?«

»Es tut mir leid, das sagen zu müssen, aber ja. Gestern Vormittag, nachdem ich Dr. Bogan befragt hatte und während Sie sich mit Dykes unter Umgehung der Vorschriften unterhielten, gab Robins zu, dass er seinen Posten im ersten Stock für fünf Minuten verlassen hatte. Der Gutsherr – also Mr Hereward Restorick – bat ihn auf einen kleinen Imbiss nach unten. Mr Restorick ist es gewohnt, seinen Willen zu bekommen, verstehen Sie, und Robins – na ja, Restorick neigt dazu, Robins wie jemanden vom Personal zu behandeln. Trotzdem, ich würde dem nicht allzu viel Bedeutung zumessen. Nach meiner Erfahrung sind Indizien fast immer echte Indizien. Falsche Indizien, die überall verstreut werden, kommen nur in Büchern vor.«

»Konnten Sie herausfinden, wo die anderen in diesen fünf Minuten waren?«

»Ja. Eine reine Routineangelegenheit. Mrs Restorick war in ihrem Boudoir. Andrew Restorick und Miss Ainsley spielten Piquet. Dr. Bogan war auf der Toilette. Dykes draußen im Garten mit Ihnen. Mr Restorick in seinem Arbeitszimmer.«

»Ach, ich dachte, er wäre mit dem Constable beim zweiten Frühstück gewesen.«

»Nein, er sagte ihm, er solle es sich unten in der Küche holen.«

»Und der Constable hatte die Schlafzimmertür nicht verschlossen?«

»Ich fürchte es. So oder so, Mr und Mrs Restorick haben Generalschlüssel.«

»Kam Robins für seinen Imbiss die Haupttreppe hinunter oder die Hintertreppe?«

»Die Haupttreppe, wie es scheint. Mr Restorick ging mit ihm hinunter und behauptet, er sei dann in sein Arbeitszimmer gegangen.«

»Nun, Sie werden das sicher überprüfen. In welche Richtung werden Sie denn jetzt weiterermitteln?«

»Da ist der sexuelle Aspekt und der Drogenaspekt. Ich fürchte, wir werden Ihren Freund Dykes in die Mangel nehmen müssen. Außerdem müssen wir die Beziehungen aller im Manor zu Miss Restorick unter die Lupe nehmen, ihr Vorleben durchleuchten; das Übliche. Das sollte uns Erkenntnisse liefern, ob Sex oder Drogen dahinterstecken. Was Sie mir über das Haschisch erzählt haben, ist sehr interessant, ich bezweifle aber, dass es uns im Augenblick mehr verrät, als dass irgendjemand im Haus vor zwei oder drei Wochen im Besitz der Droge war.«

Nigel musste ihm beipflichten. Doch im Laufe der nächsten Stunde sollte Georgia an eine Information kommen, die das Haschisch wieder in den Mittelpunkt rückte, und dann war da ja auch noch das, was Nigel von Miss Cavendish erfahren hatte und lediglich einer korrekten Interpretation bedurfte, um ihn der Lösung des Falls ein gutes Stück näher zu bringen.

Blount nahm seine Nachthaube ab, setzte einen einfachen Bowler auf, rief seinen Detective Sergeant zu sich, und gemeinsam machten sie sich auf den kurzen Weg zum Easterham Manor, verfolgt von den neugierigen oder schadenfrohen Blicken der halben Dorfbevölkerung.

»Ein ganz schön mürrischer Haufen«, bemerkte Blount. »Haben sie im Pub überhaupt mit Ihnen gesprochen, Lang?«

»Keine Angst, Sir«, sagte der Sergeant. »Der Wirt ist ganz zugänglich. Er kommt aus London. Er hat mir so einiges erzählt.«

»Ach ja?«

»Alles über Mr Restorick. Wie sie ihn im Dorf respektieren und so. Natürlich bietet das Manor auf die eine oder andere Weise eine Menge Arbeitsplätze. Aber da ist auch eine gesunde Portion Furcht in ihrem Respekt. Der Wirt hat mir erzählt, dass Mr Restorick vor ein, zwei Jahren einen Mann, der ihm unverschämt gekommen ist, fast erwürgt hätte. Der Herr hat anscheinend ein reizbares Naturell.«

KAPITEL 11

Ihre netten Worte teilt sie aus –
Wie Klingen so geschlossen –
Jedes legt ein paar Nerven bloß
Tändelt mit einem Knochen –
EMILY DICKINSON

Georgia bewunderte einmal mehr, wie Charlotte Restorick sich mitten in der Katastrophe ihre würdevolle Haltung und Freundlichkeit bewahrte. Als Georgia im Manor eintraf, gab Charlotte der Haushälterin gerade die Befehle für den Tag; sie begrüßte Georgia mit charmanter Ruhe, entschuldigte sich, dass sie sie etwas warten lassen müsse, und gab Mrs Lake weitere Anweisungen. Sie hatte an alles gedacht – an die kleinen Marotten ihrer Gäste, die durch den Schnee verursachten Versorgungsprobleme, sogar an die Polizei; Mrs Lake sollte sich erkundigen, ob Inspector Blount und seine Kollegen im Manor zu Mittag essen wollten und welche Zeit ihnen am besten passen würde.

»Und jetzt, Mrs Strangeways«, sagte sie, als die Haushälterin gegangen war, »ich glaube nicht, dass ich Ihnen schon dafür gedankt habe, dass Sie sich gestern Nachmittag um die Kinder gekümmert haben. Das war wirklich reizend von Ihnen. Sie kamen ganz begeistert zurück.«

»Sie sind bezaubernde Kinder. Ich habe mich gefragt, ob Sie nicht vielleicht möchten, dass ich mich auch heute Vormittag ein wenig um sie kümmere.«

»Oh, das ist zu freundlich von Ihnen, meine Liebe. Aber ich würde es hassen, das Gefühl zu haben, mich Ihnen aufzudrängen.«

»Ich würde es gern tun. Wenn ich Ihnen damit etwas Luft verschaffen kann. Das alles muss im Augenblick sehr schwer für Sie sein. Aber Sie haben ein bewundernswertes Organisationstalent ...«

»Ich weiß, es klingt herzlos, sich gerade jetzt um belanglose Haushaltsangelegenheiten Gedanken zu machen«, sagte Mrs Restorick mit einem ihrer klugen, ruhigen Blicke. »Aber was bleibt uns Frauen sonst übrig? Ich denke in der Tat, dass wir uns glücklich schätzen können, diese Dinge zu haben, um uns abzulenken - es tut mir wirklich weh, den armen Hereward mit solch einer Jammermiene herumlaufen zu sehen. Das alles nimmt ihn ganz schön mit. Er hat keine Ahnung, wie er nach dieser Sache den Leuten in der Grafschaft noch in die Augen sehen soll.«

Georgia blickte sie an. Hatte sie in dieser Bemerkung einen Unterton nachsichtigen Spotts herausgehört, oder war das nur die amerikanische Naivität? Charlotte Restoricks eher strenger Gesichtsausdruck verriet es nicht.

»Da ist noch eine Sache«, sagte Georgia. »Ich wollte die Kinder nicht damit bedrängen. Aber kennen sie die Legende des Bischofszimmers?«

»Sicher nicht. Ich denke nicht, dass es klug wäre, mit überempfindlichen Kindern über solche Dinge zu reden.«

»Aber Ihre Angestellten könnten ...«

»Sie haben den strikten Befehl, darüber Stillschweigen zu bewahren«, erwiderte Mrs Restorick entschieden. »Aber wie kommen Sie darauf?«

Georgia wiederholte Johns Bemerkung vom Nachmittag zuvor. »Ich vermute, er redete dummes Zeug«, schwindelte sie. »Diese männliche Art zu prahlen, bevor eine Frau ihm zuvorkommt.«

Sie zündete sich eine Zigarette an und bewegte sich vorsichtig auf ein anderes Thema zu. »Sagen Sie, Mrs Restorick, haben Sie zufällig einmal miterlebt, dass Elizabeth sehr aufgebracht war? Es muss darum gegangen sein, dass die Kinder rauchten, vermute ich.«

»Du meine Güte! Rauchen? Was für eine schreckliche Vorstellung! Ich bin sicher, dass sie nicht rauchen.«

»Ich auch. Aber ich habe John gestern eine Zigarette angeboten, nur aus Spaß. Und seine Reaktion war ziemlich seltsam. Sie wissen ja, wie Kinder zumachen, wenn etwas sie erschreckt und sie es nicht verstehen. John sagte, ›Tante Betty hat wie ein Schlot geraucht‹. Und dann sagte Priscilla so etwas wie das sei ungerecht und Tante Betty habe sich ›furchtbar aufgeregt‹ – und John ist ihr sofort über den Mund gefahren. Ich hatte das Gefühl, sie wollte sagen, ›als sie uns beim Rauchen erwischt hat‹, und das scheint irgendwie nicht zu dem zu passen, was ich von ihrer Schwägerin weiß.«

Charlotte warf ihr einen verwunderten, versonnenen Blick zu. Nach einer Pause sagte sie: »Ich glaube, ich weiß, was ... Ja, jetzt erinnere ich mich.«

Unterstützt von Georgias Nachfragen erzählte sie die Geschichte. Ein paar Tage vor Elizabeths Tod hätten die Hausbewohner nach dem Tee mit den Kindern Scharade gespielt.

Bei einer dieser Scharaden, in der die Kinder *Babes in the Wood* nachgespielt hätten und Andrew mit einem unheimlichen schwarzen Bart den bösen Onkel, habe er ihnen – auf teuflische Weise – Zigaretten angeboten. Elizabeth, die im Publikum neben Charlotte gesessen habe, habe alle erschreckt, indem sie einen unterdrückten Schrei ausgestoßen und auf ihrem Stuhl geschwankt habe, als würde sie gleich ohnmächtig. Dr. Bogan, der auf der anderen Seite von Elizabeth gesessen habe, habe sie hinausgebracht und, als er zurückgekommen sei, erklärt, sie habe einen ihrer Anfälle gehabt. Alle seien ziemlich verstört gewesen.

Kein Wunder, dachte Georgia, denn die Geschichte hatte auch ihr Blut erstarren lassen, als handelte es sich um den Ausbruch von Verrücktheit bei einer Person, die man immer für gesund gehalten hatte.

»Die ganze Episode klingt so schrecklich bedeutungslos«, kommentierte sie, als sie sie fünf Minuten später Nigel erzählte.

»Schrecklich. Aber nicht bedeutungslos«, sagte er, und in seinen blauen Augen blitzte plötzliche Einsicht auf. »Ich muss ein wenig darüber nachdenken, Liebling. Sieh zu, dass du die Kinder dazu kriegst, dir zu sagen, ob Elizabeth danach mit ihnen über die Sache sprach. Es ist sehr wichtig.«

Nigel ging auf der Terrasse hinter dem Haus ruhelos hin und her, bis er einen Pfad im Schnee festgetreten hatte. Zigaretten, überlegte er. Marihuana wird in Zigarettenform angeboten. Der Katze war die gleiche Droge verabreicht worden. In jeder Episode hatten Andrew und Elizabeth die Hauptrollen gespielt. Elizabeth war abhängig von Marihuana. Sie und Andrew waren beide in Amerika in der Schule gewesen.

Wenn man das alles miteinander verknüpft, was kommt dann raus? Zweimal war ein kleines Stück aufgeführt worden, in dem die Droge direkt oder indirekt eine Rolle spielte. Es war denkbar, dass Elizabeth in der Lage gewesen war, die Ursache des Verhaltens der Katze zu erkennen. Und auch die Bedeutung der angebotenen Zigaretten war ihr sicherlich nicht verborgen geblieben. Andrew hatte die Zigaretten angeboten, und Andrew hätte auch der Katze die Droge geben können. Aber warum? Um Elizabeth zu erschrecken? Er hatte in der Nacht im Bischofszimmer aufmerksam ihre Reaktion beobachtet. Aber warum sollte er seine Schwester, die er doch so sehr liebte, erschrecken wollen?

Sie von etwas abschrecken? Ah, es wird wärmer. Und wovon abschrecken, wenn nicht von Marihuana? Aber er hätte auch ein offenes Gespräch mit ihr suchen können. Und außerdem nahm sie jetzt Kokain, nicht Marihuana. Aber du vergisst die Kinder. Gott! Mal angenommen, es war das. Mal angenommen, Andrew hatte von Betty gesprochen, als er gesagt hatte, es gäbe jemanden im Haus, der das Böse feiert? Mal angenommen, Betty wollte die Kinder von der Droge abhängig machen, die sie selbst ins Laster gestürzt hatte? Und Andrew hätte von ihren Absichten gewusst und diese dramatischen Episoden inszeniert, um sie davon abzuhalten? Oder um herauszufinden, ob seine Vermutung begründet war? Wie Hamlet?

Nigel ging wieder hinein und teilte Inspector Blount, der den Butler im Schreibzimmer befragt hatte, seine Gedanken mit. Blount hörte ihm geduldig zu, dann sagte er:

»Das ist sehr interessant. Da mag was dran sein. Aber ich sehe nicht, inwiefern das für den Mord relevant ist.«

»Oh, verdammt, sicher …«

»Sie wollen mir doch wohl nicht erzählen, dass Andrew Restorick seine Schwester ermorden würde, um sie daran zu hindern, die Kinder zu verderben? Warum sollte er? Er brauchte doch bloß seinem Bruder von seinem Verdacht zu erzählen, und Elizabeth wäre für alle Zeit verboten worden, sich den Kindern auch nur zu nähern. Sie lassen Ihrer Fantasie allzu freien Lauf.«

Nigels Fantasie ließ sich von Blounts sturer Vernünftigkeit in der Tat häufig dazu hinreißen, eigene Wege zu gehen.

»Gut, wie wäre es dann damit«, sagte er. »Elizabeth handelt unter dem Einfluss von jemand anderem. X benutzt sie als Werkzeug, um Einfluss über die Kinder zu bekommen. Er erkennt, dass Andrew von ihrem kleinen Spiel weiß, und ermordet sie, bevor sie einknickt und ihn denunziert.«

»Und X ist Dr. Bogan?«, fragte Blount trocken. »Oder haben Sie Hereward Restorick für die Rolle ausersehen? Ich würde es Ihnen zutrauen, in Ihrem gegenwärtigen Gemütszustand. Lang, würden Sie Miss Ainsley hereinbitten?«

Der Detective Sergeant führte Eunice Ainsley in den Raum. Nigel, der auf seinem Stuhl am Fenster fröstelte, konnte sie jetzt zum ersten Mal genauer beobachten, während Blount ihre frühere Aussage mit ihr durchging.

Er schätzte sie auf um die dreißig. Sie hatte die ruhelosen und leicht vorstehenden Augen der Neurotikerin – der Art von Frau, die man in Hotels für Dauergäste sieht, in denen sie mit einer Mutter leben, die ebenso »gut erhalten« aussieht. Gut erhalten außen, übellaunig innen. Ruhelos, unzufrieden, kokett Männern gegenüber, gelegentliche unbefriedigende Affären mit einem beträchtlich älteren Mann –

einem Geschäftsmann oder Ingenieur oder Kolonisten. Sie roch ziemlich muffig, nach Puder, nicht nach Parfum. Sie war Kettenraucherin, aber nicht, soweit Nigel das beurteilen konnte, drogenabhängig. Ihre Stimme war rau, gedehnt, mit harten Untertönen. Sie trug ein maßgeschneidertes kariertes Tweedkostüm, und ihr Haar – möglicherweise das Beste an ihr – war in unangenehmer, fast metallischer Schlichtheit frisiert.

»Sie waren eine enge Freundin der Verstorbenen?«, fragte Blount.

»Ja, ich nehme es an. Wir haben uns einmal eine Wohnung geteilt – das ist vier Jahre her. Aber das habe ich Ihnen doch alles schon gesagt.«

»Und sie hat niemals angedeutet, dass sie fürchtete, dass ... ihr so etwas zustoßen könnte?«

»Oh nein. Aber eine Person wie Betty lebte natürlich immer gefährlich.«

»Gefährlich?«, fragte Blount mit seidenweicher Stimme nach.

»Na ja, wenn man mit Männern spielt, wie sie es tat, kann man nicht erwarten, dass man immer ungestraft davonkommt.«

»Sie meinen, sie weckte Eifersucht?«

»Ich habe gesehen, wie zwei Männer wie wilde Tiere um sie kämpften«, sagte Miss Ainsley fröstelnd und schlug ihre dünnen Beine übereinander.

»Jemand, der mit diesem Fall in Verbindung steht?«

»Nein.« Nigel kam es so vor, als hätte sie das eher widerwillig gesagt. »Nicht dass es nicht auch hier hätte geschehen können. Sie hatte Mr Dykes und Dr. Bogan am Gängelband.

Arme Betty ... es klingt schrecklich, so von ihr zu reden. Aber letztlich konnte sie nichts dafür. Ich meine, sie war eben so.«

Blount verzichtete auf einen Kommentar. Er sagte: »Aber habe ich das richtig verstanden, dass sie Mr Dykes heiraten wollte?«

»Oh, das? Ja. Ich nehme es an. Aber sie hätte es nicht durchgezogen. Jedenfalls habe ich sie so etwas vor nicht allzu langer Zeit sagen hören. Sie haben sich deswegen gestritten.«

Auf Nachfrage von Blount schwächte sie diese Bemerkung etwas ab. Nein, es sei nicht wirklich ein Streit gewesen, aber beide hätten verärgert geklungen.

»Sie mögen Mr Dykes nicht?«, hakte Blount nach.

»Ich denke, er ist ein unausstehlicher kleiner Blödmann. Außerdem ist er Pazifist.«

»Unerhört!«, sagte Nigel feierlich.

»Haben Sie irgendeinen Grund zu der Annahme, dass Miss Restorick ihre Liebe auf Dr. Bogan übertragen hat?«, fragte Blount.

»Nun ja, er ist ein sehr charmanter, interessanter Mann. Und die arme Betty *neigte* dazu, auf alles Neue in Hosen hereinzufallen.«

»Das ist wohl kaum ein Beweis.«

»Und sie waren viel zusammen. Oh, ich weiß, das soll alles rein professionell gewesen sein, und Dr. Bogan muss natürlich auf seinen Ruf achten – obwohl ich mich frage, was an ihm so fabelhaft sein soll, jedenfalls kenne ich ein Mädchen, die sich von ihm behandeln ließ und geheilt gewesen sein soll, und ein paar Monate später war sie drogenabhängiger als vorher. Aber in der Harley Street kommt man ja mit allem durch.«

Blount brachte sie beharrlich auf das Thema zurück. »Aber Sie haben keinen Beweis für eine anstößige Beziehung zwischen Dr. Bogan und der Verstorbenen in jüngster Zeit?«, fragte er frostig.

Eunice Ainsley zündete sich eine neue Zigarette an, während ihre Finger die alte noch umklammerten. »Kommt darauf an, was Sie unter Beweis verstehen.« Sie stieß eine Rauchwolke aus. »Vor zwei Wochen hörte ich zufällig, wie er zu ihr sagte: ›Es ist sinnlos, dagegen anzukämpfen, Betty, dein Körper und deine Seele gehören für immer mir.‹«

Diese Aussage erregte ein Aufsehen, das Miss Ainsley sichtlich nicht missfiel. Blount war von Berufs wegen skeptisch gegenüber Aussagen neurotischer Frauen, doch sie beharrte trotz all seiner Versuche, sie zu erschüttern, darauf, dass es wahr sei.

»Hat noch jemand anderer das gehört? Haben Sie es jemandem erzählt?«

»Niemand sonst hat es gehört. Aber ich erzählte es Mr Dykes ... Ich meine, ich mag ihn nicht, aber es war nur fair, ihn wissen zu lassen, wie die Dinge liegen, finden Sie nicht?«

»Wie hat er reagiert?«

»Oh, er hat mir nicht geglaubt.« Sie drückte ihre Zigarette wütend auf der Tischplatte aus. »Er wollte kein Wort gegen sie hören, der törichte kleine Mann. Er wurde äußerst beleidigend.«

»Und das geschah ein paar Tage, nachdem Sie gehört hatten, wie sie Dykes gesagt hatte, sie könne das nicht machen?«

»Ja.«

Blount klopfte mit dem Rand seines Kneifers gegen seine

Zähne und sah Nigel stirnrunzelnd an. Nigel erhob sich von seinem Stuhl am Fenster und ging zu Eunice Ainsley.

»Wusste irgendjemand in diesem Haus davon, dass Elizabeth Drogen nahm, oder von der Situation zwischen ihr und Bogan, was denken Sie?«

»Das kann ich nicht sagen. Aber sie mussten ja nur ihre Augen benutzen.«

»Oder ihre Ohren«, warf Nigel mit ruhiger Boshaftigkeit ein.

Miss Ainsleys Stimme nahm einen weinerlichen Ton an. »Ich kann doch nichts dafür, wenn ich Dinge höre. Betty war so indiskret ... Ich habe sie oft genug gewarnt, aber sie hörte ja nicht auf mich.«

»Sie haben nur ihr Bestes gewollt. Ist das auch der Grund, warum Sie Will Dykes auf dem Kieker haben? Oder ist das reine Eifersucht?«

Blount hustete missbilligend, Eunice Ainsley errötete. »Sie können doch nicht ernsthaft annehmen, dass jemand auf Will eifersüchtig ist. Das ist grotesk«, sagte sie. »Warum fallen Sie so über mich her? Ich hatte doch wohl das Recht, meine beste Freundin davor zu bewahren, eine verhängnisvolle Ehe einzugehen.«

»Schon gut, lassen wir das. Hat Elizabeth Ihnen jemals von ihrer Schulzeit erzählt?«

»Was für eine merkwürdige Frage! Nein, nicht viel. So wie ich das verstanden habe, wurde sie in den Staaten aus irgendeinem Seminar geworfen, aber ich weiß nicht, warum.« Miss Ainsleys Augen richteten sich erwartungsvoll auf Nigel, begierig auf Erleuchtung hoffend.

»Hat sie sich nie genauer dazu geäußert?«

»Ich glaube nicht. Oh, da war noch so eine ziemlich komische Geschichte, die sie mir mal erzählt hat. Sie war damals etwas betrunken, und ich dachte, sie würde delirieren. Sie sagte: ›Ich wäre heute ein anständiges Mädchen, Eunice, wenn es nicht für einen *stick of tea* gewesen wäre.‹ Also, ich frage Sie! *Stick of tea!* Aber sie dachte sich immer die verrücktesten Kosenamen für ihre Männer aus. Ich nehme an, manche Männer mögen das. Und Betty wusste genau, was die Herren mochten, die arme Süße.«

»Was für ein Verhältnis hatte Mr Restorick zu seiner Schwester?«

»Er mochte sie ungefähr so sehr wie eine – na sagen wir wie eine Ladung Dynamit. Ich meine, er wusste nie, wann sie einen Riesenskandal im Familiensitz heraufbeschwören würde. Hereward ist natürlich sehr liebenswürdig, auf seine Weise, aber er würde sein Innerstes nach außen kehren, um zu vermeiden, dass das Familienwappen beschmutzt wird. Er hatte allerdings keinen großen Einfluss auf Betty, wissen Sie, weil sie zweitausend im Jahr zu ihrer eigenen Verfügung hatte. Was, nebenbei gesagt, jetzt helfen wird, die Schatullen der Familie zu füllen. Und das haben sie wahrlich nötig!«

»Warum? Ist Hereward nicht wohlhabend?«

»Oje!«, rief Miss Ainsley kokett. »Was habe ich getan! Vergessen Sie es. Hereward ist viel zu ehrenwert – nein, ganz ehrlich, ich bin nicht zynisch –, er würde nicht im Traum an so was denken. Aber das Geld kommt ihm natürlich gelegen. Man braucht einen Haufen davon, um ein Haus wie dieses in unseren Tagen so zu erhalten, wie Hereward es tut, und Charlotte hat durch den Krieg eine ganze Menge verloren.«

Nach ein paar weiteren Fragen wurde Miss Ainsley entlassen.

»Verdammte Frauen«, sagte Nigel und schnupperte angeekelt die pudergesättigte Luft.

Blount glättete imaginäres Haar auf beiden Seiten seines Schädels. »Ach je. Ach je«, sagte er. »Nein, wirklich. Nicht gerade eine charmante Vertreterin ihres Geschlechts. Aber nützlich. Sie hat uns geholfen, eine Ihrer Theorien zu untermauern. Einem geschenkten Gaul schaut man nicht ins Maul.«

»Eine *meiner* Theorien?«

»Ja, Sir. *Stick of tea* ist der amerikanische Slangausdruck für eine Marihuana-Zigarette.«

»Du meine Güte, Blount, Ihr Allgemeinwissen ist wirklich atemberaubend. Ist das wirklich so?«

»Ja. Aber das ändert nichts – die Sache sieht schlecht aus für Mr Dykes. Wir wissen jetzt, dass er ein Motiv hatte, Miss Restorick zu töten. Er hatte eine größere Chance, mitten in der Nacht Zutritt zu ihrem Zimmer zu erhalten als jeder andere ...«

»Mit Ausnahme von Dr. Bogan.«

»... und ein Faden aus der Quaste seines Morgenrocks wurde dort gefunden.«

»Nein, ich finde, emotional gesehen passt das nicht zusammen. Sie stimmen mir doch zu, dass das Seil beweist, dass das Verbrechen geplant war. Ich kann mir vorstellen, dass Will Dykes sein Mädchen in der Hitze der Leidenschaft erwürgt, aber nicht, dass er all das vorausplant.«

»Nun ja, dann müssen wir uns wohl darauf einigen, dass wir uns nicht einig sind. Sie werden mir schon etwas Überzeugenderes präsentieren müssen als ein Argument, das auf dem Charakter eines Mannes beruht, dem Sie nur zwei-, dreimal begegnet sind.«

»Und *Sie* müssen etwas Überzeugenderes präsentieren als den Faden aus der Quaste eines Morgenrocks. Wenn Dykes den Mord im Affekt beging, hätte er sich nicht ein Seil zurechtgeschnitten und mitgebracht. Wenn er den Mord wirklich geplant hätte, glauben Sie ernsthaft, er wäre das Risiko eingegangen, vor Mitternacht, wenn möglicherweise noch Leute in den Fluren unterwegs sind oder in ihren Zimmern noch nicht schlafen, von einem Flügel des Hauses in den anderen zu gehen?«

»Sie vergessen den medizinischen Beweis, der den Todeszeitpunkt zwischen zehn Uhr abends und zwei Uhr nachts angibt. Wir dürfen der Tatsache, dass der Hilfspolizist gesehen hat, wie das Licht um zehn Minuten nach Mitternacht ausging, keine allzu große Bedeutung beimessen. Sie hat es vielleicht selbst ausgeschaltet, und ihr Liebhaber könnte später ins Zimmer gekommen sein, weil er hoffte, dass es im Haus nach halb eins oder so ruhiger sein würde. Aber ich gebe zu, es ist ein Problem, dass niemand etwas gehört hat.«

»Vielleicht haben alle ein Schlafmittel genommen«, schlug Nigel vor.

»Nein. Das habe ich überprüft.«

»Und was ist mit Hereward Restorick? Steckt er wirklich in finanziellen Schwierigkeiten?«

»Wir erkundigen uns über die finanzielle Situation von jedem, der in den Fall involviert ist, sehr diskret. Wie Sie wissen, muss diese Art von Ermittlungen pianissimo erfolgen.«

Blounts Finger spielten eine muntere kleine Melodie auf

dem Tisch, die in eigenartigem Kontrast zu der Gelassenheit seiner Äußerung stand.

»Aber ich denke eigentlich nicht in diese Richtung«, fuhr er fort. »Sie mögen mich einen Snob nennen. Aber diese alten Landfamilien haben gewisse Traditionen – sie sind es heutzutage gewohnt, in finanziellen Schwierigkeiten zu stecken, und sie morden nicht wegen Geld.«

»Da ist was Wahres dran. Obwohl ich Will Dykes dieses Argument nicht hören lassen würde. Wir haben auch von Herewards heftigem Temperament gehört; aber dass er in seiner Wut beinahe einen Mann erwürgt hätte, spielt für ein vorausgeplantes Verbrechen wie dieses keine Rolle. Ich glaube, Hereward würde durchaus einen Mord planen, wenn das die Alternative zur Familienschande wäre, aber wenn wir Selbstmord als Todesursache akzeptiert hätten, wäre der Skandal fast genauso schlimm gewesen wie das, was er vertuschen sollte, was auch immer das war. Denn ihr gewaltsamer Tod musste ja zwangsläufig eine Untersuchung in Gang setzen und Schlamm aufwühlen, sodass ich mir keine Verkettung von Umständen denken kann, die ihn in Herewards Augen rechtfertigen würde.«

»Gut, ich muss jetzt weiterarbeiten.« Blount stand auf und führte Nigel zur Tür. »Wir müssen einfach dranbleiben, bis wir mehr Beweise haben ... Was zum Teufel!«

Blounts Ausruf bezog sich auf seine Nase, die auf schmerzhafte Weise mit Nigels Schulter zusammengestoßen war. Nigel war auf dem Weg zur Tür abrupt stehen geblieben. Er drehte sich zu Blount um und murmelte: »Dranbleiben. Bei der Stange bleiben. *Stick it, E.* Mensch, Blount, ich habe mich gerade an etwas erinnert! Miss Cavendish erzählte mir, dass sie nach dem Vorfall mit der Katze zufällig gehört hat, wie Bogan Elizabeth zugeflüstert hat: *Stick it, E.* Aber keiner hier nannte sie E. Sie nannten sie Betty. Verstehen Sie? Er hat etwas anderes geflüstert. Er flüsterte *stick o' tea*. Er hatte erkannt, dass die Katze Marihuana intus hatte, und benutzte ganz automatisch den amerikanischen Slangausdruck dafür. Und jetzt versuchen Sie mitzuhalten.«

»He, wo wollen Sie denn hin?«, rief Blount. Aber Nigel hatte den Raum bereits verlassen.

KAPITEL 12

State Street hinauf, Main hinunter,
Ho, ho, Liebling, schnupper mal an mir.
ANONYM

Der Unterschied zwischen Andrew Restorick und dem Rest der Leute im Manor war, wie Nigel bereits bemerkt hatte, seine Fähigkeit, die Zeit auszufüllen. »Ausfüllen« war ein recht zutreffender Ausdruck, denn in den ersten Tagen der Ermittlungen stand die Hausgemeinschaft vor einem Abgrund aus Langeweile und Unsicherheit. Die meisten saßen oder zappelten herum, begannen Spiele oder irgendeine Arbeit oder Unterhaltungen, die sie nie beendeten, gereizt oder in ein schicksalsergebenes Koma fallend wie Passagiere in einem fernen Bahnhof, die ihren Anschluss verpasst und den Rhythmus ihres Lebens verloren haben. Andrew dagegen wirkte stets unnahbar und beschäftigt. Man hätte fast denken können, er hätte eine Art Befehlsgewalt über die Situation und wartete nur auf den richtigen Augenblick, seine Autorität auszuüben, wenn man ihn jetzt in Herewards Arbeitszimmer bei einer komplizierten Patience sah, die er gerade legte. Während Hereward auf seinem Schnurrbart kaute und ärgerlich von seinen Rechnungsbüchern aufblickte, als Nigel hereinkam. Er hatte offensichtlich nur darauf gewartet, dass jemand kam und etwas ganz Normales tat, ihm etwas sagte, ihn um Rat fragte – etwas, das den Eindruck wiederherstellte, man lebe in einer Welt, in der der Gutsbesitzer, der Gentleman, der praktisch veranlagte Mann einen gewissen Einfluss hatte.

»Könnte ich Sie kurz sprechen?«, fragte Nigel Andrew.

Andrew legte eine Karte, schenkte ihm ein charmantes Lächeln und sagte: »Unter vier Augen?«

»Ich denke, Sie könnten mir beide helfen. Ja, ich würde gern mit Ihnen beiden sprechen. Es geht um ein ziemlich heikles Thema. Wissen Sie, ich würde gern die Details der Affäre erfahren, die dazu geführt hat, dass Miss Restorick in Amerika von der Schule verwiesen wurde.«

Herewards blaue Augen wurden für einen Augenblick ausdruckslos, dann blitzte Ärger in ihnen auf. Er erhob sich halb von seinem Drehstuhl.

»Also wirklich. Ich weiß, wir sollten Ihnen dankbar sein für die Hilfe, die Sie uns gewährt haben, Strangeways, aber diese leidigen Dinge aus der Vergangenheit wieder aufzuwärmen … ich sehe nicht …«

»Ich wünschte, es wäre nicht nötig. Es ist schmerzlich für Sie beide. Aber Miss Cavendish sagte mir, Ihre Schwester hätte ein Kind bekommen, als sie dort Schülerin war …«

»Sie hatte absolut kein Recht …«

»… und wenn wir nicht aufpassen, wird es zu einem schweren Justizirrtum kommen.«

Andrew drehte mit der Handgelenkdrehung eines Fechters eine Karte um. »Justizirrtum?«, fragte er.

»Ja. Die Polizei wird vermutlich in Bälde Dykes wegen Mordes verhaften.« Nigel erzählte ihnen von dem Indiz, das gefunden worden war, und von Miss Ainsleys Aussage.

Andrew runzelte die Stirn. »Diese Frau macht immer nur Ärger! Wenn ich mir vorstelle, dass Betty noch über ihren Tod hinaus von einem ihrer lahmen Hunde verfolgt wird. Lahme Miststücke.«

»Ich habe mich auch schon gefragt, warum sie so freundlich zu der Ainsley war.«

»Ja. Eunice hatte nicht viel Glück im Leben. Ihre Eltern ließen sich scheiden, als sie ein Kind war, und sie führte ein grässliches Hotelleben mit ihrer Mutter. Betty hatte Mitleid mit ihr. Und Betty gehörte zu der Sorte Menschen, die nicht aufhörten, *Mitleid* zu haben.«

»Das dachte ich mir. Aber wir schweifen ab. Ich denke, dass die Lösung des Problems ein gutes Stück früher in ihrem Leben zu finden ist. Marihuana.«

Andrews lange Wimpern, die Nigel an die tote Frau erinnerten, verbargen den Ausdruck in seinen Augen, aber sein Körper verriet ihn ein wenig; er straffte sich nicht, wie Nigel erwartet haben mochte, sondern schien sich zu entspannen, als fiele eine lange Anspannung von ihm ab. Er schob die Karten zu einem Haufen zusammen und schenkte Nigel seine ganze Aufmerksamkeit.

»Marihuana. Was Sie da sagen, hat manches für sich.«

»Wovon zum Teufel reden Sie?«, rief Hereward. »Tut mir leid, Strangeways. Aber in den letzten ein, zwei Tagen habe ich völlig im Dunkeln getappt …«

»Wie Betty! Wie Betty!«, murmelte Andrew, und Traurigkeit schwang kurzzeitig in seiner Stimme mit.

»Ihre Katze hat sich so ungewöhnlich benommen, weil ihr Marihuana verabreicht worden war, was selbst angebauter Haschisch ist.«

»Grundgütiger! Meinen Sie, dass das Zeug hier, auf meinem Land, gewachsen ist?«, fragte Hereward.

»Nein. Miss Ainsley informierte mich, dass Ihre Schwester ihr einmal gesagt habe, dass diese Droge die Ursache für ihren Absturz gewesen sei. Das ist ein schmutziges Geschäft. In Amerika gibt es Leute, die es vor High Schools in Form von Süßigkeiten oder Zigaretten verkaufen. Die Droge löst erotische Halluzinationen aus.«

»Erotische? Oh nein, das ist zu viel!«, brummte Hereward und errötete vor Verlegenheit.

»Mein lieber Hereward«, sagte Andrew geduldig, »jetzt ist nicht die Zeit, vor unangenehmen Tatsachen zurückzuscheuen.«

»Was ich als Erstes von Ihnen wissen möchte«, fuhr Nigel fort, »ist, ob Sie davon wussten.«

Eine Pause trat ein. Andrew beugte sich leicht spöttisch zu seinem Bruder, als wollte er ihn auffordern voranzugehen.

»Selbstverständlich wusste ich nichts davon«, sagte Hereward schließlich. »Ich meine, natürlich wusste ich, dass mit Betty etwas nicht stimmte. Allerdings habe ich sie danach eine Zeit lang nicht gesehen. Da war ich in der Armee. Aber von dieser Marihuana-Geschichte habe ich nie gehört.«

»Und was ist mit Ihnen?«, sagte Nigel, an Andrew gewandt. »Sie waren doch lange Zeit Bettys engster Vertrauter, oder?«

»Oh ja, ich war auf derselben Schule, als es passierte. Es war mein letztes Jahr dort. Ich wusste eine ganze Menge darüber.«

»Dann sollten Sie uns das besser erzählen.«

»Ja, ich denke, das wäre wirklich besser.«

Andrew erhob sich in einer einzigen geschmeidigen Bewegung, kam zu ihnen herüber, stellte sich an den Kaminsims und sah in seinem Savile-Row-Anzug und mit seinen lebhaften Augen unter den mädchenhaften Wimpern sogar weniger wie ein unsteter Geselle und schwarzes Schaf aus als sein Bruder.

Während Andrew sprach, verwandelte sich Elizabeth, die Nigel oben in dem von Schneeglanz erfüllten Zimmer hatte baumeln sehen, in ein Schulmädchen, schelmisch, hinreißend, jung, mit einer roten Schleife im Haar. Sie sei damals wild gewesen, sagte Andrew, voller Vitalität und begierig auf Erfahrungen jenseits des Geschwätzes ihrer Freunde und der vier Wände der Schule. Es geschah dann aber doch nur knapp außerhalb der Schulmauern. Eine Gruppe von ihnen hing in der Pause herum, als ein ziemlich junger Mann sich näherte. Er begann ein Gespräch mit den Jungs und Mädchen. Bald holte er ein Zigarettenpäckchen hervor und zündete sich eine an. »Von euch jungen Dingern raucht natürlich niemand.« Das reichte aus für Elizabeth. Sie schlug niemals eine Mutprobe aus, und der Rest der Gruppe beobachtete sie. Sie nahm eine der Zigaretten, stolzierte den Bürgersteig vor den Schultoren auf und ab und paffte direkt vor den Augen der Stadtbewohner, die vorbeigingen.

Die Zigarette war natürlich vollkommen harmlos, ebenso wie die Süßigkeiten, die der Fremde an den Rest der Gruppe verteilte. Aber dann kam er immer häufiger, zum selben Ort, zur selben Zeit, und nach einer Weile nahm er ein paar der Kinder beiseite und versprach ihnen – wenn sie schwören würden, niemandem etwas zu verraten – ganz besondere Zigaretten und Süßigkeiten. Das war der Anfang. Er war ein ungezwungener, schmeichlerischer Mann, der sie behandelte wie Ebenbürtige. Bald hatten seine Opfer Geschmack gefunden an diesen sehr speziellen Luxusartikeln, die er ihnen mitbrachte, aber ihre Wirkung war von der Art, dass kein Junge und kein Mädchen es wagte, jemandem zu erzählen, was dabei mit ihnen geschah.

Und natürlich mussten sie für ihr Vergnügen bezahlen. Zunächst übte der Fremde keinerlei Druck auf sie aus. Doch bald schon stellten sie fest, dass sie ihm Geldsummen schuldeten, die sie nie im Leben zahlen konnten. Er machte kein großes Aufhebens deswegen. Aber er gab ihnen sehr deutlich zu verstehen, dass es für alle sehr bedauerlich wäre, wenn ihre Eltern von ihren Schulden erführen. Nicht dass seine Opfer von sich aus mit jemandem darüber gesprochen hätten. Das Laster hatte sich festgesetzt und verbreitete sich mit furchtbarer Geschwindigkeit. Sie brauchten den Stoff, und sie mussten ihn sich weiterhin beschaffen. Dann änderten die harmlosen Petting-Partys, an denen manche der Älteren teilnahmen, ihren Charakter. Elizabeth, die sich nie den Kopf über solche Dinge zerbrochen hatte, ließ sich zur Teilnahme verleiten. Und ihre außergewöhnliche Vitalität, die die Drogen noch verstärkten, konnte nur in eine Richtung führen.

Andrew selbst war dem Stoff nie verfallen. »Ich war damals ein ziemlicher Musterknabe«, sagte er. »Ich nahm sogar Anstoß daran, dass Betty rauchte, was ich für ganz normale Zigaretten hielt. Aber man konnte ihr nicht böse sein, sie konnte einen um den kleinen Finger wickeln, das kleine Schätzchen.« Doch als die Sucht sie in ihren Klauen hatte, wurde sie mürrisch und verschlossen. Alles, was er ihnen jetzt erzählte, hatte sie ihm erst zwei, drei Jahre nach dem Unglück anvertraut.

Was sie ihm damals gesagt hatte, war, dass sie ein Kind

bekommen würde. Er hatte angenommen, dass der zigarettenliefernde Fremde der Vater war. Als er ihn eines Tages außerhalb der Schule traf, ging er auf ihn los. Es gab eine Schlägerei, in welcher der Mann ziemlich übel zugerichtet wurde, und danach wurde er nie wieder in der Stadt gesehen. Aber kurz danach versicherte Elizabeth ihrem Bruder, dass der Fremde nicht für ihren Zustand verantwortlich war. »Es kann jeder gewesen sein«, sagte sie müde, »ist doch egal, wer es war.«

»Das schockierte mich mehr als alles andere«, sagte Andrew. »Mein Gott, was für ein unreifer Musterknabe ich damals war. Ich zeigte ihr die kalte Schulter. Die arme, süße Betty, das arme Kind, so in die Enge getrieben – und dann wendet sich auch noch ihr heißgeliebter Bruder von ihr ab!«

Der Skandal ließ nicht lange auf sich warten. Betty wurde in eine Heilanstalt in einem anderen Staat geschickt und dann von ihren Eltern nach England gebracht. Andrew haute ab und fand Arbeit in einem Holzfällerlager. Seitdem war er auf Wanderschaft gewesen.

Das war das Wesentliche von Andrew Restoricks Geschichte. Nigel hatte schon eine ganze Menge merkwürdiger Geschichten gehört, aber keine in einer so unpassenden, geradezu paradoxen Umgebung – im Arbeitszimmer eines Gutsherrn mit seinen Sportstichen, Ledersesseln, Nachschlagewerken und Jagdtrophäen, seinem Geruch nach Tabak und Bienenwachs und seinem Blick auf die ereignislose Landschaft von Essex.

Während Nigel die Brüder beobachtete, bemerkte er, dass auf Herewards Gesicht Ungläubigkeit und Bestürzung miteinander kämpften und Andrew unkontrolliert zitterte.

»Das ist das erste Mal, dass ich jemandem davon erzähle«, sagte Andrew entschuldigend. »Geständnisse können merkwürdige körperliche Auswirkungen haben.«

»Großer Gott«, seufzte Hereward. »Was für eine abscheuliche Sache! Wenn ich das gewusst hätte ... wäre ich gern zehn Minuten mit diesem Kerl allein gewesen. Hat man versucht, ihn ausfindig zu machen?«

»Oh ja. Aber er entzog sich sehr erfolgreich. Betty und ihren Freunden hatte er natürlich einen falschen Namen genannt. Er muss einen Haufen Geld verdient haben, wenn er das regelmäßig gemacht hat. Die Kinder mussten für die Drogen, die er ihnen verkaufte, Wucherpreise bezahlen - manche hatten reiche Eltern und eine Menge Taschengeld, andere stahlen, um Geld aufzutreiben. Und selbst dann noch behauptete er, das, was sie ihm bezahlten, sei nur eine Anzahlung - um weiterhin Macht über sie zu haben.«

Ein langes Schweigen trat ein, das Nigel schließlich brach, indem er sagte: »Ist es jetzt nicht höchste Zeit, dass Sie uns verraten, wen Sie meinten, als Sie uns sagten, es gebe jemanden in diesem Haus, der das Böse feiert? Ich nehme an, Sie meinten Miss Restorick.«

Andrew ballte die Fäuste auf den Armlehnen seines Sessels, und sein Gesicht verdunkelte sich wie eine Gewitterwolke. »Ich weiß es nicht. Scheren Sie sich zum Teufel! Verstehen Sie denn nicht, gerade weil ich es nicht wusste, habe ich ...« Er brach ab.

»Haben Sie die Milch der Katze mit Drogen versetzt und John und Priscilla während der Scharade Zigaretten angeboten?«, bohrte Nigel nach.

Herewards Gesicht sah drollig aus in seiner Bestürzung. Er

drehte seinen Kopf von Nigel zu Andrew und wieder zurück, als betrachtete er ein Tennismatch, das fast zu schnell ist, um ihm mit den Augen zu folgen.

»Ja«, sagte Andrew. »Sie können es genauso gut erfahren. Wenn man in der Welt herumkommt, entwickelt man einen sechsten Sinn für Gefahren. Gleich als ich hier ankam, spürte ich, dass etwas nicht stimmte - irgendetwas, das mit Betty zu tun hatte, oder mit Bogan, oder mit beiden. Schon komisch, ich habe die intuitive Kraft des Künstlers und kann doch keine einzige Verszeile schreiben, keinen Takt Musik spielen, und der alte Hereward hier, der wie ein Brocken Essex-Lehm aussieht, spielt Klavier wie niemand sonst. Wie auch immer, ich witterte Gefahr in der Luft. Ich hatte Betty eine Weile nicht gesehen, und ich war entsetzt, wie sehr sie sich verändert hatte. Ihr Gesicht hatte einen Ausdruck von ... von ... ich weiß nicht ...«

»Ekel?«, zitierte Nigel Miss Cavendish.

Andrew sah ihn merkwürdig an. »Vielleicht haben Sie recht. Wie auch immer. Ich traute Bogan nicht über den Weg. Aber Betty weigerte sich, über ihn zu sprechen. Deswegen habe ich ein wenig in seinem Zimmer herumgeschnüffelt.«

»Verdammt, Andrew, war das nicht ein bisschen überzogen? Ich meine, der Bursche ist immerhin mein Gast.« Auf Herewards Gesicht mischten sich Betroffenheit und Neugier.

»Ja, entsetzlich schlechte Manieren, fürchte ich. Ich habe sogar eine verschlossene Geldkassette geöffnet, die ich dort gefunden habe - ich bin ziemlich geschickt im Öffnen von Schlössern. Und darin habe ich ein paar Zigaretten gefunden. Normalerweise versteckt man seine Glimmstängel ja nicht in einer Geldkassette, daher habe ich auf gut Glück eine an der Miezekatze ausprobiert. Mit überraschendem Ergebnis.«

»Warum haben Sie nicht selbst eine geraucht?«

»Weil ich die Reaktionen beobachten wollte. Ich wollte Bogan eine faire Chance geben. Es hätte ja sein können, dass er die Marihuana-Zigaretten von Betty konfisziert hatte. Ich wusste da noch nicht, dass er sie wegen einer Kokainsucht behandelte. Sogar jetzt noch ist es denkbar, dass sie den Kokainentzug nicht ertrug und zum Haschisch zurückgekehrt ist und dass Bogan das spitzgekriegt hatte und ihr die Zigaretten weggenommen hat.«

»Sie haben die Reaktionen beobachtet. Wie fielen sie aus?«

»Im Ergebnis negativ. Bogan setzte ein ärztliches Pokerface auf. Betty wirkte mehr oder weniger apathisch, da war nichts Greifbares.«

»Was ist mit der Scharade?«

»Das war so. Als ich die Zigaretten fand und entdeckte, was sie enthielten, erinnerte ich mich an Amerika. Ich fragte mich, ob die Geschichte sich hier wiederholt. John und Priscilla …«

Hereward Restorick stöhnte und nahm den Kopf zwischen seine Hände.

»… daher benutzte ich, als sie ihre Scharade spielten, den gleichen Satz, den der Fremde damals benutzt hatte, als er Betty die Zigaretten anbot. Ich sagte: ›Von euch jungen Dingern raucht natürlich niemand?‹ Das genügte, um Betty an die Decke gehen zu lassen. Bogan bewahrte seine übliche würdevolle Miene. Was ich mich jetzt frage, ist, hätte Betty so prompt auf diese Worte reagiert, die sie selbst etwa zwölf

Jahre vorher gehört hatte, wenn das Marihuana nicht, um es so auszudrücken, erneut in der Luft lag?«

»Das ist nachvollziehbar«, bemerkte Nigel. »Sie dachten, sie hatte die Absicht, sich an die Kinder heranzumachen. Aber haben Sie danach nicht offen über Ihren Verdacht mit ihr gesprochen?«

Andrew blickte ihn an, als plagten ihn heftige Schmerzen. »Ich wünschte, ich hätte es getan«, sagte er gequält. »Aber verstehen Sie denn nicht? Sie war meine Schwester. Wir waren uns so nahe, wie Bruder und Schwester es nur sein können. Ich konnte nicht einmal durchblicken lassen, dass ich sie verdächtigte, die Kinder zu verderben. Ich konnte es einfach nicht. Ich habe mich davor gedrückt. Außerdem gab es noch eine andere Interpretation der ganzen Angelegenheit, und der wollte ich vorher nachgehen.«

»Sie meinen, Bogan könnte der böse Geist gewesen sein und Betty seine Komplizin ... willentlich oder unwillentlich?«

»Donnerwetter!«, bemerkte Hereward, »Aber Bogan ist wohl kaum derjenige, der Elizabeth damals dieses verdammte Zeug gab, oder? Andererseits ist er ja in Amerika gewesen. Und sympathisch fand ich den Kerl nie.«

»Ich wünschte, ich könnte sicher sein.« Andrews Stimme war ein Flüstern. »Ich habe nicht viel von Engelman gesehen ... so nannte sich der Bursche damals. Er hatte ein gelbliches Gesicht und einen dünnen schwarzen Schnurrbart, er war ungefähr gleich groß wie Bogan, aber seine Stimme war ganz anders. Ich weiß es einfach nicht. Ich erzählte ja, dass ich eine Schlägerei mit ihm hatte. Das ist zwar zwölf Jahre her, aber als ich Bogan hier begegnete, spürte ich so etwas wie eine körperliche Reaktion ... wenn man mit jemandem eine handgreifliche Auseinandersetzung hatte, erkennt irgendetwas in einem ihn wieder. Aber das ist kein Beweis. Und ich bin nicht sicher, ob meine Reaktion nicht einfach natürliche Antipathie war. Wie er selbst sagte, ich war eifersüchtig auf den Einfluss, den er auf Betty hatte. Sie war so anders. Sie schien sich von mir abgewandt zu haben.«

»In Ordnung«, sagte Nigel. »Ich glaube nicht, dass die mögliche Identifikation Bogans als Engelman im Augenblick wirklich von Bedeutung ist. Die Frage ist vielmehr, könnte er Ihre Schwester getötet haben, und warum hätte er es tun sollen?«

»Ich habe Vorurteile gegen ihn, das gebe ich zu. Aber lassen Sie uns das Schlimmste annehmen, was ihn betrifft. Lassen Sie uns annehmen, er ist der personifizierte Teufel, und denken wir von hier aus weiter. Durch die Hypnose hat er Betty unter seiner Fuchtel.«

Nigel dachte an den Satz: »Es ist sinnlos dagegen anzukämpfen, Betty, dein Körper und deine Seele gehören für immer mir.« Ist das die wahre Bedeutung dessen, was Miss Ainsley zufällig mitangehört hatte?

»Er beabsichtigt, sie als Werkzeug einzusetzen, um an Herewards Kinder heranzukommen. Er sagt ihr, sie müsse sie dazu verleiten, die Marihuana-Zigaretten zu rauchen; vielleicht hat er auch ein paar Süßigkeiten. Die menschliche Seele«, fuhr Andrew mit bezwingendem Ernst fort, »die menschliche Seele mag vielleicht unweigerlich verdammt sein. Aber ich glaube nicht, dass Betty sich so furchtbar entfernt hat von dem Mädchen, das ich kannte. Ob Bogans Zwangsbehandlung nun darin bestand, sie zu hypnotisieren, oder darin, ihr das Kokain zu verweigern, um das sie ihn anflehte, ich bin sicher, dass sie immer noch über eine Widerstandskraft verfügte, die stark genug war, um John und Priscilla so etwas nicht anzutun. Sie waren immer ihre besonderen Lieblinge, nicht wahr, Hereward?«

Sein Bruder nickte stumm.

»Nehmen wir an, Betty hatte sich entschieden, seine Befehle zu missachten, koste es, was es wolle. Vielleicht hat sie in ihm sogar den früheren Engelman erkannt – aber das ist, wie Sie sagen, nicht wirklich wichtig. Was würde sie tun? Sie könnte so tun, als würde sie auf seine schändlichen Absichten hereinfallen. Sie könnte so viele Beweise wie möglich gegen ihn sammeln – erinnern Sie sich, Bogan ist ein angesehener Spezialist und sein Ruf ist angreifbar. Wenn sie ihren Beweis gehabt hätte – es hätte vermutlich ein schriftlicher Beweis sein müssen, denn niemand würde einer neurotischen Drogenabhängigen mehr glauben als ihrem Arzt –, hätte sie einen Entscheidungskampf erzwungen. Rühr diese Kinder an, und ich stell dich bloß. Nun ja, Bogan kann es sich nicht leisten, mit dieser Drohung zu leben. Betty weiß zu viel. Er muss sich den Beweis zurückholen, und dabei tötet er sie.«

Die verbrannten Papiere in Bogans Kamin, dachte Nigel. Bogan, der Betty nach dem Vorfall mit der Katze *stick o' tea* zuflüsterte und damit andeutete, dass es eine solche geheime Verbindung zwischen ihnen gab. Das passt alles zusammen.

»Das ist äußerst interessant«, sagte er. »Was ich aber nicht verstehe, ist, warum Sie das der Polizei verschwiegen haben.«

Andrew sah ihn spöttisch an. »Mein Lieber, auch ich muss mich irgendwie schützen. Mein Zimmer liegt unmittelbar neben Bettys. Wenn ich der Polizei erzähle, dass ich Grund zu der Annahme habe, dass Betty es auf die Kinder abgesehen hatte, würden sie sich unweigerlich fragen, ob nicht ich sie getötet habe.«

KAPITEL 13

Mein Bauch ist so kalt, als hätt' ich Schneebälle
wie Pillen verschluckt.
WILLIAM SHAKESPEARE

Erneut wurde Dr. Bogan in die Zange genommen. Nigel hatte Inspector Blount über die Geschichte informiert, die Andrew ihm erzählt hatte. Blount war zunächst skeptisch hinsichtlich ihres Nutzens; wie alle Polizisten hatte er eine Abneigung gegen alles Melodramatische, und Andrews Aussage machte die Ermittlungen nicht gerade leichter. Aber er war auch pflichtbewusst: Wenn es, um den Fall zu lösen, nötig war, Ereignissen nachzugehen, die weit zurücklagen und sich in einem fernen Land zugetragen hatten, würde er es tun.

»Also, Doktor«, sagte er mit seiner sanftesten Stimme, »es sind Beweise aufgetaucht, über die ich mich gern mit Ihnen unterhalten würde. Sie sind, äh, sicher vertraut mit den Wirkungen von Haschisch?«

Dr. Bogan nickte. Er blickte Blount unverwandt an. Der Inspector schwieg eine volle Minute, die er damit verbrachte, sorgfältig einen Bleistift zu spitzen. Doch seine Lieblingstaktik, sein Gegenüber durch langes Schweigen zu zwingen, seine Halsstarrigkeit aufzugeben, funktionierte diesmal nicht. Bogans Finger glätteten geistesabwesend seinen Bart, sein Körper war entspannt, und er zeigte nicht die geringste Absicht, die Initiative zu ergreifen.

»So«, sagte Blount, »das wird reichen. Sehr nützlich diese alten Rasierklingen, um Bleistifte zu spitzen.«

»Ohne Zweifel«, sagte Bogan ironisch und deutete auf seinen Bart. »Das ist einer der Nachteile, wenn man sich nicht rasiert.«

»Ganz recht. Also, vielleicht wären Sie so gut, uns zu erzählen, wie Sie in den Besitz von Zigaretten gekommen sind, die Haschisch enthalten.«

»Marihuana, um genau zu sein«, erwiderte der Doktor mit einem schwachen Lächeln. »Ich nehme an, Sie beziehen sich auf diejenigen, die ich in meine Geldkassette eingeschlossen habe. Sie haben natürlich einen Durchsuchungsbeschluss?«

»Habe ich. Aber wie es der Zufall so will, stammt die Information über die Zigaretten aus einer anderen Quelle. Ich frage mich übrigens, warum Sie es nicht angezeigt haben, als sie feststellten, dass eine von ihnen fehlte.«

»Das kam absolut nicht infrage«, sagte der Doktor nachdrücklich. »Ich bin an die ärztliche Schweigepflicht gebunden.«

Erneut verstummte Blount für eine Weile, wieder ohne Wirkung. Schließlich sagte er leicht gereizt: »Ich fragte Sie, wie Sie in den Besitz von …«

»Gewiss. Ich habe es zum Teil auch deswegen verschwiegen, weil es das Eingeständnis eines Scheiterns gewesen wäre. An dem Tag, an dem ich hier ankam, entdeckte ich, dass meine Patientin diese Zigaretten benutzte. Ich hatte es schon vorher vermutet. Ich konfiszierte die Zigaretten. Aber ich habe mit niemandem darüber gesprochen, selbst dann nicht, als ich sah, dass die Katze verrücktspielte – was eindeutig mit der Droge zu tun hatte –, weil das bedeutete, dass meine Behandlung nicht so erfolgreich war, wie ich gedacht hatte, und weil die ärztliche Schweigepflicht es verlangte.«

»Haben Sie eine Ahnung, wer die Zigarette genommen hat, mit der die Katze berauscht worden ist?«

»Nein. Zuerst dachte ich, es wäre ein Schabernack von Miss Restorick und sie hätte mir nicht ihren ganzen Zigarettenvorrat ausgehändigt. Als ich dann aber meine Geldkassette überprüfte, stellte ich fest, dass zwei fehlten.«

»Haben Sie sie gefragt, ob sie sie genommen hat?«

»Ja, sofort nach dem Vorfall mit der Katze. Sie stritt es ab. Aber ich fürchte, dass man Drogenabhängigen nicht trauen kann. Andererseits sehe ich keinen Grund, warum sie uns so einen dummen Streich spielen sollte.«

»Sofort danach?«, warf Nigel ein. »Haben Sie bei der Gelegenheit den Ausdruck *stick of tea* benutzt?«

Dr. Bogan sah ihn streng an. »Ja. So nannte sie Marihuana-Zigaretten. Das ist amerikanischer Slang, wissen Sie.«

»Kam es erst in letzter Zeit vor, dass sie Marihuana rauchte?«, fragte Blount.

»Soweit ich weiß.«

»Sagt Ihnen der Name Engelman etwas?«

Dr. Bogans Augen verloren für einen Augenblick ihren Fokus, was ihn fast schwachsinnig aussehen ließ.

»Engelman? Engelman? Etwas *sagt?* Ich kann Ihnen nicht folgen. Ich *kenne* niemanden mit diesem Namen.«

»Waren Sie jemals in …?« Blount nannte den Namen der amerikanischen Stadt, in der Elizabeth und Andrew zur Schule gegangen waren.

»Nein, nie. Ich nehme an, sie wollen damit andeuten, dass Miss Restorick, da sie den amerikanischen Slangausdruck für Marihuana-Zigaretten benutzt hat, von einem Amerikaner beliefert wurde? Ich fürchte, Sie lassen mich im Dunkeln tappen. Ist dieser Engelman die Person, die sie belieferte?«

»Haben Sie sie denn nicht nach dem Namen des Lieferanten gefragt?«

»Doch. Aber sie wollte ihn mir nicht sagen. Mit dem Kokain war es das Gleiche. Und ich konnte sie natürlich nicht zwingen. Sie verlieren das Vertrauen von Drogenabhängigen, wenn Sie ihnen das Gefühl geben, dass Sie nebenbei auch noch Polizeiarbeit betreiben.«

Blount nahm seinen Kneifer ab, pustete auf die Gläser und rieb sie kräftig an seinem Ärmel.

»Schön, dann danke ich Ihnen, Doktor. Ich denke, das ist im Augenblick alles. Die gerichtliche Untersuchung ist, wie Sie wissen, morgen. Sie wird mit Sicherheit vertagt werden, da noch weitere Ermittlungen nötig sind. Sie werden also zu Ihren Patienten zurückkehren können.«

Als er an der Tür war, warf Bogan ihnen einen Blick über die Schulter zu.

»Ich sehe schon, Sie behalten Ihre Meinung für sich, Inspector.«

Blount lächelte ihn an. »Oh ja, auch wir haben unser Berufsgeheimnis ... Hm, ein beeindruckender Bursche«, fügte er hinzu, als der Doktor gegangen war. »Er hat seine fünf Sinne beisammen. Oder er sagt ganz einfach nur die Wahrheit. Bei so einem Typen kann man das nie so recht sagen. Oje, oje. Jetzt werden wir uns auch noch mit der Vorgeschichte beschäftigen müssen. Ein mühseliger Weg. Na ja, das gibt der amerikanischen Polizei wenigstens etwas zu tun.«

»Denken Sie, da ist was dran, an dieser Engelman-Verbindung?«

»Ich weiß nicht. Aber es macht mich ein kleines bisschen misstrauisch, wenn ein Zeuge keine gesunde Neugier zeigt. Ich hatte das Gefühl, dass er sich zusammenriss, als ich ihn nach Engelman und Amerika fragte. Die natürliche Reaktion, sollte man denken, wäre doch gewesen, dass er fragt, worauf zum Teufel ich hinauswill.«

Der Inspector ging mit seinem Sergeant und einem der örtlichen Männer hinaus, um die Durchsuchung des Hauses fortzusetzen. Das war keine Aufgabe, um die Nigel ihn beneidete, in einem Haus, das so groß und weitläufig war wie Easterham Manor. Aber Blount wollte genau sein. Wenn es irgendwelche Hinweise gab, die darauf warteten, entdeckt zu werden, würde er sie finden. Nigel verzog das Gesicht beim Gedanken an Blounts wirklich furchterregende Geduld und Gründlichkeit. Blount war wie ein menschlicher Staubsauger. Was Nigel daran erinnerte, dass ein Hausmädchen Elizabeth Restoricks Zimmer am Morgen, bevor sie getötet worden war, gründlich gesaugt hatte, sodass es unmöglich war, dass Will Dykes den Faden aus der Quaste seines Morgenrocks bei einem früheren Besuch dort verloren hatte. Entweder war er in der Nacht, in der sie ermordet worden war, in ihrem Zimmer gewesen, oder der Faden war dort platziert worden.

Nigel hatte sich zu Dykes noch keine abschließende Meinung gebildet. Aber angenommen, er hatte Elizabeth nicht ermordet und der Faden war dort platziert worden, dann warfen die verbrannten Papiere in Bogans Kamin kein gutes

Licht auf Bogan. Es war unwahrscheinlich, dass eine dritte Person, als Mörder, versuchen würde, gleich *zwei* Mitglieder der Hausgemeinschaft zu belasten.

Kurz darauf ging Nigel mit Georgia zurück zum Dower House. Unterwegs informierte sie ihn über das Ergebnis des Auftrags, den er ihr erteilt hatte. John und Priscilla hatten sich zunächst sehr zugeknöpft gegeben; das Verhalten ihrer Tante während einer harmlosen kleinen Scharade hatte sie natürlich zutiefst erschreckt. Dennoch hatte Georgia sie schließlich zu der Aussage bewegen können, dass Tante Betty am Morgen nach der Scharade ins Kinderzimmer gekommen war und ihnen das Versprechen abgenommen hatte, von niemandem eine Zigarette anzunehmen, niemals, bis sie sehr viel älter wären. Sie sei »deswegen so aufgeregt« gewesen, wie Priscilla sich ausdrückte, dass sie es ihr versprochen hatten, ohne Fragen zu stellen.

»Ich erinnerte mich, dass Marihuana auch in Süßigkeiten verabreicht wird«, sagte Georgia, »daher fragte ich sie, ob Betty mit ihnen auch über Süßigkeiten gesprochen hätte. Sie sagten, ihre Tante habe sie gebeten, es ihr zu sagen, wenn irgendjemand ihnen Süßigkeiten geben würde, was sie komisch fanden. Natürlich sagten sie: ›Klar werden wir das tun.‹ John sei ganz aufgedreht gewesen und habe sie gefragt, ob sie meine, dass jemand versuchen würde, sie zu vergiften, wie Schneewittchen.«

»Und hat jemand es versucht?«

»Nein. Keine Schokolade, keine Zigaretten.«

»Elizabeth hat sie nicht vor jemand Besonderem gewarnt?«

»Nein. Ich denke, das hätten sie mir gesagt. Gibt es bei dir irgendetwas Neues?«

Bis sie vor dem Tor von Dower House standen, gab Nigel ihr einen kurzen Bericht über Andrews Aussage.

»Was für eine schreckliche, schreckliche Geschichte!«, murmelte Georgia. »Langsam wünsche ich mir, wir wären nie hergekommen. Weißt du, es gibt eine Sache, der du nachgehen solltest. Ganz offensichtlich hat Andrew anzudeuten versucht, dass Bogan hinter der ganzen Sache steckt. Ich mag Andrew, und Bogan ist mir nicht ganz geheuer. Aber du solltest herausfinden, ob Andrew nicht einen ganz anderen Grund hat, einen solchen Groll gegen den Doktor zu hegen.«

»Wie soll ich das anstellen?«

»Du könntest Bogan fragen. Wenn er dir eine Erklärung gibt, kann sie ganz einfach bestätigt oder widerlegt werden.«

Nach dem Mittagessen schlenderte Nigel allein zurück zum Manor. Als er in die Einfahrt abbog, an deren Ende das Haus sichtbar wurde, bot sich ihm ein lebhaftes Schauspiel.

John und Priscilla rollten eine riesige Schneekugel vor sich her, die grüne Grasstreifen zurückließ und mit jeder Umdrehung größer wurde. Andrew Restorick trieb sie an, während Miss Ainsley etwas abseits stand, in der zögerlichen Pose derjenigen, die gern an dem Vergnügen teilhaben möchte, sich aber nicht sicher ist, dazu eingeladen zu sein. Priscillas königsblauer Kapuzenmantel, Miss Ainsleys scharlachrote Wollhandschuhe, Johns rosige Wangen und Andrews gelbbraune Schafpelzweste – all das bildete einen farbenfrohen Kontrast zum schneebedeckten Manor. Die Kinder schrien aufgeregt, und die Tragödie schien weit weg zu sein.

Als Nigel sich näherte, ging Andrew gerade ins Haus. Kurz darauf kam er mit einem Küchenstuhl zurück. Er ließ Miss Ainsley ohne viel Federlesens darauf Platz nehmen und sagte:

»Wir wollen eine Statue der guten Queen Victoria bauen. Sie sollen unser Modell sein.«

»Oh, kümmern Sie sich nicht um mich«, erwiderte sie und lachte abwehrend. »Ich werde nur erfrieren, das ist alles.«

»Machen Sie sich keine Sorgen. Wir werden Sie nicht einmauern. Sitzen Sie einfach nur da und schlagen mit den Armen, um sich warm zu halten, wie Queen Victoria.«

»Sie war doch kein Vogel. Oder etwa doch?«

Eunice Ainsleys Bemerkungen waren nie besonders gelungen. Sie war zu bemüht, Eindruck zu machen. Andrew überhörte sie geflissentlich, und sie wandte sich Nigel zu.

»Da kommt Sherlock. Suchen Sie nach Fußspuren im Schnee? Sie werden eine schöne Auswahl finden.«

»Warum nennst du ihn Sherlock?«, fragte Priscilla.

»Weil er ein Detektiv ist natürlich, du Trottel«, sagte John liebenswürdig.

»Ganz recht, du Wickelkind«, sagte Miss Ainsley. »Du bist gar nicht so dumm.«

John wandte sich mit finsterer Miene wieder der Schneekugel zu. Andrew fing jetzt an, sie zur Basis der Statue zu formen. Miss Ainsley steckte sich eine Zigarette in den Mund und zog nervös daran. Sie sagte:

»Ich hoffe, Bruder Hereward missbilligt das alles nicht.«

»Warum sollte er?«

»Na ja, er achtet so pingelig auf die Etikette. Und die Benimmbücher gehen hart ins Gericht mit Gentlemen, die Schneemänner bauen, so kurz nachdem ihre Schwester …!«

»Halten Sie den Mund, Eunice!« Andrews Ton war ausgeglichen, aber überaus streng.

»Es steht Ihnen gut, wenn Sie ins Schwitzen kommen«,

versuchte sie es erneut. »Da sieht das Restorick-Gesicht fast menschlich aus, ist es nicht so, Mr Strangeways?«

Nigel brummte irgendetwas Unverständliches. Eunice sah Andrew herausfordernd an.

»Mit so einem Gesicht kommt man mit allem durch. Andrew würde einen wunderbaren Hochstapler abgeben. Aber vielleicht ist er ja schon einer. Bei diesen stillen Wassern kann man nie wissen.«

»Was Sie so daherschwafeln, Eunice«, sagte Andrew, während er eifrig den Schnee modellierte.

»Also wenn ich hier schon zitternd sitzen muss, werde ich ja wohl das Recht haben zu reden. Fühlen Sie mal meine Hände, sie sind eiskalt.«

»Im Haus brennen eine Menge Feuer.«

Miss Ainsley errötete unvorteilhaft. Sie wandte sich an Nigel und sagte:

»Andrew ist ein schwieriger Charakter, finden Sie nicht? Das muss daran liegen, dass er so selbstbezogen ist. Ich meine, Dinge, die uns ansprechen, prallen an ihm einfach ab. Betty war da ganz anders. Sie konnte zu niemandem nein sagen.«

Aus ihrem letzten Satz war ein boshafter Hauch von Groll herauszuhören. Andrew schenkte ihr ein freundliches Lächeln, ging auf sie zu, kippte sie von ihrem Stuhl, nahm eine Handvoll Schnee und rieb ihn ihr in den Mund. Die Kinder schrien vor Vergnügen und fingen an, alle mit Schneebällen zu bombardieren. Auch Eunice lachte, aber anders, während sie sich aufrappelte und sich den Schnee aus dem Gesicht wischte.

»Oh, Sie Biest!«, rief sie. »Warten Sie nur!« Sie warf halbherzig einen Schneeball in Andrews Richtung. Irgendetwas in ihrem Verhalten oder ihrer Stimme oder ihrem schwelenden Blick veranlasste die Kinder, mit ihrem Unfug aufzuhören.

Andrew sagte gelassen:

»Jetzt ist Ihnen nicht mehr so kalt, oder, Eunice? Sie sollten mehr Sport treiben.« Seine sanfte Mitleidlosigkeit löste bei Nigel Unbehagen aus. »Ich denke, wir sollten diesen Stuhl besser für Queen Victoria benutzen«, fuhr Andrew fort. »Sie braucht einen Thron.« Er nahm den Stuhl und fing an, den Schnee um ihn herum anzuhäufen, ohne, wie es schien, auf Eunices finstere Miene zu achten.

Der Schneemann wuchs schnell. Andrew war außergewöhnlich geschickt mit den Fingern, und bald nahm eine erkennbare Figur Gestalt neben ihnen an. Miss Ainsley fand so weit zu ihrer alten Form zurück, dass sie bemerkte, die gute Queen würde durch das Sitzen auf einem kalten, nassen Stuhl Hämorrhoiden bekommen. Als Andrew dem Schneemann den letzten Schliff gab, ging sie ins Haus und kehrte mit einer Witwenhaube mit fließenden schwarzen Bändern zurück, die sie im Kostümschrank gefunden hatte.

Die setzte sie der Statue auf den Kopf, und alle traten einen Schritt zurück, um ihr Werk zu bewundern. Die plumpe Schneefigur saß da, überlebensgroß, und wachte königlich über die Fassade von Easterham Manor. Die Kreppbänder ihrer Haube flatterten im Ostwind. Andrew gab John und Priscilla je einen halben Penny, um sie in die Augenhöhlen zu stecken. Da tauchte Hereward aus dem Haus auf und kam auf sie zu.

»Hallo, Kinder. Ihr habt einen Schneemann gebaut?«

»Ja, Daddy. Er ist toll geworden, oder? Ich wette, du kannst nicht erraten, wer es ist.«

»Na, dann sehen wir mal. Ist es ein Koch?«

»O nein«, rief Priscilla. »Das ist Queen Victoria.«

»Queen Victoria? Hm, ah ja.« Herewards Ton war merklich kühler geworden.

»Oje«, murmelte Eunice. »Wir haben eine Majestätsbeleidigung begangen!«

Hereward zupfte an seinem Schnurrbart. »Tut mir leid«, sagte er plötzlich. »Ich mag dieses Bonnet nicht besonders. John, sei ein guter Junge und bring es dahin zurück, wo du es gefunden hast.«

»Ich Arme! Schon wieder schuldig! Ich war es, Sir, die der Königin die Haube aufgesetzt hat. Mögen Sie sie wirklich nicht? Ich finde, sie ist wie für sie gemacht. So künstlerisch.«

Andrew sah sie spöttisch an. Sein Bruder sagte:

»Ich sprach nicht von der künstlerischen Wirkung, Eunice.«

»Oh, seien Sie kein alter Griesgram.« Miss Ainsley gab sich große Mühe, aber Fingerspitzengefühl war nicht ihre Sache. Hereward runzelte die Stirn.

»Wenn ich ganz offen sein soll, ich denke nicht, dass dieses Bonnet wirklich das Richtige ist – unter den gegebenen Umständen.«

»Vielleicht ist es *wirklich* ein wenig *altmodisch*«, sagte Eunice und errötete verärgert.

Hereward entfernte den beleidigenden Gegenstand und warf ihn seinem Sohn zu.

»Bring es hinein, alter Mann. Geh mit ihm, Priscilla, sei ein braves Mädchen.« Als die Kinder außer Hörweite waren, sagte er zu Eunice: »Ich denke, Sie haben mich absichtlich missverstanden. Ich bin ohne Zweifel altmodisch, aber für mich zeugt es eindeutig von schlechtem Geschmack, dieses Bonnet zu benutzen, während Betty tot dort drin liegt. Habe ich mich klar genug ausgedrückt?«

»Ja, in der Tat, Hereward.« Eunice zündete sich mit zittrigen Fingern eine Zigarette an, aber ihre Stimme hatte eine ungewohnte Festigkeit. »Ihre Gefühle sprechen für Sie. *De mortuis nil nisi bonnet*. Das ist doch recht clever, oder nicht? Eunice macht Fortschritte. Aber Sie vergessen, dass Betty meine Freundin war. Und *ich* habe mich nicht für sie geschämt, als sie noch lebte. *Ich* habe nicht versucht, sie zum Schweigen zu bringen. Und haben Sie nicht *auch* vergessen, *wie* sie starb?«

»Eunice, ich weiß wirklich nicht …«

»Betty wurde ermordet. Ich weiß, es zeugt eindeutig von schlechtem Geschmack, sie in *Easterham Manor* zu ermorden. Aber es ist geschehen.«

»Ich muss Sie daran erinnern, dass Sie mein Gast sind.«

Miss Ainsley entfernte ein Tabakfädchen von ihrer Zunge. »Ja«, sagte sie. »Und Betty war es ebenfalls.«

Es folgte eine lange Pause. Herewards blaue Augen wandten sich von ihr ab. »Ich weiß wirklich nicht, worauf Sie hinauswollen.«

»Nein?«, sagte sie sanft. »Dann müssen wir uns gelegentlich noch einmal darüber unterhalten. Unter vier Augen.«

Sie stapfte vorsichtig in ihren Fellstiefeln durch den Schnee zum Haus, mit eigenartig triumphierendem Gang.

KAPITEL 14

Die Tür war zu, das sah ich noch
und drückte auf die Klinke, doch –
LEWIS CARROLL

Das hat schon etwas Unheimliches, dachte Nigel, während er die schneebedeckte Terrasse auf und ab ging, die Verwandlung eines Wurms. Das hat etwas Albtraumhaftes, sowohl in der Aufhebung der Naturgesetze als auch in dem Anblick eines mickrigen Wesens, das zu grotesker Größe anschwillt. Nicht dass ich glaube, dass ein Wurm sich verwandeln könnte. Hat schon mal jemand einen Wurm gesehen, der sich aufbäumt und seine Unterdrücker beißt? Das bezweifle ich. Es sei denn, »Wurm« bedeutet in diesem Fall »Schlange«. Eunice Ainsley hat etwas von einer Schlange, daran besteht kein Zweifel. Ihre kleine Szene mit Andrew kann vermutlich außer Betracht gelassen werden. Sie fühlt sich von ihm angezogen, ihre ziemlich ungeschickten Avancen werden weniger zurückgewiesen als ignoriert, und sie versucht selbstverständlich, sich für diese öffentliche Demütigung zu revanchieren, indem sie seinen schwächsten Punkt trifft. Betty. Sie erinnert Andrew durch versteckte Andeutungen daran, dass seine geliebte Schwester ein Flittchen war, das häufig die Partner wechselte, und bekommt zu Recht den Mund mit Schnee ausgewaschen. Alles in Ordnung. Nichts Unnatürliches. Doch wohlgemerkt hat Andrew seinen tugendhaften, puritanischen, idealistischen – nenn es, wie du willst – Charakter, der ihn von Betty entfremdete, als es in Amerika zum Skandal kam, nicht wirklich ganz verloren.

Der Streit zwischen Eunice und Hereward war da schon etwas anderes. Eunice wusste, dass sie ausnahmsweise einmal Oberwasser hatte, und sie konnte nicht widerstehen, es zu zeigen, was für beide misslich war, da sie ganz klar durchblicken ließ, dass Hereward mehr über den Mord weiß, als er zugegeben hat, und dass sie in der Lage ist, ihn in eine sehr unangenehme Situation zu bringen. Wie kann man ihre Bemerkung anders deuten, dass auch Betty sein Gast war, und ihren Satz »Dann müssen wir uns gelegentlich *noch einmal* darüber unterhalten«? Ich frage mich, ob sie wirklich so weit gegangen ist, ihn zu erpressen.

Wie dem auch sei, wir verstehen jetzt, warum Hereward so beunruhigt aussah. Ich möchte Eunice nicht am Hals haben. Das ist das Problem mit der Verwandlung des Wurms. Bei den Starken kann man ziemlich sicher sein – wenn man sie denn kennt –, an welcher Front sie angreifen. Doch wenn der Schwache aggressiv wird, dann ist der Teufel los; es ist, als würde man plötzlich von einem verrückten, blinden Mann angegriffen oder von einem vollkommen Fremden – man kann sein Vorgehen nicht einschätzen, seine nächste Bewegung nicht voraussehen; wahrscheinlich kennt er sie selbst nicht. Ich sollte besser mit Hereward sprechen, bevor noch was passiert.

Das war eine gute Idee. Aber wie es sich so traf, wurde Nigel daran gehindert. Als er das Haus betrat und nach Mr Restorick fragte, kehrte der Butler mit einer Nachricht von Mrs Restorick zurück, die ihn bat, die Unterredung um eine halbe Stunde zu verschieben. Nigel beschloss, diese strahlende halbe Stunde durch eine Kraftprobe mit Eunice Ainsley zu verschönern.

Zunächst zeigte sie sich trotzig oder mürrisch. Doch Nigels Geduld, seine Ruhe, seine erfahrene und unerschütterliche Unvoreingenommenheit, die ihn in der Ausübung seines Berufs auszeichneten, brachen schon bald ihren Widerstand. Er erkannte, was für eine unglückliche Frau sie war, und sie spürte eine gewisse Sympathie hinter seinem unpersönlichen Verhalten ihr gegenüber.

»Ich dachte, ich spreche besser gleich mit Ihnen«, sagte er. »Mich interessieren Ihre Bemerkungen Hereward gegenüber.«

»Oh!« Sie sah ihn misstrauisch an.

»Ja. Sie machten auf mich den Eindruck, als hätten Sie irgendetwas in der Hinterhand - was ihn und Betty betrifft.«

»Ich habe Betty sehr gemocht«, sagte Eunice tonlos.

»Das glaube ich Ihnen. Nicht alle Männer sind gegen Sie. Ich jedenfalls bin es nicht. Aber ich denke nicht, dass Betty wollen würde, dass Sie Hereward antun, was ich denke, dass Sie ihm antun.«

»Was tue ich ihm denn Ihrer Meinung nach an?«

»Sie erpressen ihn.« Nigels hellblaue Augen blickten sie mit sanftem Erstaunen an. »Das war doch offensichtlich.«

»Ich muss schon sagen, Sie haben eigenartige Ideen. Nur weil ich sagte ...«

»Meine Liebe, lassen Sie uns doch bitte einen Schlagabtausch vermeiden. Ich formuliere es anders, wenn Ihnen das lieber ist: *Falls* Sie Informationen haben, die Sie vermuten lassen, dass Hereward mehr über Bettys Tod weiß, als er der Polizei sagte, sollten Sie damit herausrücken. Angenommen«, fuhr er so ausdrucklos wie möglich fort, »angenommen, Hereward hat Betty ermordet« – Miss Ainsley schnappte nach Luft und befingerte ihre Lippen –, »dann wäre es äußerst gefährlich für Sie, Ihre Informationen für sich zu behalten. Sollten Sie hingegen aufgrund einer irrigen Annahme oder aus Bosheit handeln, sind Sie ebenfalls in Gefahr. Hereward wird zur Polizei gehen, und Sie werden wegen Erpressung angeklagt.«

Als Antwort auf diesen gut gemeinten, wenn auch umständlichen Rat brach Miss Ainsley in Tränen aus. Sie war keine Frau, die auf anmutige Weise weinte; sie schluckte und schniefte gereizt, als ärgerte sie sich über die Schwäche, die sie dazu trieb. Schließlich sagte sie, mühsam ihre Stimme kontrollierend:

»Verdammt noch mal! Ich bin die Verliererin, wie üblich. Das ist nicht fair. Es ist mein Geld, wirklich.«

»Ihr Geld?« Mit geduldigen Fragen entlockte Nigel ihr die Aussage, dass Betty vor einiger Zeit versprochen hatte, Eunice ihr Geld zu hinterlassen, falls sie sterben würde, und sie eine Weile mit großzügigen Summen unterstützt hatte. Aber Betty hatte es immer wieder hinausgeschoben, ein Testament zu machen, bis es zu spät war; da sie ohne Testament gestorben war, würde ihr Kapital an ihre nächsten Verwandten gehen. Nach Bettys Tod hatte Eunice mit Hereward gesprochen und ihm von Bettys Versprechen erzählt, aber er hatte sich geweigert, es anzuerkennen. Da Eunices eigenes schmales Vermögen durch den Krieg beträchtlich zusammengeschmolzen war, war sie verzweifelt.

»Also haben Sie Hereward Daumenschrauben angelegt?

Nun gut, machen wir uns darüber keine weiteren Gedanken. Aber Sie müssen mir sagen, *wie*.«

»Nein. Bitte, das kann ich nicht. Sie würden es nicht verstehen. Fragen Sie zunächst ihn, und wenn er es Ihnen nicht sagen will, kommen Sie wieder.«

»In Ordnung. Aber eins noch. Wusste Hereward vor Bettys Tod von ihrer Absicht, Ihnen Geld zu hinterlassen? Hat sie Ihnen irgendwann einmal gesagt, dass sie es ihm gegenüber erwähnt hat?«

»Nein. Nicht, soweit ich weiß. Aber warum hätte sie es auch tun sollen? Sie rechnete ja nicht damit zu sterben.«

Nigel glaubte Eunice, dass sie jetzt die Wahrheit sagte, aber sie war im günstigsten Fall eine unzuverlässige Zeugin, und er konnte nicht vergessen, dass es während der Befragung durch Blount so ausgesehen hatte, als hätte sie Bettys Geld als ein mögliches Motiv für das Verbrechen hinstellen wollen.

Es war jetzt Zeit für sein Gespräch mit Hereward. Als er das Arbeitszimmer betrat, war er ziemlich verblüfft, Charlotte Restorick dort anzutreffen. In ihrem schwarzen Trauerkleid war sie eindrucksvoller denn je, ihre Figur und ihre Selbstsicherheit ließen den schmächtigen, unsicher wirkenden Hereward zwergenhaft erscheinen. Mit einer ihrer gebieterischen Gesten dirigierte sie Nigel zu einem Sessel und machte eine kurze Ankündigung.

»Ich hoffe, es stört Sie nicht, wenn ich bleibe, Mr Strangeways. Hereward hat mir erzählt, was vorhin geschehen ist, und auch noch manches andere. Er möchte diesbezüglich jetzt reinen Tisch machen.«

Hereward wirkte wie der komische Verschnitt eines schuldigen Schuljungen und eines Mannes, der weibliche Einmischung hasst.

»Ja. Ganz recht. Hm, hm«, sagte er. »Fürchte, ich habe Miss Ainsley vorhin ganz schön in Rage gebracht. Nervöse Frau.« Er sah Nigel mit einer stummen Bitte um Sympathie an. Der jedoch setzte seinen unverbindlichsten Gesichtsausdruck auf. »Tatsache ist«, fuhr Hereward mühsam fort, »Tatsache ist, wie Sie, nehme ich an, mitbekommen haben, dass sie die Oberhand über mich gewonnen hat. Nichts Unehrenhaftes natürlich. Ein reines Missverständnis. Rückt mich nur in ein schlechtes Licht. Was ich meine ...«

Charlotte Restorick kam wie ein Kriegsschiff zu seiner Rettung angerauscht. »Was Hereward Ihnen sagen will, ist, dass Miss Ainsley im Besitz von Fakten ist, die sie falsch interpretiert hat. In der Nacht, in der Betty starb ...«

»Schon gut, Charlotte. Ich kann für mich selbst sprechen«, unterbrach Hereward sie gereizt. »Ich fürchte, ich habe die Polizei hinsichtlich meiner Bewegungen in jener Nacht etwas in die Irre geführt. Ich sagte aus, ich sei um 23 Uhr 30 zu Bett gegangen. Das stimmt auch. Aber als ich in meinen Ankleideraum kam, dachte ich, ich könnte Betty noch gute Nacht sagen. Wie Sie wissen, liegt ihr Zimmer im gegenüberliegenden Flügel. Um dorthin zu gelangen, musste ich an Miss Ainsleys Tür vorbei, und anscheinend hörte sie mich, schaute in den Flur hinaus und sah mich zum gegenüberliegenden Flügel gehen.«

»Warum?«

»Wie? Was?«

»Warum schaute sie aus ihrem Zimmer? Spioniert sie allen hinterher, die an ihrer Tür vorbeigehen?«

»Das weiß ich wirklich nicht. Es klingt ein bisschen merkwürdig, jetzt, da Sie es erwähnen. Reiner Zufall, würde ich sagen.«

»Nichts dergleichen, Hereward«, mischte Charlotte sich ein. »Ich hasse es, irgendetwas gegen Eunice zu sagen, Mr Strangeways, aber sie leidet unter krankhafter Neugier.« (Das ist nur allzu wahr, dachte Nigel angesichts der Anzahl von Dingen, die sie in diesem Fall »zufällig mitangehört« hatte.) »Sie hatte Betty wirklich gern, war aber schrecklich eifersüchtig auf Bettys männliche Freunde. Deswegen kamen sie und Mr Dykes nicht miteinander klar. Und Mr Dykes Zimmer liegt neben Herewards Ankleideraum. Eunice hätte ohne Weiteres denken können, dass Mr Dykes es war, der in den anderen Flügel ging.«

»Ich verstehe. Ja, das ist möglich. Hatten Sie alle die Gewohnheit, Elizabeth gute Nacht zu sagen?«

»O nein«, sagte Hereward. »Tatsache ist, ich hatte einen kleinen Streit mit ihr im Laufe des Tages … fürchte, ich war ziemlich schroff zu ihr … ich wollte es wiedergutmachen, wissen Sie.«

»Einen Streit? Worüber?«

»Oh, wegen nichts eigentlich, Sturm im Wasserglas, hatte nichts zu tun mit …«

»Die Polizei wird es wissen wollen.«

Hereward zupfte an seinem Schnurrbart, er fühlte sich sichtlich unbehaglich. »Na ja, mir gefiel nicht, wie sie vor den Kindern sprach. Arme Betty … sie fluchte wie ein Landsknecht … Ich hoffe, das klingt nicht prüde, aber ich mag es nun mal nicht, wenn eine Dame flucht, jedenfalls dulde ich es nicht vor meinen Kindern … Sie wissen ja, wie schnell sie

Dinge aufschnappen. Ich wünschte jedoch, ich hätte mich nicht so von Betty getrennt.«

»Sie gingen zu ihr, um ihr gute Nacht zu sagen und den Streit zu bereinigen, und Miss Ainsley hat Sie in den Westflügel gehen sehen«, fasste Nigel zusammen. »Sie gingen direkt zu ihrem Zimmer?«

»Ja.«

»Dann waren Sie zwischen 23 Uhr 30 und 23 Uhr 35 dort?«

»Ungefähr.«

»Haben Sie auf Ihrem Weg irgendjemanden gesehen?«

»Nein. Ich ging ganz leise, wissen Sie ... ich wollte niemanden aufwecken ... Ich nehme an, deswegen bildete Miss Ainsley sich ein ...« Hereward brach verwirrt ab.

»Vergessen Sie das für einen Augenblick. Sie kamen also zu ihrem Zimmer. Was geschah dann?«

»Nun, die Tür war verschlossen. Ich klopfte sachte und rief ein-, zweimal ihren Namen, ganz leise. Es kam keine Antwort, daher nahm ich an, dass sie schlief, und ich kehrte in mein Zimmer zurück.«

»Wie lang hat das alles gedauert?«

»Mein Mann war noch keine drei Minuten weg, da hörte ich ihn schon in den Ankleideraum zurückkommen«, sagte Mrs Restorick.

»Ich nehme an, sie hätten es unter der Tür gesehen, wenn das Licht in Miss Restoricks Zimmer noch gebrannt hätte.«

»Ja. Ihr Licht war aus. Daran besteht kein Zweifel. Normalerweise hat sie bis Mitternacht im Bett gelesen, aber ihr ging es in letzter Zeit ja nicht so gut.«

»Hat irgendjemand außer Ihrer Frau Sie in Ihren Ankleideraum zurückkehren hören?«

»Das weiß ich nicht.«

»Miss Ainsleys Neugier ging nicht so weit, dass sie Sie auch beobachtete, als Sie zurückkamen?«

»Anscheinend nicht. In gewisser Weise wünschte ich, es wäre so. Eine verteufelt missliche Lage – wissen Sie, sie muss den Eindruck bekommen haben, dass ... nun ja, dass im Lichte dessen, was in der Nacht geschah, mein Verhalten etwas Verdächtiges hatte.«

»Warum haben Sie es der Polizei nicht einfach erzählt?«

»Das ist eine etwas naive Frage, Mr Strangeways«, sagte Charlotte. Ihr Lächeln war freundlich, aber in ihrer Stimme lag ein Hauch von Arroganz. Nigel zuckte die Achseln.

»Sie wollten in die Sache nicht mit hineingezogen werden?«, sagte Nigel.

»Fürchte, so war es. Jetzt schäme ich mich ein bisschen dafür. Aber, ganz ehrlich, ich konnte mir nicht vorstellen, dass diese Information die Polizei irgendwie weiterbringen könnte. Letztlich habe ich ja nichts in ihrem Zimmer gehört oder jemanden in der Nähe gesehen. Also habe ich geschwiegen.«

Charlotte, die ihren Mann mit der liebevollen Sorge eines Impresarios betrachtet hatte, der ein Wunderkind bei seinem ersten öffentlichen Auftritt beobachtet, lehnte sich mit einem Seufzer zurück.

»Und was hat Miss Ainsley mit all dem zu tun?«, fragte Nigel.

»Verdammt, das habe ich Ihnen doch gerade gesagt. Sie sah mich vorbeigehen ...«

»Worüber sprach sie denn dann heute Nachmittag?«

Nigel fing einen Blick auf, den Hereward Charlotte zuwarf

und der überdeutlich SOS rief. Doch Charlotte blieb stumm. Schließlich murmelte Hereward:

»Oh, das hatte nichts zu bedeuten. Sie wissen ja, wie das mit diesen nervösen Frauen ist. Ich meine …«

»Nein, Hereward.« Mrs Restorick hatte sich nur so lange zurückgehalten, bis er in der günstigsten Position war. »Die Engländer sind so absurd ritterlich, Mr Strangeways. Hereward würde sich eher seine Hand abhacken, als etwas Schlechtes über eine Dame zu sagen.«

»Was? Also wirklich, meine Liebe!«

»Es ist wahr, und du weißt es. Ich werde es für ihn erklären müssen. Nachdem die arme Betty gefunden worden war, kam Eunice zu meinem Mann, sagte ihm, dass sie gesehen habe, wie er sich zu Bettys Zimmer geschlichen habe, unmittelbar bevor sie ermordet wurde, und versprach, nicht darüber zu reden, wenn er ihr Bettys Vermögen überlassen würde. Das war natürlich glatte Erpressung, und ich sagte Hereward, er dürfe sich nicht einschüchtern lassen.«

»Wann hörten Sie zum ersten Mal davon, Mrs Restorick?«

»Mein Mann kam gerade vorhin vor einer halben Stunde zu mir und fragte mich um Rat. Ich hatte schon vorher bemerkt, dass er sehr besorgt war, aber ich hatte keine Ahnung, dass Eunice dahintersteckte.«

Nigel betrachtete die beiden einen Augenblick lang. »Warum sollte Miss Ainsley von Ihnen verlangen, ihr Bettys Vermögen zu überlassen? Ich meine damit, warum sollte sie Sie mit genau dieser Formulierung erpressen? Ich hätte eher erwartet, dass sie von Ihnen eine bestimmte Summe fordert – und später vermutlich noch mehr.«

»Die Person, die Sie das fragen sollten, ist doch sicherlich

Miss …«, fing Charlotte an, aber Hereward unterbrach sie mit ungewohnter Entschlossenheit.

»Nein. Wir müssen Strangeways jetzt alle Fakten mitteilen. Laut Eunice hatte Betty versprochen, ihr das Geld testamentarisch zu hinterlassen, daher dachte sie, sie hätte einen Anspruch darauf.«

»War das das erste Mal, dass Sie von Bettys Absichten hörten?«

»O ja. Ja. Na klar«, sagte Hereward mit einer gewissen übertriebenen Nachlässigkeit, als wäre ihm im Zeugenstand eine Frage gestellt worden, deren entscheidende Bedeutung zu kennen er nicht zugeben durfte.

»Ich verstehe nicht«, sagte Nigel. »Woher wusste Miss Ainsley, dass Ihre Schwester ihr Versprechen nicht eingehalten hat? Es wurde im Haus doch nicht darüber gesprochen, dass sie noch kein Testament verfasst hatte, oder?«

»Doch. Ein paar Tage, bevor Betty starb, haben wir alle zusammen über den Krieg gesprochen. Das war beim Mittagessen. Ich sagte, dass angesichts der Luftangriffe, die jetzt zu befürchten sind, jeder ein Testament machen sollte. Betty stimmte zu. Sie sagte, sie wolle mit ihrem Notar darüber sprechen, sobald sie wieder in London sei. Erinnerst du dich, Charlotte?«

»Ja. Mr Dykes hielt uns sogar einen Vortrag über Privatbesitz und wie unmoralisch es sei, dass Leute Geld erben, für das sie nie gearbeitet haben.«

»Der Bursche ist ein kleiner Bolschewist«, sagte Hereward entschuldigend. »Aber kein schlechter Kerl, wenn man ihn ein bisschen näher kennenlernt.«

»Ich frage mich, ob jemand auf die Idee kam«, bemerkte Nigel und starrte auf seine Zehen, »dass Betty ein Testament zu Mr Dykes Gunsten manchen wollte. Schließlich waren sie mehr oder weniger verlobt.«

Da die Restoricks sich nicht dazu äußerten, fügte Nigel hinzu: »Ich nehme an, da sie ohne Testament starb, wird ihr Besitz zu gleichen Teilen zwischen Ihnen und Andrew aufgeteilt werden?«

»Das wird wohl so sein, glaube ich«, erwiderte Hereward. »Wünschte, ich wüsste, was ich tun soll. Ich meine, wenn Betty ihn Eunice wirklich versprochen hat, sollte ich ihn ihr übergeben. Aber um Ihnen die Wahrheit zu sagen, kann ich das Geld selbst gut gebrauchen. So wie Handelspapiere gerade an Wert verlieren, wird es immer schwieriger, einen Besitz wie diesen zu erhalten.«

»Ich sage Hereward immer wieder, er soll Easterham der Regierung anbieten, um es als Krankenhaus zu nutzen«, sagte Charlotte. »Aber natürlich sehen sie noch keine Notwendigkeit für Krankenhäuser. Ich frage mich, wann es ernst wird mit dem Krieg.«

Hereward grinste. »Charlotte wäre gern Oberschwester. Sie würde den Laden schon zusammenhalten, hm?«

»Red kein so dummes Zeug, Hereward.«

Über diesem scherzhaften Geplänkel verließ Nigel sie. Der letzte Blick, den er, als er die Tür schloss, ins Zimmer warf, Charlotte, majestätisch und patent in ihrem schwarzen Kleid, Hereward mit seinem hängenden Schnurrbart, der dem Thane of Cawdor zur Ehre gereicht hätte, ließ Nigel noch ernsthafter die Möglichkeit in Erwägung ziehen, dass das Drama, das hier aufgeführt wurde, eher *Macbeth* als *Hamlet* ähnelte.

Die Restoricks waren bemerkenswert aufrichtig ihm gegenüber gewesen, aber das mochte daran liegen, dass Miss Ainsley ihnen keine Wahl gelassen hatte. Herewards Aussage kam ihm ziemlich überzeugend vor, doch vielleicht hatte seine Frau ihn entsprechend vorbereitet. Trotz seiner angespannten finanziellen Lage war es schwer zu glauben, dass Hereward seine Schwester wegen des halben Anteils an einer Immobilie, die ihr nur zweitausend Pfund im Jahr einbrachte, ermorden würde. Wenn Hereward allerdings ein anderes Motiv gehabt hatte, könnte seine Frau versucht haben, die Aufmerksamkeit davon abzulenken, indem sie das unzulängliche Motiv des Erbes in den Vordergrund gestellt hatte. Wenn dem so war, spielte sie ein gefährliches Spiel. Aber Nigel fand, dass sie eine ebenso mutige wie kluge Frau war.

Allerdings ließ ihm etwas anderes in Herewards Aussage keine Ruhe. Während er zum Gesellschaftszimmer ging, versuchte er einzuschätzen, was es zu bedeuten hatte, dass Bettys Tür in jener Nacht um 23 Uhr 30 verschlossen gewesen war. In Gedanken versunken, stieß er mit Andrew zusammen, der plötzlich aus dem Gesellschaftszimmer auftauchte.

»Was zum ...? Oh, Sie sind es«, rief Andrew. »Wo ist der Inspector? Jemand ... hat gerade versucht, mich zu vergiften.«

KAPITEL 15

Und bedachte veränderten Sinnes
die Wechselfälle des Lebens.
JOHN DRYDEN

Als wäre sie ein Signal gewesen, löste Andrews Bemerkung ein Stimmengewirr im Gesellschaftszimmer aus.

»In meiner Milch«, stieß er aus. »Selbst Scribbles wollte sie nicht annehmen. Bittermandelgeruch. Ich werde Blount holen.«

Er rannte nach oben. Als Nigel den Griff drehte, wurde die Tür von innen geöffnet, und Will Dykes und Miss Ainsley erschienen. Eunice klammerte sich totenblass an Nigels Ärmel fest.

»Ich ertrage das nicht länger!«, rief sie. »Sie müssen dem ein Ende bereiten.«

»Ich muss schon sagen, das ist alles sehr merkwürdig«, murmelte Dykes.

Dr. Bogan stand überaus verwirrt in der Mitte des Raums, seine übliche Ruhe hatte er verloren. Nigels Blick fiel auf den Tisch, auf dem neben dem Teegeschirr ein halbvolles Glas Milch stand, eine Untertasse mit Milch stand auf dem Boden und wurde von der Katze Scribbles vom Kaminvorleger aus nachtragend betrachtet.

»Was ist geschehen?«, fragte er.

Alle drei begannen gleichzeitig zu reden, dann verstummten sie. Dr. Bogan machte einen gebieterischen Schritt nach vorn.

»Restorick goss ein wenig Milch aus seinem Glas auf die Untertasse. Die Katze schnupperte daran und wich zurück. Dykes machte eine Bemerkung, von wegen Scribbles sei wohl misstrauisch gegenüber Untertassen und Milch geworden. Restorick nahm die Untertasse hoch und roch daran. ›Bittermandel‹, sagte er, ›das ist eine Art Gift, oder nicht?‹ Ich sagte ihm, Zyankali. Irgendwie glaubten wir es noch nicht. Dann nahm ich sein Glas und roch daran. Es ist tatsächlich Zyankali.«

»O Gott!«, rief Eunice. »Wir hätten alle vergiftet werden können.«

Sie lief zum Kaminvorleger, ließ sich mit einer unbeholfenen Bewegung neben Scribbles auf den Boden plumpsen, drückte die Katze an ihre Brust und brabbelte dummes Zeug.

»Ich denke nicht, dass die Angst davor berechtigt ist«, sagte Bogan. »Es sieht so aus, als hätte es sich nur gegen Restorick gerichtet. Er trank nie Tee, speziell für ihn wurde immer ein Glas Milch gebracht, wissen Sie. Es sei denn …«

Er brach ab. Als hätten sie sich abgesprochen, gingen er und Nigel schnell zum Teetisch. Bogan reichte Nigel das zierliche Milchkännchen, und dieser beugte sich darüber und roch vorsichtig daran. Dann roch er an der Untertasse der Katze.

»Ja. Ich befürchte, es ist in beiden. Das Kännchen riecht weniger intensiv als die Untertasse. Dort ist es natürlich stärker verdünnt.«

In diesem Augenblick kamen Hereward und Charlotte herein, und der Vorfall musste ein weiteres Mal erzählt werden. Herewards Gesichtsausdruck wechselte von Bestürzung zu Empörung. Er räusperte sich ein-, zweimal, doch bevor er auch nur ein Wort herausbringen konnte, kehrte Andrew mit Blount und dem Detective Sergeant zurück.

Mit frostig funkelnden Augen übernahm Blount sofort die Kontrolle, und seine Anwesenheit schien die entnervte Gruppe zu beruhigen.

»Mr Restorick hat mich mit den Fakten bekannt gemacht«, bellte er. »Bitte setzen Sie sich alle. Diejenigen von Ihnen, die im Raum waren, setzen sich dorthin, wo sie saßen, als Mr Restorick die Milch auf die Untertasse goss.«

Eunice und Bogan gingen zu dem Sofa neben dem Teetisch, Dykes zu einem Stuhl zu ihrer Linken, während Andrew sich an die andere Seite des Tisches setzte. Blount schnupperte vorsichtig an der Untertasse und am Milchglas.

»Im Kännchen ist es auch«, murmelte Nigel.

»Wie bitte?«, rief Andrew so heftig, dass Eunice leise aufschrie.

»Ja. Die Milch im Kännchen ist auch vergiftet«, sagte Blount, während er seine Nase darüber rümpfte.

»Du liebe Zeit!«, sagte Andrew. »Wollen Sie damit sagen ... es handelt sich um Massenmord? Warum, ich dachte ...«

»Nein, Sie wurden nicht bevorzugt behandelt, Mr Restorick«, kommentierte Blount trocken. Er ließ einen langsamen und so respekteinflößenden Blick über die Gruppe wandern, dass selbst Nigel sich innerlich ein wenig wand. »Da hat jemand schlechte Arbeit geleistet. Schlampig. Verhunzt von der Eingebung des Augenblicks. Da ist wohl jemand aus der

Übung. Das Zeug stinkt zu sehr. Die Aussichten, dass Sie es trinken, waren äußerst gering. Und wir werden bald herausfinden, wer in der Lage war, das Gift in die Milch zu mischen. Es wäre also besser, Sie gestehen gleich und vermeiden weiteren Ärger.«

Totenstille, die durch Hereward gebrochen wurde, der endlich seine Stimme wiedergefunden hatte.

»Ich ... das ist unerhört. Wollen Sie etwa andeuten, dass einer meiner Gäste ...? Das sind alles meine Freunde. Was ist mit den Dienstboten? Die hatten schließlich auch Zugang zu ...«

»Ja. Wälzen Sie es nur auf sie ab«, murrte Dykes. »Damen und Herren vergiften sich schließlich nicht gegenseitig. Nie und nimmer.«

»Oh, halten Sie den Mund, Dykes«, rief Andrew verärgert. »Jetzt ist keine Zeit für Ihr lächerliches Klassenbewusstsein.«

Alle starrten ihn an. Das war ein merkwürdiger Ausbruch des normalerweise so ausgeglichenen Andrew.

»Ich kümmere mich darum«, sagte Blount zu Hereward. »Sie vier werden jetzt noch einmal genau das machen, was Sie gemacht haben, als Mr Restorick die Milch auf die Untertasse goss.«

Bogan, Dykes und Eunice saßen still da. Andrew, der sich wieder gefasst hatte, sagte:

»Das Stichwort bitte, Eunice.«

»Was? Oh, ich verstehe«, sagte sie schwach. »Hallo, Miezekätzchen.«

Dykes sagte: »Zum Glück habe ich keine neun Leben. Das eine ist genug für mich auf diesem verdammten Planeten.«

Andrew sagte: »Ich frage mich, ob Scribbles jetzt mehr auf der Hut ist vor Untertassen mit Milch.« Er hob das Glas und tat so, als gösse er Milch auf eine imaginäre Untertasse. Eine Pause.

Dykes sagte: »Sie schaut geschenkten Untertassen ins Maul. Kluge Katze.«

»Das ist komisch«, bemerkte Andrew. Sie hatten die Episode mit steifen, befangenen Stimmen nachgespielt; doch Andrews Tonfall hatte sich plötzlich auf alarmierende Weise verändert. »Das *ist* komisch«, sagte er. »Es ist nicht mehr so viel Milch in meinem Glas.«

»Natürlich nicht«, sagte Dykes. »Etwas davon ist ja auf der Untertasse der Katze.«

»Nein, das meine ich nicht. Es ist weniger Milch in meinem Glas als zu dem Zeitpunkt, da ich den Raum verließ, um Blount zu holen. Ich bin ganz sicher. Was meinen Sie, Bogan?«

Er hob das Glas und hielt es dem Doktor auf seiner Handfläche balancierend hin.

»Dazu kann ich nichts sagen. Ich habe nicht darauf geachtet.«

Blount hatte bereits geläutet. Ein Dienstmädchen erschien.

»Haben Sie das Teegeschirr hereingebracht?«

»Ja, Sir.«

»Werfen Sie doch mal einen Blick auf das Milchkännchen. Hatten Sie es bis zum Rand gefüllt?«

»O nein, Sir. Nicht ganz voll. Es könnte überlaufen, wissen Sie. Es ist jetzt sogar voller als vorhin, als ich es reinbrachte.«

»Sind Sie sich sicher?«

»Ja, Sir.«

Blount entließ sie fürs Erste. »Verstehen Sie, was das bedeutet?«, sagte er. »Jemand goss Milch aus dem Glas in das Kännchen, vermutlich nachdem Mr Restorick festgestellt hatte, dass seine Milch vergiftet ist, und bevor Mr Strangeways den Raum betrat. Warum? Der einzig mögliche Grund ist, es so aussehen zu lassen, dass die Milch in beiden Gefäßen vergiftet wurde. Der Versuch, Mr Restorick zu vergiften, ist gescheitert. Der Verbrecher hoffte, Verwirrung zu stiften, indem er es so aussehen ließ, als ob sich der Tötungsversuch gegen jeden richtet, der Platz nimmt, um Tee zu trinken. Und der Verbrecher«, Blount sah sie frostig durch seinen Kneifer an, »muss einer von Ihnen dreien sein, Miss Ainsley, Mr Dykes, Dr. Bogan.«

Dykes knurrte. Eunice kauerte sich auf dem Sofa zusammen. Der Doktor bemerkte: »Ihr Argument ist *logisch* korrekt. Aber ...«

»Natürlich ist es das. Nun, hat einer von Ihnen gesehen, wie es geschah?«

Doch so intensiv sich Blount auch bemühte, er bekam nichts aus ihnen heraus. In der kurzen Zeitspanne, in der das Milchkännchen hätte berührt werden können, waren sie alle – anscheinend – so bestürzt, dass sie aufgeregt umherliefen. Keiner von ihnen konnte sich dafür verbürgen, die anderen die ganze Zeit im Auge gehabt zu haben. Der unerwartete Schock hatte sie allzu sehr benebelt. Nigel neigte insgeheim dazu, auf Bogan zu setzen. Als er den Raum betreten hatte, waren Eunice und Dykes an der Tür gewesen, ihm zugewandt, mit dem Rücken zu Bogan, der in der Nähe des Tisches gestanden hatte. Sie hätten den Raum vermutlich verlassen, wenn sie nicht auf Nigel getroffen wären, was Bogan eine bessere Gelegenheit gegeben hatte als jedem, während alle drei noch im Raum waren.

»War es eine Angewohnheit von Ihnen, der Katze Milch zu geben, Mr Restorick?«, fragte Blount.

»Nein. Ich habe es nie zuvor gemacht ... Es ergab sich irgendwie aus der Unterhaltung, die wir hatten. Ein Glück für mich.«

»Das Glück hat wirklich eine, äh, launische Rolle in dieser Geschichte gespielt«, bemerkte Blount ziemlich pedantisch. »Nun denn, weiß irgendjemand, ob es in diesem Haus Zyankali gibt?«

»Ja«, sagte Hereward. »Ja. Ich habe welches. Benutze es zum Fotografieren, wissen Sie.«

»Wären Sie so gut nachzusehen, ob es noch dort ist, wo Sie es aufbewahren, Sir.« Blount bedeutete dem Sergeant, Hereward zu begleiten. Nach weniger als zwei Minuten – die wie Stunden schienen – kehrten sie zurück.

»Das Fläschchen ist weg«, verkündete Hereward fast ungebärdig. »Ich bewahrte es in dem Schrank meines Arbeitszimmers auf. Es ist nicht mehr dort.«

»Wann haben Sie es zum letzten Mal gesehen?«

»Hm? Oh, zum letzten Mal. Lassen Sie mich nachdenken. Noch heute Morgen. Ich öffnete den Schrank, um ein Päckchen Pfeifenreiniger herauszunehmen.«

»Sie schließen den Schrank immer ab, nehme ich an?«

»Nein. Eigentlich nicht.«

»Das sollten Sie aber. Zyankali ist zu gefährlich, um es offen herumliegen zu lassen.«

»Aber, verdammt, auf dem Fläschchen stand doch GIFT. Rotes Etikett. Jeder konnte sehen ...«

»Genau«, sagte Blount mit einem schwachen amüsierten Funkeln in den Augen. »Nun, wir müssen das Fläschchen finden und herausbekommen, wann es Gelegenheiten dazu gab, das Gift in Mr Restoricks Glas zu tun. Ich muss Sie alle bitten, hier zu bleiben. Sergeant Phillips, bleiben Sie an der Tür und lassen Sie sie nicht aus den Augen.«

»Verdammt!«, rief Hereward erregt. »Sie behandeln uns wie Kriminelle.«

Seine Frau sagte: »Mein Lieber, ich fürchte, einer von uns *ist* ein Krimineller. Ich nehme an, Sie werden uns durchsuchen wollen, Inspector?«

»Wenn ich das Fläschchen nicht woanders finde«.

»Also, wenn Sie jemanden brauchen, der Miss Ainsley und mich durchsucht, dann schlage ich vor, Sie bitten meine Haushälterin.«

Blount sah sie verdrießlich an. Er schätzte es gar nicht, wenn jemand über seinen Kopf hinweg die Kontrolle übernahm. Doch Mrs Restoricks reizendes Lächeln besänftigte ihn ein wenig.

»Danke, Ma'am. Ich werde es im Hinterkopf behalten. Mr Strangeways, ich möchte Sie bitten, mit mir zu kommen.«

Nigel folgte ihm hinaus und den Gang entlang zu den Zimmern der Dienstboten. Blount brummte: »Absurd! Er würde nicht mal einem Kind was vormachen können. Hat vollkommen den Bezug zur Wirklichkeit verloren. Oder ...« Er blickte über die Schulter zu Nigel: »Glauben Sie, das war ein weiterer Schabernack?«

»Mit Zyankali? Das hier ist England, nicht Nordbritannien. Wir mögen unseren Schabernack auf dieser Seite der Grenze etwas bekömmlicher.«

»*T'chah!*«, sagte Blount. Er war der einzige Mensch, dem Nigel jemals begegnet war, der es genauso aussprach, wie es in Romanen geschrieben wird. »*T'chah*! Dieser Andrew hatte ein böses kleines Funkeln in den Augen. Vermutlich hat er das Zeug selbst in sein Glas getan. Nur um mir meine Arbeit zu erschweren. Der Halunke. Zufall. Glück. Ausgerechnet am einzigen Nachmittag, an dem er Gift in seiner Milch hat, gibt er der Katze welche ab. Kein Tierfreund. Nun ja, nun ja.«

Blount benutzte die Figur des Asyndeton nur, wenn er in fröhlicher Stimmung war. Sich lebhaft die Hände reibend, ging er ins Zimmer der Haushälterin, wo sie mit dem Butler Tee trank; die empörten Blicke, mit denen sie den Eindringling empfingen, hätten ihn fast abgeschreckt.

»Aha! Beim Teetrinken, wie? Prachtvoll. Köstlich. Nun, Mr Butler, Sir, dürfte ich Sie wohl für ein Weilchen von Ihrem Plätzchen entführen ... Ich bin sicher, Mrs, äh, Lake wird Sie entschuldigen ... Ich benötige Ihre Mitarbeit.«

Der Butler, der großäugig glotzte, schien hinter ihm hergezogen zu werden wie einer dieser Zelluloid-Fische, die einem Magneten folgen. Kurz darauf waren sie in der Anrichtekammer am Ende des Ganges, wo das Teegeschirr bereitgestellt worden war. Das Mädchen, das den Tee hereingebracht hatte, wurde erneut befragt, und folgende Dinge kamen zutage: Um 15 Uhr 45 hatte sie das Serviertablett vorbereitet. Die Milch war aus dem Kühlschrank in der Küche genommen worden; mehrere Dienstboten hatten Milch aus derselben Quelle in ihrem Tee gehabt, sodass sie da noch nicht mit dem Gift versetzt worden sein konnte. Das Tablett mit dem Kännchen und Andrews Glas Milch hatte ungefähr zwischen 15 Uhr 50 und 16 Uhr 15, als das Mädchen es ins Gesellschaftszimmer gebracht hatte, unbeaufsichtigt in der Anrichtekammer gestanden. Das sei, wie sie erklärte, ihre normale Routine.

Nigel erinnerte sich, dass er zwischen 15 Uhr 50 und 16 Uhr 15 mit Hereward und Charlotte im Arbeitszimmer gesprochen hatte. Sie konnten das Gift also schon mal nicht in die Milch getan haben.

Der Butler sagte aus, dass er die Anrichtekammer unmittelbar nach 16 Uhr betreten habe, um einen Blick auf das Tablett zu werfen.

»Sie sind ein, äh, aufmerksamer Beobachter?«, fragte Blount mit starkem Glasgow-Akzent. Nigel erstarrte. Wenn der Akzent die Oberhand gewann, bedeutete dies meist, dass Blount eine Fährte aufgenommen hatte.

»Ich hoffe es, Sir. Meine Pflichten …«

»Als Sie die Anrichtekammer unmittelbar nach 16 Uhr betraten, stand da dieses Fläschchen schon hier?«

Er deutete mit seinem Kneifer auf eine kleine Flasche, die, den Blicken kaum entzogen, in einer tiefen Schüssel über dem Regalbrett stand, auf dem das Serviertablett bestückt worden war.

»Grundgütiger!«, rief der Butler. Was eine angemessene Reaktion war, denn das Fläschchen trug ein rotes Etikett mit der Aufschrift GIFT. »Nein, Sir, das Fläschchen stand nicht da, als ich …«

»Sind Sie sicher?«

»Absolut sicher«, erwiderte der Mann in einem Tonfall strengen Tadels, wie ein Kathedralenküster, der die Echtheit seiner mittelalterlichen Glasfenster verteidigt.

Blount nahm das Fläschchen behutsam mit einem Taschentuch heraus, entfernte den Korken und schnupperte vorsichtig daran.

»Ja. Das ist es. Haben Sie es vorher schon einmal gesehen?«

Der Butler gab nach einigem Herumdrucksen zu, dass er ein ähnliches Fläschchen in einem Schrank im Arbeitszimmer seines Herrn gesehen habe.

Eine halbe Stunde später wurde Nigel in das Schreibzimmer gerufen. Blount hatte in der Zwischenzeit die Hausgemeinschaft befragt, mit folgenden Ergebnissen: Zwischen 16 Uhr und 16 Uhr 15 waren Mr und Mrs Restorick mit Nigel im Arbeitszimmer und Dykes und Eunice im Gesellschaftszimmer gewesen, wo um 16 Uhr 05 Andrew Restorick erschienen war. Dr. Bogan war der Einzige, dessen Bewegungen während dieser Zeit unbestätigt waren. Er behauptete, er sei bis 16 Uhr 10 oben in seinem Zimmer gewesen und sei dann nach unten gegangen, um seine Hände in der Toilette in der Eingangshalle zu waschen. Das Gesellschaftszimmer habe er betreten, unmittelbar bevor das Mädchen das Tablett hereingebracht habe.

»Wenn die Aussage des Butlers korrekt ist«, fasste Blount zusammen, »dass das Giftfläschchen unmittelbar nach 16 Uhr nicht in der Anrichtekammer gewesen ist – und Typen wie er bemerken instinktiv, wenn etwas fehl am Platz ist –, dann sind die Einzigen, die das Gift in die Milch hätten tun können, Andrew Restorick und Dr. Bogan. Ich kann mir keinen Grund vorstellen, warum Andrew seine eigene Milch vergiften sollte, um sie dann der Katze vorzusetzen. Daher ...«

»*Quod erat demonstrandum*, frage ich mich. Das klingt fast schon zu einfach. Wenn Bogan es wirklich getan hätte, hätte er sich doch sicher irgendeine Art von Alibi verschafft. Und warum hätte er das Fläschchen an einem so auffälligen Ort zurücklassen sollen? Es sieht doch ganz danach aus, als sollten wir es finden.«

»Er hatte nicht viel Zeit, es anderswo zu verstecken. Und ich rechne nicht damit, Fingerabdrücke darauf zu finden, sehr wahrscheinlich hielt er es mit einem Taschentuch.«

»Ich glaube, Sie machen einen Fehler, wenn Sie sich auf die Zeit zwischen 16 Uhr und 16 Uhr 15 konzentrieren. Der Butler könnte sich irren, was uns eine Zeitspanne zwischen 15 Uhr 50 und 16 Uhr geben würde. Oder der Verbrecher hat die Milch früher vergiftet und das Fläschchen nach 16 Uhr 15 platziert, um den Verdacht auf Bogan zu lenken.«

»Nein, das kann nicht sein. Sie waren zu der Zeit alle nicht unbeobachtet. Dykes, Bogan, Andrew und Miss Ainsley waren im Gesellschaftszimmer, Mr und Mrs Restorick mit Ihnen zusammen.«

»Das stimmt nicht ganz. Da waren ein paar Minuten zwischen dem Augenblick, als ich die Restoricks verließ, und dem Augenblick, als sie das Gesellschaftszimmer betraten. Sie …«

»Ach, kommen Sie! Sie wollen doch nicht etwa andeuten …?« Blount schien wirklich schockiert zu sein.

»Ich war erst gegen 16 Uhr im Arbeitszimmer, um mit ihnen zu sprechen. Einer von ihnen könnte die Milch vorher vergiftet haben und dann, nachdem unser Gespräch beendet war, auf dem Weg zum Gesellschaftszimmer kurz in die Anrichtekammer gegangen sein, um das Fläschchen dort zu platzieren. Sie kennen die Routinen der Angestellten besser als jeder andere. Sie wussten, dass der Butler das Tablett immer zehn oder fünfzehn Minuten, bevor es hineingebracht wird, inspiziert. Und sie konnten sich darauf verlassen, dass wir seiner Aussage glauben, das Fläschchen sei um 16 Uhr noch nicht dort gewesen, wodurch sie sich ein gutes, aber nicht zu perfektes Alibi verschafften.«

»Aber warum um Himmels willen sollten sie Andrew vergiften wollen?«

Nigel berichtete ihm die wesentlichen Punkte seiner Gespräche mit Eunice Ainsley und den Restoricks.

»Verstehen Sie, wie die Lage ist?«, schloss er. »Wenn die Restoricks wirklich in Geldnöten sind, haben sie ein bemerkenswert stichhaltiges Motiv, um sowohl Elizabeth als auch Andrew zu ermorden. Elizabeths Geld wird zu gleichen Teilen zwischen Andrew und ihnen aufgeteilt. Mal angenommen, Andrew stirbt ohne Testament oder hat ein Testament zu ihren Gunsten gemacht, dann würde sein gesamter Besitz plus sein Anteil an dem von Elizabeth ihnen zufallen. Das wäre ein hübsches Sümmchen. Sie müssen Andrew also dringend nach seinem Testament fragen.«

»Restorick ist kein Giftmischer«, sagte Blount gereizt. »Das passt nicht zu einem so reizbaren Mann wie ihm.«

»Macbeth war auch ein reizbarer Mann, nehme ich an.«

Blount sah ihn scharf an. »Hm. So sehen Sie das also. Wollen Sie mir dann verraten, wie Mr und Mrs Restorick es anstellten, einen Teil der Milch aus Andrews Glas in das Kännchen zu schütten, wenn sie gar nicht im Gesellschaftszimmer waren?«

»Oh, das haben sie natürlich nicht getan. Das war Bogans Werk, nehme ich an. Er ist ein bisschen durch den Wind, wie Sie sicher bemerkt haben. Wenn diese verbrannten Papiere wirklich in seinem Kamin platziert wurden, musste er rasch handeln, um weitere Verdächtigungen, die ihn treffen könnten, zu zerstreuen.«

»Warum sollte das den Verdacht von ihm ablenken? Das sähe doch nur so aus, als wollte er die ganze Gesellschaft vergiften und nicht nur Andrew.«

»Ich sagte ›zerstreuen‹, nicht ›ablenken‹. Wir wissen – und er muss sich dessen bewusst sein –, dass da eine Art privates Duell zwischen ihm und Andrew stattfindet. Ob das etwas mit dem Mord zu tun hat, ist noch nicht erwiesen. Aber es ist jetzt unerlässlich für ihn, alles zu verschleiern, was darauf hindeuten könnte, dass er allein auf Andrews Blut aus ist.«

»Das ist alles ziemlich abstrus, Strangeways. Und es hilft Ihnen nicht dabei, den Restoricks irgendetwas anzuhängen.«

»Ich möchte ihnen gar nichts anhängen. Aber mir geht die verschlossene Tür nicht aus dem Kopf.«

»Verschlossene Tür?«

»Ja. Hereward hat ausgesagt, dass er, als er in der Nacht, in der Betty starb, gegen 23 Uhr 30 zu ihrem Zimmer ging, die Tür verschlossen fand. Erkennen Sie den Widerspruch nicht? Wir haben bislang vermutet, dass sie in der Nacht Besuch erwartet hat ... von einem Liebhaber oder irgendjemand anderem. Wenn sie aber einen Besucher erwartete, hätte sie die Tür nicht abgeschlossen. Und wenn die Tür *tatsächlich* verschlossen war, erwartete sie keinen Besucher, niemand ohne Generalschlüssel konnte hinein. Wenn die Tür aber *nicht* verschlossen war, lügt Hereward aus irgendeinem Grund.«

»Sie verheddern sich in Ihrer Logik«, sagte Blount mit sanftem Lächeln. »Warum sollte ihr Liebhaber nicht schon im Zimmer gewesen sein, als Hereward vorbeikam? Das wäre dann der Grund für die verschlossene Tür.«

»Ja. Daran habe ich nicht gedacht«, erwiderte Nigel niedergeschlagen. »Trotzdem, ich spüre es in meinen Knochen, dass irgendetwas an dieser verschlossenen Tür merkwürdig ist.«

Mit seiner Vermutung sollte er richtig liegen, wenn er auch den wahren Grund nie erraten hätte.

KAPITEL 16

Sie, die, so klug, wie sie gerecht war,
für subtile Zweifel einfache Hinweise hatte.
COVENTRY PATMORE

Nun, da das Macbeth-Motiv sich in seinem Kopf festgesetzt hatte, war Nigels Position als eine Art inoffizieller Ermittler für die Restoricks unmöglich geworden. Da er ihnen das nicht offen erklären wollte, weil sie das vorgewarnt hätte, falls sie schuldig waren, schob er Geschäfte in London vor. Unter Umständen könnten dort auch ein paar ungelöste Probleme geklärt werden, sagte er den Restoricks.

Ungelöste Probleme, dachte er, während der Zug Georgia und ihn durch die verschneite Landschaft fuhr, war eine Untertreibung. Der ganze Fall war ein wirres Knäuel ungelöster Probleme geworden, es war fast unmöglich, den roten Faden darin zu finden. Für Blount war es natürlich noch schlimmer. Seine Aufgabe war es, jemanden zu verhaften, und jedes Mal, wenn er zum Sprung auf einen der Spieler in diesem makabren Spiel ansetzte, sprang ein anderer auf und lenkte die Aufmerksamkeit auf sich. Außerdem, wie Blount bemerkte, kurz bevor Nigel abfuhr, wo nichts ist, kann auch nichts werden. Er konnte Will Dykes nicht aufgrund eines Fadens aus der Quaste eines Morgenrocks und einer gelösten Verlobung verhaften. Er konnte Bogan nicht verhaften, nur weil er ein finsterer Charakter war, der Elizabeth vor zwölf Jahren möglicherweise mit Marihuana versorgt und am Morgen nach dem Mord Papiere in seinem Kamin verbrannt hatte. Und er konnte auch Hereward nicht wegen einer verschlossenen Tür verhaften oder Eunice Ainsley, weil sie Hereward so gut wie erpresst hatte, oder Andrew, weil er über Leute gesprochen hatte, die das Böse feiern.

Es waren keine Motive ans Licht gekommen, die, da nicht durch wirklich triftige Beweise gestützt, ein Verteidiger nicht in der Luft zerfetzen würde; ja nicht einmal genügend Beweise, die in der Luft zerfetzt werden konnten. Die gerichtliche Untersuchung war vertagt worden, und Blount konnte seine Verdächtigen nicht länger in Easterham festhalten.

Und das wollte er auch gar nicht. Er wusste, dass die Zeit immer für die Polizei arbeitete; früher oder später würde etwas ans Licht kommen, würde jemand ungeduldig oder unvorsichtig werden und sich verraten. Er setzte seine Hoffnungen in einen unauffälligen Wachposten vor Elizabeths Stadtwohnung; dort waren zwar keine konkreten Hinweise den Fall betreffend gefunden worden, aber es bestand immer noch eine Chance, dass der Verbrecher, der ein Faible dafür zu haben schien, falsche Indizien zu platzieren, irgendetwas in ihrer Wohnung anstellen würde.

Als sie am Abend vor ihrem eigenen Kaminfeuer saßen und das Geräusch des Londoner Verkehrs wie eine ferne Brandung in den Bloomsbury Square unter ihnen schlug, dachten Nigel und Georgia beide an die Ereignisse, in die Miss Cavendishs Einladung sie hineingezogen hatte. Easterham Manor und seine Bewohner schienen schon weit weg zu sein, und Nigel hatte das Gefühl, dass er die Dinge nun endlich in die richtige Perspektive rücken könnte.

»Es sind die ungelösten Probleme, die mich beschäftigen«, sagte er nach langem Schweigen, während er gedankenverloren die Flammen beobachtete, die im Kamin flackerten.

»Ignorier sie«, erwiderte Georgia spitz.

»Das sagt sich so leicht, ›ignorier sie‹. Sie sind in diesem Fall wie ein Gerüst, das aussieht, als sollte es ein fertiges Gebäude enthalten, aber wenn du es entfernst, ist nichts da.«

»Nicht nichts. Der Leichnam von Elizabeth. Warum nicht mit ihm neu beginnen ... ganz am Anfang?«

»Schön und gut. Aber ...«

»Warum musste Elizabeth sterben?«

»Sex. Geld. Drogen. Such dir was aus.«

»Na gut. Sex. Das bedeutet Eifersucht, ein Anfall geistiger Umnachtung bei jemandem.«

»Dykes oder Bogan. Eher Dykes.«

»Oder Andrew. Ihn darfst du nicht vergessen.«

»In mancher Hinsicht kommt er sogar mehr infrage als jeder andere. Sein Zimmer liegt Elizabeths am nächsten, und ich denke immer noch, dass es seltsam ist, dass er nicht gehört haben will, wie Hereward an ihre Tür klopfte oder der tatsächliche Mörder etwas später auftauchte, schließlich ging er nicht vor 23 Uhr ins Bett. An dem Morgen, als die verbrannten Papiere gefunden wurden, kam Andrew ein paar Minuten nach Bogan zum Frühstück hinunter, er hätte sie also im Kamin platzieren können. Aber was könnte sein Motiv für den Mord an Elizabeth sein? Was *trieb ihn an?* Wir wissen doch, dass er sie über alle Maßen liebte.«

»Was ihn *antrieb?* Oh, das ist nicht so schwierig. Denk nur an seine Vergangenheit. Ein intelligenter, charmanter, vielseitiger junger Mann, mit einer guten Tradition im Rücken und einer strahlenden Zukunft vor der Brust, stürzt auf einmal ab. Wann geschah das? In Amerika, nachdem seine Schwester entehrt war. Er haute ab und fand Arbeit in einem Holzfällerlager, wie er uns erzählte. Seitdem treibt er sich in der Welt herum und weiß nichts mit sich anzufangen. Er hat zugegeben, dass er sich wie ein prüder Musterknabe benommen hat. Er muss sich hinter einem sexuellen Idealismus verschanzt haben, um seine geliebte Schwester so grob zu behandeln. Und dann ...«

»Ich verstehe, was du meinst. Diese Tragödie pervertierte seinen Idealismus und löste in ihm eine Abscheu vor Sex aus? Da der Idealismus nichts Positives hatte, worauf er bauen konnte, verkehrte er sich ins Negative. Er fand heraus, dass seine Schwester eine Liaison mit Bogan hatte, tötete sie und versuchte, das Verbrechen ihrem Liebhaber anzuhängen. Durchaus möglich. Aber sie hatte so viele Liebhaber. Andrew hat gewiss nicht alle beseitigt. Warum hat er ausgerechnet Bogan ausgewählt?«

»Ich würde sagen, weil er Bogan als Engelman wiedererkannte, den ursprünglichen Grund für ihren Absturz. Für ihn wäre Bogan nicht nur das, sondern auch die Ursache, die seinen jugendlichen Idealismus, seinen Glauben an die Menschheit und eine eventuell erfolgreiche Karriere zerstört hatte.«

»Ich muss sagen, das klingt recht plausibel.«

»Da ist noch ein anderer Punkt. Wenn wir annehmen, dass es ein Sexualverbrechen war, und Andrew, Bogan und Will Dykes als Verdächtige in eine Reihe stellen, dann ist

Andrew der Einzige, der wirklich für dieses Verbrechen infrage kommt. Wenn Bogan ihr Liebhaber *war*, hätte er keinen Grund gehabt, sie zu töten; wenn er es nicht war, hätte er es sicher nicht gewagt, denn wenn ihn auch nur ein Hauch des darauf folgenden Skandals streifen würde, wäre sein Ruf als Arzt ruiniert. Er weiß, was er sich leisten kann und was nicht; er würde niemals aus Eifersucht den Kopf verlieren.«

»Ja. Ich stimme dir zu. Was ist mit Dykes?«

»Dykes ist Realist. Seine Erziehung machte ihn dazu. Ein Mann wie er könnte im Affekt einen Mord begehen. Aber das war ein vorsätzlicher Mord. Geistig gesunde, realistische Menschen begehen keine *vorsätzlichen* Sexualverbrechen. Seine Reaktionen nach der Tat beweisen, dass er zu dieser Sorte Menschen gehört. Er war furchtbar erschüttert. Aber es war nicht der Weltuntergang für ihn, das hat er dir gegenüber selbst zugegeben. Er ist ein psychisch stabiler Mensch, siehst du das nicht auch so? Er hat seine kreative Arbeit als Ausgleich für alles, was die Welt ihm antun kann. Liebe ist für ihn nicht alles. Wenn er herausgefunden hätte, dass Betty mit einem anderen Mann herumspielt, hätte er ihr eine Tracht Prügel verabreicht, aber nicht melodramatisch wie Othello einen Mord begangen.«

»Du bist sehr gut, Georgia. Ich finde das alles sehr überzeugend. Aber was ist mit dem Faden aus der Quaste seines Morgenrocks?«

»In den fünf Minuten, in denen es hätte getan werden können ... lass mich mal überlegen.« Nigel überflog derweil ein paar Zettel, die er aus seiner Tasche holte: »Andrew und Eunice spielten Piquet, Hereward, Charlotte und Bogan haben keine Alibis, Dykes war mit mir im Garten. Es war Hereward, der den Constable zu einem Imbiss im Erdgeschoss einlud und so von der Zimmertür weglockte.«

»Dann setze ich auf Bogan.«

»Warum Bogan und nicht die Restoricks?«

»Weil die Restoricks zu dem Zeitpunkt noch nicht unter Verdacht standen, Bogan aber schon – die Papiere waren in seinem Kamin gefunden worden. Wo behauptet er in den betreffenden fünf Minuten gewesen zu sein?«

»Auf der Toilette. Gleich rechts neben der Treppe im ersten Stock.«

»Nahmen Hereward und der Constable diese Treppe nach unten?«

»Ja.«

»Dann könnte Bogan sie reden gehört und damit gewusst haben, dass die Luft für ein Weilchen rein war. Dykes' Tür war nicht verschlossen?«

»Hat er gesagt, ja.«

»Gut, dann war es Bogan also möglich, das Indiz zu platzieren. Er war durch die Geschichte mit den verbrannten Papieren verunsichert und suchte nach einer Gelegenheit, den Verdacht breiter zu streuen. Dykes wäre dafür die geeignete Wahl, weil die Sache nach einem Sexualverbrechen aussah und Dykes geheime Verlobung mit Betty bereits ans Tageslicht gekommen war.«

»Glaubst du, das mit dem Zyankali war ein weiterer Versuch, den Verdacht auf andere zu lenken?«

»Das würde mich nicht überraschen.«

»Andrew hat es selbst inszeniert, meinst du?«

»Warum nicht? Das passt zu der Theorie, dass er Bogan zutiefst hasst und ihn vor Gericht sehen will.«

»Das stimmt. Und Andrew war über die Maßen bestürzt und grantig, als er feststellte, dass das Milchkännchen ebenso vergiftet war wie sein Glas.«

Nigel stand auf und ging zum Kaminsims, wo er gedankenverloren den Kopf eines etruskischen Hundes tätschelte und Georgia betrachtete.

»Die Dinge klären sich wie von selbst«, sagte er. »Du solltest den Fall untersuchen, nicht ich. Es sieht so aus, als könnten wir Bogan ausschließen, wenn es sich um ein Sexualverbrechen handelt.«

»Das denke ich auch. Immerhin ist Bogan Arzt. Er hätte sicher eine sauberere, professionellere Methode gewählt, Betty zu töten, als durch den Strick. Eine Überdosis Kokain wäre unter den gegebenen Umständen das Naheliegende gewesen. Und er hätte dafür gesorgt, dass er eine Art Alibi für das Vergiften von Andrews Milch gehabt hätte.«

»Ja. Er scheint zu den entscheidenden Zeitpunkten immer auf der Toilette gewesen zu sein. Nicht sehr geschickt. Also, wenn es ein Sexualverbrechen war, ist Andrew unser Mann. Und wenn Bogan Engelman ist, würde das auch die Frage beantworten, warum Andrew so über ihn herfiel. Und was ist mit dem Geld-Motiv?«

»Das kommt bei mir nur auf den dritten Platz. Wir können nichts dazu sagen, solange wir nichts Genaues über die finanzielle Lage der Restoricks wissen. Ach übrigens, hast du etwas über Andrews Testament herausgefunden?«

»Hm. Er bekommt jährlich zweitausend Pfund aus dem Erbe seiner Eltern, wie Elizabeth. Laut seinem Testament ginge sein Vermögen dann an Hereward, treuhänderisch für John und Priscilla.«

»Wenn die Restoricks Betty getötet und versucht haben, Andrew zu vergiften, taten sie es also wegen Bettys Kapital und um an Andrews heranzukommen. Schön, nehmen wir an, sie wären nahezu pleite, was ich eher bezweifle. Kannst du dir vorstellen, dass sie gleich zwei Morde in Erwägung ziehen?«

»Charlotte vielleicht. Sie ist eine kluge Frau, und man kann nur raten, was hinter beeindruckenden Fassaden wie ihrer vor sich geht. Ich meine, wenn eine Fassade so sorgfältig ausgetüftelt und so sehr Teil der Persönlichkeit geworden ist, könnte ihre Aufrechterhaltung zur wichtigsten Sache im Leben jener Person werden. Wenn sie die Mittel für ihre Bewahrung verliert, hört sie im Grunde auf zu existieren. Ebendiese Furcht vor Armut – relativer Armut – versetzt die Reichen oft in eine solche Panik, dass die Welt für sie unwirklich wird, das heißt, wenn sie ihr ganzes Leben lang an Wohlstand gewöhnt waren. Und wenn die Zukunft unwirklich wird, wirkt sich das auch auf die Gegenwart aus. Und dieses albtraumhafte Gefühl der Unwirklichkeit kann zu Verbrechen führen.«

»Das ist alles schön und gut«, sagte Georgia. »Aber die paar tausend Pfund pro Jahr, die der Tod von Elizabeth und Andrew ihr einbringen würde, wäre für eine Frau wie sie auch nicht viel besser als Armut. Was ist mit Hereward? Alle Fakten deuten daraufhin, dass es eine Absprache zwischen ihnen gegeben haben muss, falls überhaupt einer von beiden an den Verbrechen beteiligt ist. Aber kannst du dir Hereward in der Rolle des zweiten Mörders vorstellen? Ich nicht.«

»Oberflächlich gesehen nein. Aber wir wissen nicht genug über die Beziehung zwischen den beiden, um darüber zu spekulieren. Wie weit könnte die Ahnenverehrung einen unauffälligen, traditionsgebundenen Gutsherrn treiben? Easterham Manor ist seit Jahrhunderten im Besitz der Familie. Er hätte die beiden nicht sehr ehrenwerten Restoricks gegen das Haus abwägen und feststellen können, dass sie den Ansprüchen nicht genügen. Außerdem sagte Clarissa uns, dass die Familie von Inzucht geprägt ist. Wie können wir wissen, dass Hereward nicht auch darunter leidet, ebenso wie Betty und Andrew? Und würdest du nicht auch vermuten, dass er spürt, wie sehr seine Frau ihn in den Schatten stellt? Ich kann mir gut vorstellen, dass Lady Macbeth eine Menge stille Arbeit geleistet hat, bevor das Stück begann, indem sie ihrem Mann gesagt hat, was für ein Wurm er ist.«

»Ihn zur bösen Berühmtheit aufbauen?« Georgia lachte. »Nein. Das glaube ich nicht. So ist Charlotte nicht. Da könntest du genauso gut sagen, Eunice Ainsley hat es getan.«

»Eunice? Wenn Betty nicht allen mitgeteilt hätte, dass sie noch kein Testament gemacht hat, würde Eunice mit dem Geld-Motiv ins Spiel kommen. Aber sie würde Betty kaum töten in der Hoffnung, Hereward würde das Versprechen, das Betty ihr gegeben hat, einlösen.«

»Schön. Das bringt uns zu den Drogen. Musste Betty wegen Drogen sterben?«

Nigel streckte seine langen Beine aus und betrachtete die abgewetzten Spitzen seiner Pantoffeln.

»Wenn Drogen dahinterstecken, gibt es folgende Alternativen: Entweder wurde Betty ermordet, um sie daran zu hindern, etwas zu enthüllen, das dem Mörder gefährlich werden könnte – vermutlich, dass er mit Drogen handelte –, oder um zu verhindern, dass sie jemand anderen drogensüchtig macht. Stimmst du mir so weit zu?«

Georgia legte den Kopf nachdenklich schief. »Ja, tu ich. Aber die zweite Alternative kannst du gleich wieder vergessen.«

»Ach ja?«

»Die einzig möglichen Opfer, die sie im Haus haben konnte – Opfer, die sich sozusagen nicht selbst verteidigen können –, waren die Kinder. Jeder erzählt uns, dass sie sie geliebt hat, und wir wissen, dass sie sie gewarnt hat, Zigaretten oder Süßigkeiten anzunehmen. Offensichtlich hatte sie furchtbare Angst, jemand anderer könnte die Kinder mit Drogen in Berührung bringen.«

»Es sei denn, ihr potenzielles Opfer befand sich gar nicht unter den Anwesenden.«

»Darüber können wir uns jetzt keine Gedanken machen. Das ist Blounts Aufgabe.«

»Gut. Dann wurde sie ermordet, weil sie etwas wusste, das dem Mörder gefährlich werden könnte. Zu wem führt uns das?«

»Das führt uns zu einem Drogenhändler«, erwiderte Georgia. »Vermutlich zu der Person, die damit drohte, die Kinder zu verderben, wenn Betty nicht den Mund halten würde. Einer Person mit einem gewissen Einfluss über sie, die nichts mit ihrer Drogensucht zu tun hatte, sonst hätte Betty sie in dem Moment bloßgestellt, als sie sich entschlossen hatte, von der Sucht loszukommen.«

»Ja. Ein anderer Hinweis darauf, dass diese Person Einfluss auf sie hatte, ist, dass sie die Kinder ganz allgemein gewarnt hat. Andernfalls hätte sie ihnen doch sagen können: ›Nehmt keine Zigaretten von X an.‹ Warum hat sie nicht Hereward eingeschaltet und ihn gebeten, X aus dem Haus zu werfen?

Die nächste Frage lautet, warum X sie gerade zu diesem Zeitpunkt ermordete? Was war geschehen, dass es plötzlich so dringlich wurde?«

»Es geschah an dem Tag, an dem du den Vorfall mit Scribbles rekonstruiert hast. Abgesehen von dem Hausmädchen und dem Mörder war Bogan die letzte Person, die sie lebend gesehen hat. Er war unmittelbar vor dem Abendessen in ihrem Zimmer.«

»Du meinst, während meiner Rekonstruktion oder Bogans Besuch in ihrem Zimmer kam etwas zutage, dass X dazu bewegte, sie zu töten? Das ist möglich. Aber das gibt X nicht viel Zeit, das Verbrechen zu planen und ein Seil zurechtzuschneiden. Erinnere dich, sie standen alle unter gegenseitiger Beobachtung vom Abendessen bis zu dem Zeitpunkt, da die Gesellschaft sich auflöste.«

Georgia, die sich in ihrem Sessel zurückgelehnt hatte, presste die Finger auf die Augen. »Ich versuche mich zu erinnern«, sagte sie. »Nein, ich kann mich an nichts erinnern, was während deiner Séance geschah, das ... Es sei denn, X kam irgendwie darauf, dass du Detektiv bist.«

»Er wartet, bis ein Detektiv im Haus ist, um den Mord zu begehen?«

»Ja. Das ist Unsinn. Vergiss es. Könnte sie ermordet worden sein, weil sie Drogen genommen hat und X das gerade erst entdeckt hatte?«

»Das würde auf Hereward oder Andrew hindeuten. Um zu verhindern, dass der Familienname entehrt wird? Nein, das halte ich für unwahrscheinlich. Andrew kümmert sich nicht um den Familiennamen. Hereward schon, aber der Skandal, den ihr Tod auslösen würde, selbst wenn er als Selbstmord deklariert würde, wäre für ihn ebenso schlimm wie ein Drogenskandal.«

»Dem stimme ich zu. Das bringt uns zum ersten Gedanken zurück. X tötete sie, um zu verhindern, dass sie seine Mitschuld an ihrer Drogensucht aufdeckt. Gibt es jemanden im Haus, der sie damit hätte versorgen können?«

»Eunice oder Bogan. Dykes – sehr unwahrscheinlich. Hereward oder Charlotte – noch unwahrscheinlicher. Andrew – unmöglich ... Er war außer Landes, als ihre Sucht begann.«

»Dann nimm Eunice.«

»Blount stellt Nachforschungen über sie an. Er sollte imstande sein herauszufinden, ob sie den Stoff besorgen kann. Aber ich bezweifle, dass sie über die nötige Entschlossenheit für einen solchen Mord verfügt. Und sie hätte nicht viel zu verlieren, wenn sie bloßgestellt werden würde – sie hat zum Beispiel keine spezielle Reputation. Außerdem, warum sollte Betty sie der Polizei ausliefern? Wenn Eunice sie versorgt hatte und Betty von der Sucht losgekommen war, hätte sie bloß sagen müssen: ›Nein, danke, ich möchte nichts mehr von dem Stoff.‹ Wenn Eunice dann damit drohte, die Kinder zu verderben, hätte Betty sie nur hinauswerfen müssen. Nein, Eunice würde nicht riskieren, an den Galgen zu kommen, nur um Betty das Maul zu stopfen. Das ergibt keinen Sinn.«

»Also kommen wir wieder auf Bogan zurück?«

»Nun, er *ist* ein viel geeigneterer Kandidat. Er hat einen enormen Ruf zu wahren, und sein hohes Einkommen hängt von diesem Ruf ab. Es ist leicht, eine hypothetische Argumentation gegen ihn zu konstruieren. Betty geht zu ihm, um von ihrer Kokainsucht loszukommen. Er verliebt sich in sie. Sie weist seine Avancen zurück. Daraufhin versucht er es mit allen Mitteln. Es gibt mehrere Methoden, die er anwenden könnte: drohen, Dykes oder ihrer Familie von ihrer Sucht zu erzählen; die Kinder gefährden; und natürlich könnte er, wenn er teuflisch genug ist, die Hypnose für das Gegenteil dessen verwenden, wozu sie gedacht ist, oder behaupten, er habe es getan – ja, das würde seine Bemerkung erklären, ›dein Körper und deine Seele gehören für immer mir‹. Und es würde den Ausdruck von Ekel erklären, den deine Cousine auf ihrem Gesicht bemerkt hatte.«

»Aber warum konnte Betty sich nicht einfach von ihm losmachen, als er sein wahres Gesicht zeigte?«

»So einfach war das vielleicht nicht. Vielleicht hatte sie gegen den Einfluss der Hypnose zu kämpfen. Und es besteht kein Zweifel, dass seine Drohungen gegen die Kinder sie in Angst und Schrecken versetzten. Es wäre nicht damit getan gewesen, mit ihm zu brechen; wenn er ein so schlechter Mensch ist, wie wir ihn darstellen, hätte er nur den richtigen Augenblick abwarten müssen, um sich später an die Kinder heranzumachen. Sie brauchte daher Zeit, um Beweise gegen ihn zu sammeln, die belastend genug waren, ihn vollkommen machtlos zu machen. Das liegt übrigens ganz auf der Linie von Andrews Theorie. Wenn wir nun annehmen, dass sie ihre Beweise hatte und ihn damit konfrontierte, dann kann ein Mann in seiner Position es sich nicht leisten, sie am Leben zu lassen, nicht einen labilen Charakter wie Betty, die ihn jeden Augenblick auffliegen lassen könnte.«

»Dann«, sagte Georgia, »sieht es also so aus, als wäre Bogan der Mörder, wenn die Drogen dahinterstecken, und Andrew, wenn es sich um ein Sexualverbrechen handelt. Die finanziellen Motive der Restoricks landen auf dem dritten Platz.«

»Du klingst nicht sehr begeistert.«

»Bin ich auch nicht. Ich bin sicher, dass da irgendetwas nicht stimmt, dass wir irgendetwas übersehen haben. Ich kann mir einfach nicht vorstellen, dass Andrew seine Schwester ermordet hat, trotz all der plausiblen Argumente, die wir gegen ihn hervorgekramt haben. Du etwa?«

»Sicher, es ist schwierig. Und was ist mit Bogan?«

»Das frage ich mich auch. Er ist so korrekt und beeindruckend, im Grunde genommen aber farblos. Wir müssten mehr über ihn wissen. Falls er wirklich unser X ist, dann trifft Andrews Beschreibung einer Person, die durch und durch böse ist, auf ihn zu. Aber ...«

»Komisch. Ich sehe das genauso«, unterbrach Nigel sie. »Ich meine seine merkwürdige Farblosigkeit. Seine Undurchsichtigkeit. Wie eine Qualle. Er ist eindeutig extrem clever. Er hat Charakter, wenn er Lust dazu hat, ihn einzuschalten. Aber was von ihm in Erinnerung bleibt, ist ...«

»Er ist wie ein Herrenhaus mit einem Hausmeister, der dich darin herumführt. Du siehst die Familienschätze, die Porträts, die öffentlichen Räume und vielleicht auch ein paar Privaträume. Alles ist makellos, in perfektem Zustand. Aber deine Aufmerksamkeit schweift ab. Du wirst immer neugieriger auf die Familie, die darin wohnt. Das Haus gibt dir keine Hinweise auf sie ...«

»Und dann hörst du das Geräusch von Rädern auf dem Kies der Zufahrt, und du schaust aus dem Fenster und siehst sieben Teufel in einer Kalesche aufkreuzen.«

Georgia lachte ein wenig unsicher. Nigel fuhr fort:

»Aber all diese Vergleiche sagen uns nicht, ob Bogan das Verbrechen begangen hat. Was wolltest du sagen?«

»Drei Dinge. Falls Bogan es getan hat, warum tat er es, wie er es getan hat? Warum ist er nicht professioneller vorgegangen? Immerhin ist er Arzt.«

»Ja. Das habe ich mich auch gefragt.«

»Zweitens: Falls er es getan hat, wie kommen dann die verbrannten Papiere in seinen Kamin? Du meinst, Andrew hat sie dort platziert, damit wir denken, sie seien der schriftliche Beweis, dessentwegen Bogan Betty getötet hat. Schön. Aber falls Andrew sie dort platziert hat, dann bedeutet das, dass er weiß, dass Bogan den Mord begangen hat. Warum hat er Bogan dann nicht einfach verraten?«

»Nein. Es bedeutet nicht, dass er weiß, dass Bogan den Mord begangen hat. Nicht unbedingt. Es könnte einfach bedeuten, dass er Bogan hasst, weiß, dass Bogan Dinge zu verbergen hat, und will, dass er wegen Mordes verhaftet wird.«

»Gut. Überzeugt. Mein dritter Punkt ist folgender: Falls Bogan der Teufel ist, als den Andrew ihn hinstellt, beginnt und endet seine diabolische Karriere nicht mit Elizabeth. Die Verbindung zwischen ihm und Betty, zumindest die einzige, von der wir sicher wissen, ist Kokain. Du musst also nach anderen Kokain-Verbindungen suchen, andere Leute finden, die er behandelt hat ...«

Nigel schnipste mit den Fingern, sprang auf, ging zum Telefon und wählte eine Nummer.

»Ich habe mich gerade daran erinnert«, sagte er, »dass Eunice ein Mädchen erwähnte, das sich von ihm hatte behandeln lassen und ein paar Monate später süchtiger war als vorher. Hallo. Kann ich mit Miss Eunice Ainsley sprechen? Hier ist Nigel Strangeways. Guten Abend, könnten Sie mir den Namen und die Adresse von ...«

Ein kurzes Gespräch folgte, dann legte Nigel auf, drehte sich um und schnitt eine Grimasse.

»Hast du sie bekommen?«, fragte Georgia.

»Ja. O ja. Ich habe sie bekommen.«

»Erzähl mir nicht, dass *sie* auch ermordet wurde.«

»Nein. Aber Eunice sagt, dass Blount sie vor ein paar Tagen um genau dieselbe Information gebeten hat.«

KAPITEL 17

Sei denn ein Arzt, Faust, häufe Geld zusammen
und werd' ein Gott für eine Wunderkur.
CHRISTOPHER MARLOWE

Erst eine Woche später erfuhr Nigel das Ergebnis von Blounts Nachforschungen. In dieser Zeit gönnte er seinem Kopf eine Pause, denn er war überzeugt, dass der nächste Schritt erst gemacht werden könnte, wenn mehr Beweise hinsichtlich Dr. Bogan und Elizabeth gesammelt worden wären, und er selbst würde nur seine Zeit verschwenden mit Nachforschungen, für die Blount weit effizientere Hilfsmittel zur Verfügung standen. Ein Telefongespräch mit dem Inspector versicherte ihm, dass die Polizei Elizabeths Umgang und Dr. Bogans Praxis unnachgiebig unter die Lupe nahm.

Dann, eines Morgens, als Georgia gerade zur Arbeit in ihrem Flüchtlingsausschuss gegangen war und Nigel sein Kriegstagebuch auf den neuesten Stand brachte, läutete das Telefon. Es war Inspector Blount. Er bat Nigel, Andrew Restorick und Will Dykes für den Abend zum Essen einzuladen – er selbst würde später dazukommen.

»Dann bin ich also Ihr Spitzel«, sagte Nigel. »Ihr Lockvogel. Ihr Strohmann. Bekomme ich Spesen vom C. I. D.?«

»Ich dachte einfach, es wäre, äh, gemütlicher bei Ihnen«.

Dykes und Andrew hatten beide Zeit, daher konnte Nigel Blount zusagen. Um 19 Uhr 30 erschien Andrew Restorick. Ein paar Minuten später kündigte ein Streit unten auf der Straße die Ankunft von Will Dykes an.

»Diese verdammten Schnösel!«, rief er, nachdem er die anderen drei begrüßt hatte. »Sie lieben den Krieg wirklich!«

»Hatten Sie wieder mal Ärger mit der Polizei?«, fragte Nigel.

»Mit einem ganz besonderen Exemplar. Ich habe nur mit der Taschenlampe die Tür angeleuchtet, um zu sehen, ob ich die richtige Hausnummer gefunden habe, und schon sagt mir so ein überkorrekter Wichtigtuer in Uniform, ich sei Hitler in Person. ›Junger Mann‹, sage ich zu ihm, ›ich war schon ein Antifaschist‹, sage ich, »als Sie noch in die Schule gingen, wenn überhaupt, was ich sehr bezweifle.'«

Georgia kicherte. »Das hat ihm sicher nicht besonders gefallen, nehme ich an.«

»Er sagte, er tue nur seine Pflicht. Ich sagte ihm geradeheraus: ›Sie können Ihre Pflicht auch tun, ohne Ihre Manieren zu vergessen, mein junger Gockel‹, sagte ich. Aber so ist es nun mal, gib einem kleinkarierten Spießer ein bisschen Macht, und im nächsten Augenblick macht er sich wichtig, als wäre er Göring. Ja danke, ein Glas Sherry kann ich jetzt gut gebrauchen. Es ist bitterkalt draußen.«

»Sie werden schon bald einen weiteren Zusammenstoß mit der Polizei haben«, sagte Nigel. »Inspector Blount kommt nach dem Abendessen.«

»Oh, der. Meinetwegen. Hab mich an den Kerl schon gewöhnt. Wir haben uns in den letzten Tagen ziemlich oft gesehen.«

»Ah ja? Hat er Ihnen irgendetwas erzählt? Wie kommt er voran?«, fragte Andrew.

»Er verteilt keine Informationen, er fragt danach. Er wollte eine Liste aller Leute, die ich zusammen mit Betty getroffen habe ... solche Dinge. Nun, ich bewundere einen Burschen, der gut in seinem Beruf ist. Blount ist in Ordnung. Aber ich wünschte, er würde sich endlich entscheiden, mich zu verhaften oder mich in Ruhe zu lassen. Es ist nicht gerade angenehm, wenn ständig Beamte in Zivil vor deinem Haus herumstehen. Die Nachbarn reden schon, verstehen Sie.«

Andrews Augen funkelten. »Das ist eine ziemlich spießbürgerliche Reaktion Ihrerseits, Will.«

Die Unterlippe des Romanautors schob sich kampfeslustig vor. Seine wachen, intelligenten Augen hefteten sich auf Andrew. »Es wird Zeit, dass Sie die Tatsachen des Lebens lernen, Restorick«, sagte er, »und dazu gehört, dass Sie eine Menge Geld brauchen, bevor Sie es sich leisten können, nicht unbescholten zu sein.«

»Das versetzt mir einen Schlag in die Magengrube.«

»Wo ich herkomme, sieht der Moralkodex ziemlich einfach aus – primitiv würden Sie wahrscheinlich sagen –, aber er ist vollkommen in die Art Leben integriert, das wir zu leben haben; er ist nicht künstlich aufgezwungen und nur formell akzeptiert wie Ihrer.«

»Wenn überhaupt, was ich sehr bezweifle«, murmelte Andrew.

»Genau das meine ich. Sie können es sich leisten, darüber Witze zu machen. Ich mache Ihnen deshalb keine Vorwürfe. In gewisser Weise haben Sie Glück. Was ich sagen will, ist, dass man sich dort, wo ich herkomme, an den Moralkodex halten oder gegen ihn verstoßen kann, aber man kann es sich nicht leisten, sich darüber lustig zu machen. Entweder man ist ein falscher Fuffziger, oder man ist es nicht. Und Respektabilität ist etwas, worum man kämpft, weil man kämpfen muss, um sie zu erlangen. Aber ich fürchte, ich rede zu viel«, sagte er schmunzelnd zu Georgia. Er stand auf und ging zu den Bücherregalen. »Sie haben schöne Bücher. Hallo, was ist das denn? Henry James' Vorworte. Darf ich mir das ausleihen?«

»Natürlich. Sie bewundern James?«

»Ja, ich denke schon. So wie einer aus Tyneside das Taj Mahal bewundert. Er hat Mühe zu glauben, dass etwas so Kunstvolles real sein kann. All diese komplizierten Seelenzustände und ausgesuchten Beziehungen, die James schildert – na ja, für mich ist das, als würde man aus dem Nichts ein Drama heraufbeschwören. Ja, ich respektiere ihn dafür. Er zaubert so viel aus so dürftigem Material. Ich mag es, wenn jemand seine Arbeit versteht.«

Beim Abendessen drehte sich das Gespräch um Bücher und den Krieg. Sie vermieden es, von Elizabeth Restorick zu sprechen, doch als das Essen sich dem Ende näherte, zeigten Dykes zunehmende Zerstreutheit und eine Art kontrollierte Aufgeregtheit, die Andrews Stimme noch ruhiger und seine Bewegungen noch bedächtiger machten, wie wichtig ihnen Blounts Besuch war.

Als der Inspector kam, war er überaus leutselig. Er genoss schmatzend den Brandy, versetzte seinem kahlen Kopf kräftige Schläge, wärmte sein breites Hinterteil am Feuer und gab ganz allgemein eine lebendige Vorstellung des Weihnachtsmanns in Zivil, was unter den gegebenen Umständen etwas unheimlich wirkte.

»Aha. Brandy. Edler Tropfen, edler Tropfen. Hmmff. Was für ein Bouquet! Tja, also, ich hoffe, meine Männer haben Ihnen keine Unannehmlichkeiten bereitet, Mr Dykes.«

»Er hat uns schon erzählt, dass sie seinen Ruf bei seinen Nachbarn ruiniert haben«, sagte Georgia.

»Oh, tut mir leid, tut mir leid. Muss ihnen sagen, sie sollen gehen. Obwohl wir auf anständige Leute wie Sie aufpassen müssen.«

»Wollen Sie damit sagen, dass Sie damit rechnen, dass der Mörder einen von uns auf dem Kieker hat?«, fragte Andrew.

Will Dykes lachte laut. »Wenn er ›aufpassen‹ sagt, meint er ›im Auge behalten‹!«

»Oh, nicht doch. Nicht immer. Einem Unschuldigen macht doch so eine kleine Unannehmlichkeit nichts aus. *Integer vitae, scelerisque purus*, wie der Dichter sagt.«

Nigel rückte die Brandyflasche demonstrativ aus Blounts Reichweite. »Wenn jemand anfängt, die Klassiker zu zitieren, wird es in der Regel Zeit, die Feier zu beenden. Ich nehme doch an, Sie sind nicht nur hergekommen, um meinen Brandy leerzutrinken.«

»Nein, natürlich nicht. Empörende Unterstellung. Ich dachte, Sie wären vielleicht daran interessiert zu erfahren, was wir in der Zwischenzeit unternommen haben. Wir haben letzte Woche eine ganze Menge Informationen gesammelt. Durch Mr Dykes' und Miss Ainsleys Unterstützung habe ich mit den meisten Freunden von Miss Restorick Kontakt aufnehmen können. Wir haben auch über Dr. Bogan Nachforschungen angestellt.« Blount nahm seinen Kneifer ab, putzte ihn, ließ seinen Blick aufmerksam über die Anwesenden wandern, dann fuhr er fort: »Ich habe darum gebeten, dass Mr Restorick und Mr Dykes heute Abend hier sind, da beide engen Kontakt mit dem ... äh ... mit Miss Restorick hatten. Ich brauche vielleicht später noch Ihre Unterstützung. Ihnen ist natürlich bewusst, dass das, was ich Ihnen jetzt sagen werde, nur für Ihre Ohren bestimmt ist. Und gehen Sie nicht automatisch davon aus, dass es für den Mord relevant ist.«

Alle nickten ernst. Will Dykes spielte mit einem Zigarettendreher herum. Andrew saß in der zitternden, konzentrierten Trance eines Terriers da, der ein Rattenloch beobachtet. Geräuschvoll eine von Nigels Zigarren paffend, begann Blount seinen Bericht. Zunächst erwähnte er, dass Herewards Darstellung der finanziellen Situation der Restoricks sich nach diskreten Ermittlungen andernorts als richtig erwiesen hatte. Ein beträchtlicher Prozentsatz von Charlottes Vermögen war in polnischen Beteiligungen angelegt worden, sodass die Invasion jenes Landes sie sehr hart getroffen hatte. Herewards eigenes Einkommen war, abgesehen von der Erhöhung der Einkommenssteuer, kaum in Mitleidenschaft gezogen worden; aber das Gut brachte ihnen, wohl eher aufgrund seiner Großzügigkeit als seiner Unfähigkeit als Gutsherr, in letzter Zeit Verluste ein.

»Ihr Bruder und Ihre Schwägerin hatten keine Einwände, sollte ich hinzufügen, dass ich diese Dinge bekannt mache, Mr Restorick.«

Möglicherweise nicht, dachte Nigel. Aber warum breitet er diese Information gerade jetzt und vor uns allen aus?

»Sie haben doch nicht ernsthaft geglaubt, dass Hereward und Charlotte Betty getötet haben könnten? Wegen dem bisschen Geld?«, fragte Andrew.

»Wir müssen jeder Fährte nachgehen. Und da ist ja auch noch Ihr Geld.«

»*Mein* Geld?«

»Na ja, jemand versuchte, Sie zu vergiften, das wollen Sie doch nicht etwa abstreiten, Mr Restorick?«

Die Sanftheit von Blounts Stimme ließ Nigel aufhorchen. Deswegen also ...

»Es kann nicht geleugnet werden, dass sie ein starkes Motiv hatten, Sie und Ihre Schwester loszuwerden. Wir wissen auch, dass Hereward in der Nacht, in der Betty ermordet wurde, zum Zimmer Ihrer Schwester ging. Außerdem hatten sie eine Gelegenheit, die Milch zu vergiften, und das dafür benutzte Gift gehörte Ihrem Bruder.«

Andrews schmales, gebräuntes Gesicht nahm einen erschrockenen Ausdruck an.

»Mein lieber Inspector«, begann er, »Sie nehmen doch sicher nicht ernsthaft an, dass mein Bruder ...«

»Sie haben einen leichten Schlaf, Mr Restorick.«

»Ich verstehe nicht ...«

»Wie die meisten Menschen, die sich in der Welt herumgetrieben und an gefährlichen Orten gelebt haben. Ich habe das natürlich überprüft. Ich habe auch Ihre Aussage überprüft, dass Sie nicht in England waren, als Ihre Schwester begann, kokainsüchtig zu werden. Worauf ich hinauswill, ist: Wie kann es sein, dass jemand, der so einen leichten Schlaf hat wie Sie, nicht von dem Geräusch geweckt wird, das Mr Restorick machte, als er an die Tür Ihrer Schwester klopfte und ihren Namen rief? Selbst wenn man annimmt, dass Sie tatsächlich schon schlafen gegangen *waren* – geschah das lediglich eine halbe Stunde, nachdem Sie ins Bett gegangen waren.«

»Wollen Sie damit andeuten, dass ich versucht habe, Hereward zu decken?«

»Möglich. Wie auch immer, ich würde mich über jede Information Ihrerseits freuen, die Mr und Mrs Restorick von dem Verdacht des Mordes an Ihrer Schwester und des versuchten Mordes an Ihnen freisprechen würde.« Blount machte eine Pause. »Wenn sie von dem Anschlag auf Sie freigesprochen werden könnten, würde das auch die Wahrscheinlichkeit verringern, dass sie Ihre Schwester ermordet haben.«

Das Kaminfeuer, das auf Blounts kahlem Schädel schimmerte, furchte Andrews Gesicht mit Schatten. Er wirkte so besorgt wie verwirrt.

»Ich wünschte, ich könnte Ihnen da weiterhelfen«, sagte er schließlich. »Aber ich habe Hereward in jener Nacht nicht gehört, und ich kann Ihnen auch keine zusätzlichen Informationen darüber geben, wer das Gift in meine Milch getan hat. Ich nehme an, dass Charlotte und Hereward nicht die Einzigen sind, die es getan haben könnten.«

»Nein. Auch Dr. Bogan hätte es tun können. Aber warum hätte Dr. Bogan *Sie* loswerden wollen?«

»Das weiß ich nicht«, sagte Andrew langsam. »Es sei denn, er denkt, ich hätte Beweise dafür, dass er Betty getötet hat.«

»Und warum sollte er das denken«, Blounts Stimme war sanft wie die Pfote einer Katze, »wo Sie doch behaupten, Sie hätten zum Zeitpunkt des Mordes geschlafen?«

Andrew lachte; das helle, erregte Lachen eines Fechters, der zugibt, touchiert worden zu sein. »Was weiß ich. Vielleicht ist es nur sein schlechtes Gewissen. Vielleicht habe ich einen Beweis, ohne es zu wissen. Ich habe Ihnen meine begründeten Argumente genannt, warum ich denke, dass Bogan es getan hat; hätte ich Beweise, würde ich sie mit Sicherheit nicht zurückhalten.«

»Dann werden wir es also dabei belassen müssen. Und nun werde ich Ihnen ein paar Dinge über diesen Mann erzählen, der doch so ein ... äh ... rotes Tuch für Sie ist. Über Dr. Bogan.«

Nigel starrte verwundert auf seine Schuhe. Eine solche Vertraulichkeit im Umgang mit Verdächtigen war sowohl unüblich als auch unprofessionell, aber der Inspector rückte wie ein sparsamer Schotte selten mit Dingen heraus, ohne die Aussicht, dass es sich rentierte. Wenn er sein Brot aufs Wasser warf, war es stets ein guter Köder. Jetzt versuchte er, vermutete Nigel, Andrew Restorick zu weiteren Enthüllungen zu bewegen.

Dr. Dennis Bogan (sagte Blount) war vor zehn Jahren nach England gekommen, mit guten medizinischen Abschlüssen von der Johns Hopkins University. Die amerikanische Polizei hatte nichts gegen ihn in der Hand und gewiss keinen Beweis für irgendeine Verbindung zwischen ihm und dem mysteriösen Engelman, der Marihuana verkaufte. Jetzt überprüften sie gerade Bogans Aussage über seine Aktivitäten in der Zeit, in der Engelman Elizabeth Restorick kennengelernt hatte. Das einzig Verdächtige, das bislang zutage gekommen war, war, dass es, obwohl er als Student in Amerika ziemlich arm gewesen war, Hinweise gab, dass er, als er nach England kam, über beträchtliche Geldmittel verfügte. Die Erklärung dafür, die er Blount freiwillig gegeben hatte, klang recht plausibel. Bald nachdem er begonnen hatte, in den Staaten zu praktizieren, hatte er von einer Patientin eine Erbschaft erhalten und damit erfolgreich an der Wall Street spekuliert. Nachdem er so zu Wohlstand gekommen war, war er eine Weile durch Amerika gereist - zu der Zeit, in der Engelman sein Unwesen getrieben hatte - und dann nach England übergesiedelt. Die amerikanische Polizei stellte Nachforschungen über diesen Teil der Geschichte an, aber Blount war nicht sehr zuversichtlich, dass sie es schaffen würde, eine Fährte zu verfolgen, die so lange zurücklag.

Nachdem er nach England gekommen war, studierte Bogan eine Weile in Edinburgh, wurde eingebürgert und ins Ärzteregister aufgenommen. Er genoss in medizinischen Kreisen immer noch einen guten Ruf, obwohl die unorthodoxen Methoden, die er anwandte, ihn bei seinen konservativeren Kollegen nicht gerade beliebt machten. Sein beruflicher Erfolg, besonders bei reichen Patientinnen, war durchschlagend. Er hatte das Glück oder war so opportunistisch, eine neue Mode mit einer Klientel zu beginnen, für die neue Moden das Leben selbst waren. In den frühen Dreißigern begann die Welle der Psychoanalyse abzuebben, und reiche Neurotikerinnen waren bereit, auf eine neue Welle aufzuspringen. Nicht dass seine Methoden, abgesehen davon, dass er recht regelmäßig Hypnose einsetzte, besonders revolutionär gewesen wären; es war der Mann, nicht so sehr der Arzt, dem sie verfielen. Auch eine weniger eindrucksvolle Persönlichkeit hätte sich auf Nervenkrankheiten von Frauen spezialisieren und eine ähnliche Behandlung anwenden können, sie hätte trotzdem nicht diesen Erfolg gehabt. Eine von Bogans wohlhabenden Hypochonderinnen erzählte Blount, es sei gewesen, als würde man vom heiligen Lukas und Rasputin in einer Person behandelt. Sie bekamen sicher genug Gefühle für ihr Geld, und oft auch Heilung.

So viel (sagte Blount) zu Bogans Hintergrund. Und auch dass viele seiner Patientinnen drogenabhängig waren, war nicht zwangsläufig verdächtig. Aber Drogen spielten nun mal eine so große Rolle im Fall Restorick, dass Blount beschlossen hatte, einer Aussage nachzugehen, die Eunice Ainsley gemacht hatte. Und so nahm er Kontakt auf mit dem Mädchen, über das auch Nigel später Nachforschungen anstellte. Überzeugungskraft mit dienstlicher Bestimmtheit verbindend, erfuhr Blount, nachdem sie sich lange gesträubt hatte, alles über »Miss A«, wie er sie nannte.

Miss A war die Tochter eines reichen Industriellen, bewegte sich in den besseren Kreisen und war abhängig von Kokain - wovon ihre Eltern nichts wussten. Als die Sucht immer schlimmer wurde, fürchtete sie, ihre Eltern würden die Auswirkungen mitbekommen. Die Konsequenzen würden verheerend sein, denn ihr Vater war ein sittenstrenger, unversöhnlicher Mann. Daher begab sie sich, wie mehrere ihrer Bekannten, in Dr. Bogans Hände, um sich behandeln zu lassen. Die Behandlung war anscheinend erfolgreich, aber ein paar Monate, nachdem sie beendet worden war, wurde das Mädchen rückfällig. Und das war noch nicht das Schlimmste. Sie begann Briefe zu erhalten, in denen ihr gedroht wurde, ihre Eltern würden von ihrer Kokainsucht erfahren, wenn sie nicht über gewisse Kanäle eine beträchtliche Summe zahlen würde. Sie gehorchte. Aber die Geldforderungen des Erpressers wurden so exorbitant, dass sie sie nicht mehr bezahlen konnte. In einem Anfall von Furcht und Verzweiflung schrieb sie dem Erpresser einen Brief und bat ihn um ein Gespräch. Ein nächtliches Treffen wurde vereinbart, außerhalb der Tore von Regent's Park. Zu Miss As Überraschung stellte sich heraus, dass der Erpresser eine Frau war. Sie war vollkommen eingemummelt, elegant gekleidet und völlig erbarmungslos. Miss As flehentliche Bitten hatten nicht die geringste Wirkung auf sie.

Miss A, in dieser hoffnungslosen Situation gefangen, tat, was sie längst hätte tun sollen. Sie vertraute sich ihren Eltern an. Es gab eine schreckliche Szene mit ihrem Vater, doch am Ende gab er nach, und sie wurde zu einem anderen Arzt geschickt, der sie für immer von ihrer Sucht heilte.

Davor war jedoch etwas geschehen, dem Blount eine besondere Bedeutung beizumessen schien. Unmittelbar nach ihrem Gespräch mit der Erpresserin beschloss Miss A spontan, Dr. Bogan um Hilfe zu bitten. Sie ging zu seinem Privathaus. Als sie etwa fünfzig Meter davon entfernt war, sah sie im Licht einer Laterne eine Frau herauskommen und die Straße hinuntereilen. Es war die Frau, mit der sie sich eine Stunde zuvor außerhalb des Regent's Park getroffen hatte.

Natürlich hatte sie keinen echten Beweis dafür. Doch sie war überzeugt, sie eindeutig wiedererkannt zu haben. Sie war vom Anblick dieses schrecklichen Geschöpfs so schockiert, dass sie ihr Vorhaben aufgab und mit einem Taxi nach Hause fuhr - so schockiert, dass sie sich zunächst nicht einmal fragte, was die Frau dort gewollt hatte. Dann aber ging ihr durch den Kopf, dass Dr. Bogan ein weiteres Opfer der Erpresserin sein musste, und sie kam zu dem Schluss, dass er ihr daher keine Hilfe sein konnte. Später erinnerte sie sich jedoch, dass die geheimnisvolle Frau während ihres Gesprächs etwas erwähnt hatte, das mit der Beziehung zwischen Miss A und ihrem Vater zu tun hatte, etwas, das sie eigentlich gar nicht wissen konnte, *es sei denn, sie hätte es von Dr. Bogan gehört,* denn während der Behandlung hatte der Doktor von ihr verlangt, ihm alle Details dieser Beziehung zu erzählen, selbst die intimsten.

»Sie sehen also«, schloss Blount, »wenn man Miss As Aussage trauen kann – und ich glaube, das kann man –, dann haben wir den Beweis, dass Bogan mit einer Erpresserin in Verbindung steht. Das allein würde uns vor Gericht allerdings nicht viel nützen, und ich bezweifle, ob Miss A nach so langer Zeit noch imstande wäre, die Frau wiederzuerkennen, selbst wenn wir sie finden und ihr gegenüberstellen. Der Punkt ist aber, dass Bogan das, was er in diesem Fall getan hat, auch noch in vielen anderen getan haben könnte. Wenn er hinter der Erpressung von Miss A stand, könnte es auch im Fall von Elizabeth Restorick irgendeine Art von Erpressung gegeben haben.«

Andrew stieß den Atem zwischen seinen Zähnen hervor. »Mein Gott, was für eine Schurkerei!«

»Wenn das wahr ist, ist es ganz schön clever«, sagte Will Dykes. »Ein Mann von seinem Schlag könnte jeder Frau ihre Geheimnisse entlocken. Aber Bogan konnte es unter dem Deckmantel perfekter professioneller Ehrbarkeit tun. Meinen Sie, er hat es absichtlich so eingerichtet, dass Miss As Behandlung nicht von dauerhaftem Erfolg gekrönt war?«

»Das ist unmöglich zu sagen. Es steht außer Frage, dass er viele Behandlungen seriös durchgeführt hat. Aber wir sind jetzt in der Lage, seine Privatklinik und seine Praxis gründlich unter die Lupe zu nehmen. Wir werden es also bald wissen. Er befindet sich auf jeden Fall in einer sehr starken Position, allein schon, weil viele Leute, die wegen einer solchen Behandlung zu ihm kommen, es geheim halten wollen.«

»Wenn ich daran denke, dass die arme Betty in den Händen dieses Schweins war, könnte ich ihm den Hals umdrehen!«, rief Andrew.

Nigel dachte nicht zum ersten Mal darüber nach, wie sehr echte Gefühle doch die theatralischsten Klischees bemühten.

»Betty konnte auf sich selbst aufpassen, denke ich«, sagte Will Dykes.

»Und wer weiß, ob er manche seiner Patientinnen nicht selbst drogenabhängig gemacht hat?«, fuhr Andrew fort. »Neurasthenikerinnen. Er hat zugegeben, dass er Betty Beruhigungsmittel verabreicht hat. Auf diese Weise könnte er sie kokainsüchtig gemacht und dann damit erpresst haben – ich würde ihm durchaus zutrauen, dass er ihnen die Drogen durch irgendwelche Mittelsmänner selbst verschaffte. Eine Goldmine in einer Kloake.«

»Wir werden das alles untersuchen.«

»Untersuchen!«, rief Andrew. »Sie müssen es beenden, sofort, bevor er noch mehr Schaden anrichtet. Haben Sie ihn noch nicht verhaftet?«

»Um den Drogenaspekt des Falls kümmern sich unsere Experten auf diesem Gebiet. Ich bin für den Mord zuständig, Mr Restorick.«

»Natürlich. Aber um Himmels willen, bestimmt …«

»Nein.« Blounts sanfter und doch beinahe unmenschlich durchdringender Blick war auf Andrew gerichtet. »Nein. Ich habe noch keinen besonderen Grund anzunehmen, dass Bogan ein Mörder ist.«

KAPITEL 18

Der Frevler flieht, auch wenn niemand ihn jagt.
SPRÜCHE

Noch im Bett liegend, musste Nigel am nächsten Morgen zugeben, dass Blounts Argumentation vernünftig war. Bogan mochte der Teufel in Person sein, aber das bewies nicht, dass er auch ein Mörder war. Er vergegenwärtigte sich noch einmal Blounts Logik. Erstens: Wenn Bogan Elizabeth loswerden wollte, warum dann auf diese Weise und im Kreise ihrer Familie, wo er ein so großes Risiko einging? Um wie viel einfacher wäre es gewesen, den Eindruck zu erwecken, sie habe Selbstmord begangen, wenn er sie in seiner Privatklinik oder in ihrer Londoner Wohnung getötet hätte – mit einer Überdosis Kokain. Zweitens: Warum sollte er sie töten wollen? Sicher nicht, wenn er sie erfolgreich erpresst hätte. Doch dafür gab es, wie Blount ihnen mitgeteilt hatte, keinen Beweis. Nachfragen bei ihrer Bank hatten keine größeren Abhebungen von ihrem Konto zutage gefördert, die sich nicht auch anders erklären ließen. Die einzige Möglichkeit war, dass sie Beweise gegen ihn gesammelt hatte. Blounts jüngste Ermittlungen hatten jedenfalls ergeben, dass es eine Menge Beweise zu sammeln gab. Andererseits hatte er, nachdem er ihre Freunde und Bogans Patientinnen gründlich unter die Lupe genommen hatte, nicht einen einzigen Hinweis gefunden, der darauf hindeutete, dass Betty versucht hatte, diese Beweise zu finden. Sie hatte Bogan ihnen gegenüber nie als etwas anderes als ihren Freund und Arzt erwähnt.

Wir stehen also wieder am Anfang, dachte Nigel. Jeder in Easterham Manor hatte die Mittel und die Gelegenheit gehabt, Betty zu töten, und alle hatten auf die ein oder andere Weise ein Motiv. Aber niemand hatte ein Motiv, das absolut stichhaltig gewesen wäre, und vorsätzlicher Mord wird nicht aus irgendeinem fadenscheinigen Grund begangen. Eine Stunde lang, während der sein Kaffee kalt wurde und der eisige Wind die Zweige der Bäume peitschte, zerbrach er sich den Kopf und kramte in seinem Gedächtnis, um irgendetwas zu finden, das ein neues Licht auf die Tragödie werfen könnte. Dann griff er nach dem Telefonhörer.

Vier Stunden später saß er an einem abgesonderten Tisch im Poisson d'Or. Dr. Bogan saß ihm gegenüber und war eifrig mit einem Zahnstocher zugange. Sie hatten beim Mittagessen über neutrale Themen gesprochen, und Nigel hatte die ganze Zeit an Georgias Beschreibung von Bogan denken müssen – ein Herrenhaus, durch das man von einem Hausmeister geführt wird. Was für Gedanken, was für Geheimnisse verbargen sich hinter der merkwürdig undurchsichtigen Persönlichkeit, in Räumen, die der Hausmeister auf Geheiß des Hausherrn verschlossen halten musste? Da war noch etwas anderes in Easterham, hatte Georgia gesagt. Sich daran erinnernd, fragte Nigel plötzlich:

»Warum ist Andrew Restorick so schlecht auf Sie zu sprechen?«

Der Doktor legte seinen Zahnstocher zwischen die Reste seines Schokoladenkuchens.

»Eine Fixierung auf seine Schwester vielleicht, wie ich schon einmal andeutete. Oder irgendeine andere, ebenso irrationale Antipathie.«

»Ja, das leuchtet mir ein. Aber derartige Antipathien treiben die Leute gewöhnlich nicht dazu, ihr Objekt des Mordes zu beschuldigen.«

»Ach du liebe Zeit, hat er das versucht?«

»Das sollten Sie doch eigentlich wissen.«

Dr. Bogans lange Finger fuhren durch seinen Bart. Er sah Nigel nachdenklich an, als würde er überlegen, auf welche Behandlung dieser Patient am besten ansprechen würde.

»Meinen Sie diesen blöden Trick mit den verbrannten Papieren?«

»Nicht nur das.« Nigel hatte beschlossen, dass Bogan sich seine eigenen Gedanken machen sollte.

»Glauben Sie, dass er das Zyankali selbst in die Milch getan hat?«

»Sie denken das, oder?«

»Es gibt keinen Beweis dafür, nicht wahr?«

»Die Frage des Beweises ist irrelevant. Wenn Sie nicht geglaubt hätten, dass er seine eigene Milch vergiftet hat, um Sie zu belasten, dann hätten Sie auch keine Milch in das Kännchen gegossen.«

»Strangeways, Sie wissen so gut wie ich, dass das eine krasse *petitio principii* ist«, erwiderte Bogan mit einem plötzlichen, beinahe falsetthaften Glucksen. Er schien vollkommen Herr der Lage zu sein. Das Böse, dachte Nigel, blüht wie ein Lorbeerbaum.

»Ich will keine logische Haarspalterei mit Ihnen betreiben, Doktor«, sagte er. »Eine Frau, eine Ihrer Patientinnen, ist ermordet worden. Es sind Versuche unternommen worden, Sie zu belasten. Diese Versuche sind immerhin so erfolgreich gewesen, dass die Polizei sich veranlasst sah, Ihre Privatangelegenheiten gründlich unter die Lupe zu nehmen. Was, nach allem, was ich weiß, gut und gern zu Ihrem beruflichen Ruin und einem langen Gefängnisaufenthalt führen könnte. Das interessiert mich jedoch nicht. Die Frage ist, ob Sie hängen wollen. Denn wenn Sie das wollen, sind Sie auf einem guten Weg.«

Dr. Bogans klare braune Augen verloren ihren Fokus. Doch das war seine einzige Reaktion auf Nigels Überrumpelung.

»Für einen gefeierten Ermittler sind Sie erstaunlich naiv«, sagte er dann. »Aber ich tue Ihnen den Gefallen. Mein Ruf als Arzt kann auf sich selbst aufpassen. Aber ich will ganz sicher nicht hängen. Ich glaube, ich weiß, worauf Sie hinauswollen – wenn der Giftanschlag und die verbrannten Papiere Versuche waren, mich zu belasten, dann muss der Mörder dahinterstecken; wenn nicht, dann muss ich der Mörder sein, ja?«

»Das scheint auf jeden Fall eine Diskussionsbasis zu sein«, erwiderte Nigel und betrachtete den Doktor unverbindlich mit seinen hellblauen Augen.

»Nun, wenn Ihnen damit gedient ist und da keine Zeugen anwesend sind, kann ich Ihnen ja sagen, dass ich die vergiftete Milch aus dem Glas in das Kännchen gegossen habe.«

»Das dachte ich mir«, sagte Nigel prompt. »Warum?«

»Ihre lebhafte Einbildungskraft sollte Ihnen die Antwort darauf geben.«

»Weil Sie für einen Augenblick den Kopf verloren haben.

Sie vermuteten, das Gift könnte ein weiterer Versuch sein, Sie zu belasten, und Sie dachten, es würde noch mehr Verwirrung stiften, wenn es so aussähe, dass sich der Giftanschlag nicht nur gegen Andrew Restorick allein richtete. Außerdem hatten Sie den starken Verdacht, dass es Andrew war, der die Milch vergiftet hat.«

Dr. Bogan warf Nigel einen spöttischen Blick zu. »Ich gratuliere Ihnen. Das klingt wirklich äußerst plausibel. Aber ich verliere nie meinen Kopf. Tatsächlich habe ich völlig spontan gehandelt – es war ein kleiner Unfug, ich wollte lediglich beobachten, wie jeder reagiert. Das ist die Wahrheit, aber ich erwarte natürlich nicht, dass Sie mir glauben.«

»Da wir schon das Wahrheitsspiel zu spielen scheinen«, sagte Nigel zur großen Überraschung eines Kellners, der vorbeiging, »haben Sie Elizabeth Restorick getötet?«

»Da keine Zeugen anwesend sind – schon gut, Kellner, Sie brauchen nicht zu lauschen – oder, besser, trotz dieser Tatsache, kann ich Ihnen versichern, dass ich es nicht getan habe.«

»Dann hat Andrew es getan?«

Dr. Bogans Achselzucken erinnerte an seine südländische Herkunft. »Wer weiß? Ein Puritaner. Verklemmt. Ein verbitterter Mann, trotz seines oberflächlichen Charmes und seiner Unbekümmertheit. Es ist nicht unmöglich. Aber warum fragen Sie mich das?«

»Wir waren uns einig, dass der Mann, der versuchte, Sie zu belasten, der Mörder ist, wenn Sie es nicht sind. Wir sind uns einig, dass Andrew mit großer Wahrscheinlichkeit derjenige ist, der die belastenden Beweise platziert hat.«

»Oh nein, nicht so schnell, junger Mann. Wenn Andrew wirklich der Beschuldiger ist, was meiner Meinung nach sehr wahrscheinlich ist, dann macht das aus ihm noch lange keinen Mörder. Logisch betrachtet, bedeutet das nicht mehr, als dass er den Mord dafür benutzt, mich in Schwierigkeiten zu bringen. Er hasst mich. Wohl wahr. Er hätte gern, dass ich der Mörder bin. Und von da aus ist es für jemanden mit seinem Temperament nur noch ein kleiner Schritt zu glauben, er sei im Recht, mich zum Mörder zu *machen*.«

»Sie und Andrew geben sich große Mühe, fair zueinander zu sein«, bemerkte Nigel sarkastisch, »trotz Ihrer Todfeindschaft.«

Dr. Bogan legte ein Stück Zucker auf seinen Löffel, tauchte es in seinen Kaffee und zerkaute es geräuschvoll. Seine weißen Zähne waren in einem ausgezeichneten Zustand.

»Aber der Rachefeldzug scheint eher einseitig geführt zu werden«, fuhr Nigel fort. »Ich meine, Sie lassen ihn trotz seiner ziemlich ungeheuerlichen Unterstellungen ungeschoren davonkommen.«

»Ich bin das verantwortungslose Verhalten von Neurotikern gewohnt«, erwiderte der Doktor, und in seiner Stimme schwang wieder die professionelle Würde des Arztes mit.

»Kein Zweifel«, sagte Nigel. »Aber normalerweise ergreifen Sie doch Vorsichtsmaßnahmen dagegen, nehme ich an.«

»Ich kann Ihnen nicht ganz folgen.«

»Ob Andrew nun ein Mörder ist oder nicht, er ist äußerst gefährlich für Sie. Ich würde ihn nicht unterschätzen. Er versucht immer noch mit allen Mitteln, Ihnen das Verbrechen anzuhängen – dieses Verbrechen oder irgendwelche anderen Verbrechen. Da bin ich mir sicher.«

»Sie lassen mein Blut erstarren, Sir.«

»Und ich glaube, er hat noch etwas in der Hinterhand, das

er erst hervorzaubert, wenn er alles Nötige beisammen hat. Jedenfalls hat er das oft genug angedeutet.«

»Nett, dass Sie sich Sorgen machen, Strangeways. Aber ich bin sicher, die Polizei wird mich ausreichend schützen.«

Dr. Bogan dankte Nigel höflich für das Mittagessen und erhob sich, um zu gehen. Nein, aus dem kriegt man nichts heraus, dachte Nigel, während er die bärtige gebeugte Gestalt beobachtete, die, in zahlreichen Spiegeln gespiegelt, das Restaurant verließ. Was ihn am meisten beeindruckt hatte, war nicht, wie Bogan sich im Gespräch über den Mord verhalten hatte, sondern die absolute Ruhe, mit der er Nigels Andeutung aufgenommen hatte, dass die Polizei in seinen Angelegenheiten herumschnüffelte. Nur ein Unschuldiger oder ein Meister der Schurkerei hätte darauf verzichtet, mehr darüber zu erfahren. Er hatte es hier mit einem Mann zu tun, der seine berufliche Stellung als Deckmantel und Werkzeug für die abscheulichsten Untaten missbrauchte – es sei denn, Blount lag damit vollkommen falsch. Und doch hatte er, als er hörte, dass die Polizei Nachforschungen anstellte, nicht einmal mit der Wimper gezuckt. Nigel hob leicht die Hand zu einem sarkastischen Gruß an die sich entfernende Gestalt.

Ein paar Minuten später stand er in einer öffentlichen Telefonzelle. Nachdem er eine Nummer gewählt hatte, blickte er versonnen auf die Straße hinaus und dachte, wie wenig der Krieg London doch verändert hatte – noch.

»Hallo. Ich würde gern mit Inspector Blount sprechen ... Ja, der Restorick-Fall. Mein Name ist Mr Strangeways ... Oh, hallo, Blount. Strangeways hier. Ich habe gerade mit Dr. Bogan zu Mittag gegessen. Er sagt, dass er den Mord nicht begangen hat ... Ich weiß, so was hören Sie öfter, und Sie werden es zweifellos noch oft zu hören bekommen. Passen Sie auf, ich habe da eine Idee ...«

Nigel senkte unwillkürlich die Stimme. Als er fertig war, kamen vom anderen Ende protestierende Quietscher.

»Nein, nein«, sagte Blount. »Nein, nein, nein. Das kann ich unmöglich machen. Das gibt Ärger. Sie würden mir das Fell über die Ohren ziehen.«

»Das ist der einzige Weg, den ich sehe. Sie müssen ihn in Zugzwang bringen. Nichts sonst ...«

»Nein«, wiederholte Blount. »Das verstößt gegen alle Regeln. Ausgeschlossen.«

»Na schön, haben Sie etwas dagegen, wenn ich es selbst tue?«

»Auf Ihre Verantwortung. Ich weiß nichts davon, haben Sie verstanden?«

»In Ordnung. Ich werde über die Entwicklungen berichten, wenn es denn welche gibt. Lassen Sie alle beteiligten Parteien überwachen? ... Richtig. Ziehen Sie die Posten vor seiner Wohnung ab. Ich werde die Verantwortung für ihn übernehmen.«

»Das sollten Sie auch«, erwiderte Blount grimmig. »Bis dann.«

Nigel eilte nach Hause, um Vorbereitungen zu treffen und weitere Telefonate zu führen.

Die Ereignisse folgten seinem Handeln auf dem Fuße: Sein Plan führte jedoch zu zwei schnellen Ergebnissen, die er kaum erwartet hatte und die er nicht kontrollieren konnte. Am nächsten Morgen fand Andrew Restorick, der auf eine dringende Bitte hin zur Wohnung der Strangeways gekommen war, Nigel und Georgia in heller Aufregung vor.

»Blount hat Will Dykes verhaftet«, sagte Nigel ausdruckslos.

Andrews Gesicht erstarrte. »Dykes? Aber das ist ... was in aller Welt hat er uns dann neulich Abend vorgespielt? Ich nahm an, Dykes stünde nicht unter Verdacht.«

»Ich weiß es nicht. Blount ist verdammt verschlossen. Man weiß nie, was in seinem Kopf vorgeht.«

»*Sie* denken doch aber sicher nicht ...«

»Ich kann nicht glauben, dass Dykes der Mörder ist. Ich kann es einfach nicht. Aber die Polizei verhaftet niemanden, wenn sie ihrer Sache nicht sicher ist. Blount muss Beweise in die Hände bekommen haben, von denen wir nichts wissen.«

Andrew befingerte unsicher ein Buch, das auf dem Tisch neben ihm lag.

»Hören Sie. Er hat nicht viel Geld. Ich würde gern alle Kosten übernehmen – für die Anwälte und so, wissen Sie. Soll ich meinen bitten, ihn aufzusuchen und ...?«

»Er hat seinen schon beauftragt, seine Verteidigung vorzubereiten. Aber ich bin sicher, er würde Ihre finanzielle Hilfe dankbar annehmen. Ich werde ihn darüber informieren.«

Nigel musste unter allen Umständen verhindern, dass Andrew versuchte, Will Dykes zu besuchen, denn der Romanautor, weit davon entfernt, im Gefängnis zu schmachten, war in diesem Augenblick dabei, in einem anderen Raum der Strangeways-Wohnung glücklich an seinem neuen Roman zu schreiben.

»Nun, wenn ich sonst noch irgendetwas tun kann«, sagte Andrew. »Wären Sie bereit, sich in Dykes Namen um den Fall zu kümmern?«

»Natürlich.«

Andrew überlegte einen Augenblick. »Ich habe eine Idee. Wenn Sie dieses Wochenende nach Easterham kommen könnten, werde ich Charlotte bitten, Eunice und Dr. Bogan einzuladen. Ich bin sicher, dass es noch einen entscheidenden Hinweis geben muss, den die Polizei übersehen hat. Wenn wir alle zusammenbringen könnten, denke ich ... nur Dykes wäre natürlich nicht dabei. Trotzdem ...«

Er sprach nicht weiter - ein Kontrast zu seiner sonstigen Entschlossenheit, aber Nigel griff den Vorschlag sofort auf. Es wäre eine gute Sache, wenn sie nicht in London wären und dadurch keine Gefahr bestünde, dass sie die Wahrheit über Will Dykes entdeckten. Außerdem war er schon seit Längerem überzeugt, dass Andrew mehr wusste, als er zu sagen bereit war, und sein Plan, die Verdächtigen im Manor zu versammeln, ließ erahnen, dass er eine Klärung des Falles beabsichtigte.

Noch am selben Abend rief Andrew ihn an, um ihm mitzuteilen, dass die Zusammenkunft arrangiert sei. Nigel würde diesmal auch im Manor übernachten. Georgia entschuldigte sich, sie müsse arbeiten; tatsächlich musste sie bleiben, um sich um Will Dykes zu kümmern. Zusätzlich stellte Blount aber auch einige Polizisten in Zivil ab, um das Haus zu überwachen. Außerdem hatte Blount Superintendent Phillips von der Zusammenkunft in Easterham unterrichtet, sodass die örtliche Polizei Vorkehrungen treffen konnte, um das Manor unter Beobachtung zu stellen. Das war alles, was er tun konnte, bis die Ermittlungen des C. I. D. Bogans Aktivitäten auf den Grund gekommen und weitere Beweise hinsichtlich des Mordes aufgetaucht wären.

Am Freitagabend waren alle im Manor versammelt. Andrew war schon am Tag zuvor angereist. Dr. Bogan, der in London aufgehalten worden war, kam erst nach dem Abendessen an. An diesem Abend schloss die allgemeine Müdigkeit der Gruppe jedes Gespräch über den Fall aus. Sollte Andrew die Absicht gehabt haben, eine Mine hochgehen zu lassen, würde er bis zum nächsten Morgen warten müssen.

Und am nächsten Morgen ging die Mine auch prompt hoch – doch die Explosion war sehr viel verheerender, als Nigel erwartet hatte. Er wurde durch ein Klopfen an der Tür geweckt, das – recht erfolglos – mit einem grauenhaften Hämmern in seinem Kopf wetteiferte. Es war sozusagen die Mutter aller Kopfschmerzen.

»Herein«, sagte er mit schmerzerfüllter Stimme.

Es war das Dienstmädchen, das den Tee brachte. Er blickte auf seine Uhr, deren Zeiger und Ziffern über das Ziffernblatt zu treiben schienen. Mit äußerster Konzentration nagelte er sie auf neun Uhr fest. Nun ja, es war Brauch bei den Restoricks, ihre Gäste lange schlafen zu lassen. Aber sicher nicht, ihnen einen Schlaftrunk zu verabreichen. Schlaftrunk! Der Gedanke drang in seine benebelten Sinne ein. Er sprang aus dem Bett – eine plötzliche Bewegung, die ihm fast die Schädeldecke abriss. Das Mädchen hatte die Vorhänge aufgezogen. Als er sich ankleidete, bemerkte er vage, dass es in der Nacht geschneit hatte.

Die Gesichter, denen er am Frühstückstisch begegnete, waren genauso verzerrt wie sein eigenes. Aber zwei fehlten.

»Wo ist Andrew? Und Dr. Bogan?«, fragte er.

»Sie sind noch nicht runtergekommen«, erwiderte Charlotte und fuhr sich mit der Hand über die Stirn.

»Haben wir denn alle Kopfschmerzen?«, fragte Nigel scharf.

Hereward, Charlotte und Eunice Ainsley nickten.

»Wir müssen etwas gegessen haben, das uns nicht bekommen ist. Beim Abendessen. Sprich besser mal mit dem Koch, mein Lieber.«

»Aber Bogan hat nicht hier zu Abend gegessen. Restorick, haben Sie Ihren Generalschlüssel bei sich? Ich denke, wir sollten besser mal nachschauen …«

»O Gott! Nicht schon wieder. Nicht schon wieder, bitte.« Mrs Restorick war aufgestanden und schwankte am Ende des Tisches. Ihre Stimme klang weit entfernt und kindlich.

»Na, na, meine Liebe«, sagte Hereward. »Nichts, worüber du dir Sorgen machen musst. Immer mit der Ruhe. Zwei kommen zu spät zum Frühstück, warum …«

»Betty war an dem Morgen auch nicht zum Frühstück gekommen.« Charlottes Augen folgten ihnen hinaus. Sie schien Eunice Ainsley gar nicht zu bemerken, die vergeblich ihre Hände streichelte und beruhigende Worte murmelte.

Oben angekommen, sah Nigel, als er über Herewards Schulter blickte, dass Bogans Zimmer leer war. Nicht nur, dass Bogan nicht da war, auch seine Kleidung, sein Koffer und seine sonstigen Sachen schienen verschwunden zu sein. Tabula rasa.

»Ich nehme an, das *ist* das richtige Zimmer.«

»Natürlich ist es das«, erwiderte Hereward gereizt. »Ich verstehe einfach nicht …«

»Lassen Sie uns in Andrews Zimmer nachschauen«, sagte Nigel, aufs Schlimmste gefasst. Er hatte schrecklich, unverzeihlich versagt. Hereward steckte seinen Schlüssel in die nächste Tür. Andrews Zimmer war nicht leer: Kleidung, Bücher, Schuhe, Bettzeug lagen überall verstreut. Soweit man das beurteilen konnte, war alles noch da. Alles außer Andrew. Lächerlicherweise fing Hereward an, unter dem Bett und im Kleiderschrank zu suchen; er hob sogar ein Kissen vom Boden auf, als könnte Andrews Körper darunter versteckt sein.

»Nein. Das bringt nichts. Sie sind weg«, sagte Nigel.

»Unsinn. Das ist ... das ist vollkommen absurd. Wir ... Sie müssen träumen.«

»Ich wünschte, es wäre so.«

Sie suchten in den Badezimmern, in den Toiletten, in jedem Raum des Hauses. Aber Bogan und Andrew - diese beiden seltsamen Duellanten - waren wie vom Erdboden verschluckt.

KAPITEL 19

Alles in allem ist er ein Problem
muss den Teufel verwirren.
ROBERT BURNS

Der Schock dieser Entdeckung machte Nigels Kopf wie von Zauberhand frei. Er hatte immer noch Kopfschmerzen, aber die anderen Auswirkungen des Schlaftrunks waren weggeblasen wie Nebel vom Berghang. Es war jedoch noch zu früh, diese neue Entwicklung im Lichte dessen zu betrachten, was im Manor bereits geschehen war. Er musste handeln. Und das Erste, was er tun musste, war, herauszufinden, warum Robins, der örtliche Constable, der das Haus überwachen sollte, nicht Alarm geschlagen hatte.

Das dauerte nicht lang. Nigel rief Superintendent Phillips an und erzählte ihm, was passiert war. Phillips versicherte ihm, dass Robins in der letzten Nacht zum Dienst eingeteilt gewesen war. Er würde mit Blount Kontakt aufnehmen und dann zum Manor kommen. Anschließend ließ Nigel den Butler rufen, der ihm mitteilte, dass Robins am Abend zuvor in der Stube der Hausangestellten bewirtet worden sei. Als sie alle zu Bett gegangen seien, habe er ihn dort zurückgelassen, weil er ihn so verstanden habe, dass er die ganze Nacht unten verbringen und mitunter eine Runde durch den Garten drehen wollte, bis der Superintendent ihm am Morgen eine Ablösung schicken würde.

Nigel begann sofort mit einer Durchsuchung der Nebengebäude und Zimmer der Bediensteten. Schon bald stöberten er und Hereward den vermissten Constable auf. Sie fanden ihn im Heizkeller. Er war geknebelt und mit einem Stück Seil gefesselt, das aussah wie das, mit dem Elizabeth Restorick erhängt worden war. Es sah ganz so aus, als wäre er ebenfalls tot. Doch als sie sein Gesicht berührten, um den Knebel zu entfernen, fühlte es sich warm an, und er schien zu atmen. Constable Robins schlief tief und fest. Die Koksdämpfe hatten ihn die ganze Nacht betäubt, sodass er sich selbst dann nicht gerührt hatte, als der Kalfaktor am frühen Morgen die Kessel befüllt hatte.

Nigel schüttelte den Mann kräftig. Er wachte auf und machte ein drolliges ungläubiges Gesicht, als er seine Umgebung wahrzunehmen begann; dann ließ ihn der Schmerz in seinen von den Fesseln befreiten Handgelenken und Knöcheln zusammenzucken. Hereward eilte hinaus, um Kaffee zu holen. Nigel erzählte Robins, was passiert war. Der Constable war immer noch sehr benommen; mit der Hand berührte er vorsichtig die Seite seines Kopfes.

»Ich bin bewusstlos geschlagen worden«, sagte er bedripst. »Ich werde Ärger bekommen deswegen.«

»Immer mit der Ruhe. Es ist nicht Ihre Schuld«, sagte Nigel und untersuchte den Bluterguss am Kopf des Mannes. Nichts gebrochen. Er war mit der gleichen Gründlichkeit niedergeschlagen worden, wie er gefesselt und aus dem Weg geräumt worden war. Tatsächlich schien sein Angreifer eine gewisse Fürsorglichkeit an den Tag gelegt zu haben, indem er ihn in den Heizkeller gebracht hatte, wo er nicht unter der bitteren Kälte der Nacht leiden würde. Denn Robins erklärte, als der Kaffee seine Lebensgeister wieder geweckt hatte, dass er nicht hier angegriffen worden war.

Um fünf nach eins war er nach einem kurzen Rundgang um das Haus wieder hereingekommen. Er saß in der Stube der Angestellten am Feuer, als ein Geräusch seine Aufmerksamkeit erregte. Es schien aus der Haupthalle zu kommen, und er ging nachschauen. Er hatte seinen Helm abgenommen. Es geschah, als er durch die Pendeltür aus der Küche in die Haupthalle kam. Jemand musste sich hinter dieser Tür versteckt haben – jemand, dachte Nigel, der das Geräusch absichtlich verursacht hatte, um den Constable in eine ungeschützte Lage zu bringen. Gerade als Robins auf den Knopf seiner Taschenlampe drückte, veranlasste ihn eine Bewegung hinter ihm, abwehrend den Arm zu heben. Aber es war zu spät. Er wurde niedergeschlagen und konnte sich an nichts weiter erinnern, bis er im Heizkeller aufwachte und Nigel und Hereward sich über ihn beugten.

»Und Sie haben den Kerl nicht gesehen?«

»Nein, Sir. Aber Moment mal. Dr. Bogan ist verschwunden, sagen Sie? Er muss es gewesen sein, der mich geschlagen hat, Sir. Ich erinnere mich jetzt. Als ich meinen Arm hob, um mich zu schützen, streifte meine Hand seinen Bart. Ja, so war es. Komisch, wie man Dinge vergisst.«

Nigel ließ den Constable in Herewards Obhut und lief nach draußen. Wie erwartet, hatte der jüngste Schneefall jedwede Fußspuren unkenntlich gemacht, die Reifenspuren eines Wagens jedoch hatte er nicht gänzlich ausgelöscht. Er eilte hinter das Haus und fand dort Herewards Chauffeur.

Gemeinsam gingen sie in die Garage. Andrew Restoricks Wagen fehlte.

»Merkwürdig ... Haben Sie ihn letzte Nacht nicht wegfahren hören?«

»Nein, Sir. Ich schlafe zurzeit im Haus, während die Räume über der Garage hergerichtet werden.«

»Wie lautet das Autokennzeichen?«

Der Chauffeur gab ihm die Nummer und eine Beschreibung des Wagens, die Nigel telefonisch an Phillips Station Sergeant übermittelte. Der Superintendent selbst war bereits auf dem Weg zum Manor. Nigel kehrte in die Garage zurück. Er wollte sich über eine Sache klarwerden. Bogan hatte den Constable angegriffen. Bogan und Andrew waren verschwunden. Entweder waren beide zusammen abgehauen, oder Bogan hatte Andrew getötet und seine Leiche irgendwo entsorgt. Wenn Letzteres der Fall war, warum war Bogan dann nicht in seinem eigenen Wagen weggefahren? Als er auf die Benzinuhr blickte, sah Nigel, dass nur noch ein paar Liter im Tank waren.

Robins' Ablösung war noch nicht gekommen. Nigel schlug vor, er solle sein Fahrrad nehmen und versuchen, den Spuren von Restoricks Wagen zu folgen. Wenn Bogan Andrew getötet und den Leichnam mit dem Wagen weggeschafft hatte, dann hatte er ihn womöglich nicht allzu weit entfernt entsorgt. Aber der Mann zog es vor, auf Superintendent Phillips' Befehle zu warten.

Eine Viertelstunde später erschien der Superintendent. Weder die bittere Kälte noch das Verschwinden zweier Verdächtiger schien seiner Herzlichkeit etwas anhaben zu können. Einen eisigen Atem ausstoßend, strahlte er Nigel an und sagte:

»Da sind wir wieder, Sir. Schon komisch, hm? Inspector Blount klang ein bisschen altväterlich, als ich ihn angerufen habe.«

»Das wundert mich nicht.«

»Er ist auf dem Weg hierher. Und nun, Sir, wenn Sie mir erzählen wollen, was geschehen ist, werden wir sehen, was wir tun können. Sie sehen aber auch aus, als wären Sie nicht ganz auf dem Damm, Sir.«

»Das würden Sie auch, wenn Sie eine Überdosis Schlafmittel intus hätten.«

»Tsch, tsch.« Der Superintendent schnalzte mitfühlend mit der Zunge.

Nigel informierte ihn über die jüngsten Ereignisse, woraufhin Phillips den Männern, die er mitgebracht hatte, ein paar Befehle erteilte und einige Telefonate führte. Dann kam er ins Schreibzimmer, wo Nigel versuchte, seine Gedanken zu ordnen, rieb seine Hände vor dem Feuer und bemerkte leutselig:

»Also, Mr Strangeways, lassen Sie uns ein bisschen plaudern. Wie wär's, wenn Sie mir alles erzählen. Vielleicht können wir beide den Fall lösen und den Inspector überraschen, wenn er kommt.«

»Das muss aber schon eine höllisch gute Überraschung sein, sonst jagt er mich zum Teufel. Wissen Sie, diese glänzende Idee, alle Verdächtigen noch mal zusammenzubringen, stammt von mir. Ich dachte, mit der Nachricht, dass Mr Dykes wegen Mordes verhaftet worden sei, würden wir Andrew Restorick zum Handeln zwingen. Ich war überzeugt, dass er aus irgendeinem Grund Dinge zurückgehalten hat. Na ja, verdammt, ich hatte nicht damit gerechnet, dass sie gleich schon in der ersten Nacht zu einem Verschwindetrick greifen würden …«

»›Sie‹? Glauben sie etwa, sie haben es gemeinsam durchgezogen?«

»Nein. Das war nur so dahingesagt. Ich kann mir nicht erklären … Wie auch immer, was geschah, ist Folgendes. Andrew traf vorgestern ein, Miss Ainsley und ich kamen gestern Nachmittag an. Dr. Bogan nach dem Abendessen. Das Abendessen war um 19 Uhr 30. Wenn uns der Schlaftrunk da schon gegeben worden wäre, hätten wir uns viel früher schläfrig gefühlt – aufgrund der hohen Dosis, die benutzt worden sein muss. Als Bogan eintraf, bot Mrs Restorick ihm ein heißes Getränk an. Wir beschlossen alle, auch eines zu trinken. Ovomaltine. Während das Getränk zubereitet wurde, verteilten wir uns ein bisschen im Haus. Hereward brachte Bogan hinauf in sein Zimmer, Andrew ging hinaus, um Bogans Wagen in die Garage zu fahren, Mrs Restorick war in der Küche – sie machte die Ovomaltine selbst –, Miss Ainsley und ich blieben im Gesellschaftszimmer. Ein paar Minuten später kehrte Hereward zu uns zurück, und Andrew kurz nach ihm; dann Bogan und dann Mrs Restorick und der Butler mit dem Tablett.«

»Sie meinen, jeder hätte dem Getränk etwas beimischen können?«

»Nein. Das ist das Problem. Mrs Restorick schwört, dass niemand außer ihr und dem Butler in der Küche gewesen sei – die Dienstmädchen waren alle schon zu Bett gegangen – und dass sie das Getränk die ganze Zeit im Blick gehabt habe. Und wenn sie selbst es war, die etwas hineingetan hat, wäre das doch das Letzte, was sie sagen würde, oder nicht? Wenn sie es also nicht getan hat, muss es jemand getan haben, nachdem das Tablett ins Gesellschaftszimmer gebracht worden war. Aber das Getränk war schon in die Gläser gefüllt worden und ... Herrgott, was bin ich doch für ein Narr! ... Ich habe den Zucker vergessen. Staubzucker. Da kann man ohne Weiteres jede Menge Schlafpulver drüberstreuen, ohne dass es jemand merkt. Aber wir gingen alle umher und unterhielten uns, ich habe keine Ahnung, wer eine Gelegenheit gehabt haben könnte, es zu tun.«

»Haben alle Zucker in ihr Getränk getan?«

»Ich habe nicht *bemerkt*, dass jemand abgelehnt hätte. Andrew hat ihn rumgereicht.«

»*Das* klingt nach einer Sackgasse, es sei denn, wir finden noch ein paar Beweise.«

»Das scheint mir unwahrscheinlich. Nach der Sache mit Andrews Milch hätte jeder, der gesehen hätte, dass ein Mann oder eine Frau weißes Pulver in unseren Zucker schüttet, es sofort gesagt. Aber der Punkt ist, dass das kaum eine spontane Idee war. Wer auch immer sicherstellen wollte, dass keiner von uns mitten in der Nacht aufwacht, würde wohl kaum die ganze Zeit Schlafpulver mit sich herumtragen in der Hoffnung, es würde sich schon irgendwann eine Gelegenheit ergeben, es anzuwenden.«

»Es sei denn, er ist verrückt«, sagte der Superintendent.

»Was die Möglichkeit ausschließt, dass Bogan es getan hat. Andererseits hat Bogan Constable Robins niedergeschlagen, und Bogan ist ohne jeden Zweifel verschwunden. Nun gut. Wir suchen also einen Komplizen von Bogan – jemanden, der schon im Haus war und ausreichend Zeit hatte, Vorbereitungen zu treffen, um uns einzuschläfern.«

»Dafür bietet sich ganz klar Andrew Restorick an, da auch er sich aus dem Staub gemacht hat.«

»So sieht es aus. Das würde erklären, warum er und Bogan sich solche Mühe gegeben haben, den Eindruck zu erwecken, sie wären Todfeinde. Auch wenn Andrew es damit ganz schön übertrieben hat, wenn Sie mich fragen. Aber sie haben auf jeden Fall verhindert, dass der Verdacht aufkam, sie könnten Komplizen sein.«

Superintendent Phillips kratzte sich am Kopf. »Ja, Sir. Vielleicht. Aber *wobei* waren sie Komplizen? Beim Mord an Miss Restorick? Warum hätten sie das tun sollen?«

»Blount hat herausgefunden, dass Bogan vermutlich im Verborgenen mit Kokain gehandelt hat. Aber wir wissen noch nicht, wo er den Stoff herbekommen und über wen er ihn vertrieben hat. War Andrew daran beteiligt? Und hatte Elizabeth das herausgefunden? Andrew verbrachte einen großen Teil seiner Zeit im Ausland, das könnte bedeutsam sein.«

»Da könnte was dran sein, Sir. Aber warum sollten Bogan und Andrew Restorick gerade jetzt abhauen, und von hier?«

»Sie wussten, dass sie in London beschattet wurden und dass es schwierig und riskant sein würde, die Männer vom C. I. D. abzuschütteln. Hier ist es vergleichsweise leichter zu fliehen. Der *Zeitpunkt* der Flucht ist schwieriger zu verstehen. Vielleicht hatten sie einen Grund zu glauben, dass ihnen Will Dykes' ›Verhaftung‹ gefährlich werden könnte.«

»Ich hätte gedacht, sie würden sich sicherer fühlen, nachdem eine Verhaftung vorgenommen worden war.«

»Ja. Es sei denn, sie haben meine kleine List durchschaut.«

»Gut, Sir. Ich schaue jetzt mal lieber nach, wie meine Männer oben vorankommen. Ich sagte ihnen, sie sollen Andrews Zimmer gründlich durchsuchen.«

Der Superintendent ging hinaus, und Nigel wurde immer klarer, wie schwach seine Theorie eigentlich war. Er verbrachte die nächste Stunde damit, mit Mitgliedern der Hausgemeinschaft zu sprechen. Charlotte Restorick schien sich von ihrem Schock erholt zu haben, war aber immer noch verwirrt und besorgt über die unvorhergesehene Wendung. Nigel befragte sie ausführlich über Andrews Verhalten seit seiner Ankunft. Die Nachricht von Dykes' Verhaftung habe ihn sehr erschüttert, sagte sie, wie die anderen natürlich auch, aber er habe nicht zu erkennen gegeben, dass er in der Lage sei, etwas in der Angelegenheit zu unternehmen. Tatsächlich habe er einen erheblichen Teil seines ersten Nachmittags in Easterham damit verbracht, John das Schießen mit einem Luftgewehr beizubringen, das er ihm aus London mitgebracht hatte. Charlotte versicherte ihm erneut, dass am Abend zuvor unmöglich in der Küche etwas in die heißen Getränke gemischt worden sein könne.

Hereward Restorick konnte ihm auch nicht mehr sagen, außer dass sein Bruder gestern ziemlich »überdreht« gewirkt habe. Bogan habe nichts von Bedeutung gesagt, als er ihn am vergangenen Abend auf sein Zimmer gebracht habe. Es war Eunice Ainsley, die Nigel den ersten Hinweis auf die Wahrheit gab, auch wenn er es zuerst nicht erkannte. Sie hätten über Will Dykes gesprochen, erzählte sie Nigel; sie habe gesagt, sie habe die ganze Zeit gewusst, dass er der Mörder sei – er sei krankhaft eifersüchtig auf Elizabeth gewesen. Solche ruhigen, beschränkten kleinen Männer würden sich am Ende immer als Verbrecher herausstellen – wie dieser Crippen. Und so weiter. Andrew, fuhr sie fort, sei nicht sehr mitteilsam gewesen. Schließlich aber (von dieser ziemlich anstrengenden Frau aus seiner Schweigsamkeit gelockt, dachte Nigel) habe er gesagt: »Seien Sie sich Ihrer Sache mal nicht so sicher, meine liebe Eunice. Ich fürchte, Sie werden enttäuscht werden, wenn Sie denken, dass Dykes am Galgen enden wird.«

»Als würde ich wollen, dass der arme kleine Mann gehängt wird«, fügte Eunice in klagendem Ton hinzu.

Nigel verabschiedete sich von ihr, sobald die Höflichkeit es zuließ, und ging nach draußen. Während er auf der schneebedeckten Terrasse auf und ab ging, ohne auf seine Umgebung zu achten, dachte er über diese neue Entwicklung nach.

Sie bestätigte in gewisser Weise, was er die ganze Zeit gedacht hatte – dass Andrew entscheidende Informationen über den Mörder zurückgehalten hatte. Dykes würde nicht am Galgen enden, hatte Andrew erklärt, was mit Sicherheit bedeutete, dass er wusste, wer der wahre Mörder war. Nigels List *hatte* also funktioniert. Aber warum war Andrew dann verschwunden? Die einzige vernünftige Antwort schien zu sein, dass er, nachdem gestern Abend alle zu Bett gegangen waren, X des Verbrechens bezichtigt hatte, worauf X ihn tötete und die Leiche wegschaffte.

Aber warum war Bogan ebenfalls abgehauen? Einfach. Jeder Schuljunge könnte dir das sagen. Weil Bogan X ist, der Mörder. Aber diesmal irrte sich der Schuljunge. Der Schlaftrunk machte diese Theorie zunichte. Selbst wenn man annahm, Bogan könnte etwas in die Ovomaltine gemischt haben, warum sollte er? Er war gerade erst im Haus eingetroffen. Andrew hatte noch keine Zeit für eine Machtprobe gehabt.

Nein. Nicht unbedingt. Andrew hätte durchblicken lassen

können, dass er Bogans dunkles Geheimnis kannte, während sie beide noch in London waren, vielleicht als er Bogan für das Wochenende eingeladen hatte. Sie kommen besser ins Manor, oder ich enthülle alles. Es war lustig, Sie zu erpressen, aber jetzt ist Schluss mit lustig. Ich kann nicht zulassen, dass der falsche Mann dafür büßen muss. Ja, Erpressung könnte die Erklärung für Andrews Geheimniskrämerei sein. Eine neue Erfahrung für Bogan - sich auf der anderen Seite der Erpressung wiederzufinden. Er hätte daraufhin beschließen können, Andrew zu beseitigen, und hatte einen entsprechenden Plan ausgeheckt.

Wenn diese Theorie richtig sein sollte und Bogan die Ovomaltine dazu benutzt hatte, die Hausbewohner einzuschläfern, was folgt dann daraus? Natürlich lehnt er selbst den Zucker ab (zur Erinnerung: herausfinden, ob jemand seine Ablehnung bemerkte). Er begibt sich in Andrews Zimmer, tötet ihn im Schlaf, geht hinunter, um den Constable außer Gefecht zu setzen und sich freie Bahn zu verschaffen, bringt Andrews Leiche in die Garage und ab nach Buenos Aires. Unterwegs versenkt er die Leiche noch in einer schönen tiefen Schneeverwehung.

Schon gut, schon gut, sagte Nigels imaginärer Gesprächspartner. Du bist fabelhaft. Aber wenn Bogan Andrew tötete, während er schlief, warum sah Andrews Zimmer dann aus, als hätte ein Dutzend Freistilringer eine Trainingsrunde darin veranstaltet?

Das ist einfach, erwiderte Nigel. Bogan hat den Raum auf den Kopf gestellt, um sicherzugehen, dass Andrew keinen schriftlichen Beweis gegen ihn zurückgelassen hat.

Ganz schön exzentrisch! Er setzt Himmel und Erde in Bewegung, um jeden Beweis für seinen ersten Mord zu zerstören, und haut dann in einer Weise ab, als wollte er sich selbst eines zweiten anklagen.

Aber er hat nicht beabsichtigt, dass wir das annehmen. Er geht davon aus, dass wir denken, dass er und Andrew sich gemeinsam aus dem Staub gemacht haben – lebend.

Und damit stillschweigend einräumen, dass sie Komplizen beim ersten Mord waren?

Oh, stell dich nicht so an!

Nigel setzte seinem Advocatus Diaboli mit einer so heftigen Frage zu, dass der Kalfaktor, der unter der Terrasse vorbeikam, abrupt stehen blieb und sich erkundigte, ob der Herr etwas benötige.

»Ja, das tue ich«, sagte Nigel. »Ich möchte nur einen einzigen glasklaren Hinweis. Das ist doch nicht zu viel verlangt, oder? Aber niemand gibt ihn mir.«

Der Kalfaktor schüttelte mitfühlend den Kopf und ging weiter, bedeckt mit Sackleinen. Währenddessen kam John Restorick mit seinem Luftgewehr um die Ecke.

»He, Master John! Haben Sie meine Schippe geklaut? Aus dem Heizkeller? Haben Sie sie irgendwo gesehen?«, brüllte der Kalfaktor.

»Nein. Ich weiß nicht, wo sie ist. Schauen Sie mir zu, wie ich die Amsel schieße!«

»Racker«, murrte der Mann. »Das war ne gute Schippe. Versteh nich, was hier los ist. Sie legen Mr Robins hinter meinen Kessel und klauen dafür meine Schippe. Scheiß Hitler!«

Nigel beobachtete wohlwollend den Rückzug des Mannes. Sein Gebet war doch noch erhört worden. Muss mich nur vergewissern, dass die Schaufel wirklich weg ist.

KAPITEL 20

Die Erde konnte uns beide nicht tragen, und ein Himmel kann nicht meinen Todfeind und mich enthalten.

ROBERT SOUTHEY

»Also, Strangeways, diesmal haben Sie wirklich einen Bock geschossen. Ich sagte Ihnen ja, das ist ein riskanter Plan. Zwei unserer Verdächtigen sind verschwunden, und Sie haben rein gar nichts vorzuweisen.«

Blount war überaus schlecht gelaunt. Seine Augen hinter dem goldgeränderten Kneifer starrten Nigel wie versteinert an.

»Ich würde nicht sagen, dass ich rein gar nichts vorzuweisen habe. Wir haben sie aus der Deckung gelockt. Und Sie werden sie schon bald finden: Es ist schwer heutzutage, das Land zu verlassen. Sie haben ihre Steckbriefe in Umlauf gebracht, nehme ich an.«

»Hm. Noch mehr Arbeit für mich. Nächste Woche werden wir aus dem ganzen Land Berichte von Leuten bekommen, die behaupten, sie hätten einen Mann mit Bart gesehen. Ich kenn das.«

»Das wird Sie wenigstens vom Krieg ablenken. Außerdem, dafür werden Sie schließlich bezahlt, oder nicht?«

»Es gibt Zeiten, da wünschte ich mir, Sie würden vergiftet. Still und leise aus dem Weg geräumt.«

»Schön, wenn Sie so über mich denken, dann werde ich die weitere Zusammenarbeit verweigern und davon absehen, Ihnen zu sagen, wo Sie nach der Leiche von Andrew Restorick suchen müssen.«

»Ist das ein Geständnis? Wünschen Sie die Anwesenheit eines Stenografen?«, fragte Blount säuerlich. Er spielte ein paar Augenblicke mit seinem goldenen Stift. »Die *Leiche* von Andrew Restorick haben Sie gesagt?«

»Ja. Die Leiche.«

»Hmpf! Also dann, wo ist sie?«

»Vergraben in einer Schneeverwehung.«

»Das ist, äh, sehr hilfreich. In *welcher* Schneeverwehung? Es mag Ihrer Aufmerksamkeit entgangen sein, dass mehr als nur eine die Landschaft schmückt.«

»Seien Sie nicht so schnodderig. Es fehlt eine Schaufel aus dem Heizkeller. Der Kalfaktor schwört, dass er sie gestern Abend benutzt hat. Der örtliche Constable wurde im Heizkeller abgelegt. Unmittelbar, bevor er niedergeschlagen wurde, streifte er den Bart des Angreifers. Es gibt also nur einen möglichen Tathergang. Bogan tötete Andrew und nahm die Schaufel mit, um die Leiche vergraben zu können. Aber der Boden ist gefroren. Deswegen konnte er kein echtes Grab ausheben. Also benutzte er die Schaufel, um ein Loch in eine Schneeverwehung zu graben. Der Neuschnee würde seine Arbeit vertuschen. Den Schnee werde ich nie mehr mögen, seit Maurice starb.«

»Das mag ja sein«, bemerkte Blount, etwas milder gestimmt. »Aber das bringt uns der Leiche nicht wirklich näher.«

»Sie werden warten müssen, bis Sie den Wagen finden, in dem er weggefahren ist. Wenn sich darin Blut oder Haare oder so etwas befinden, werden Sie wissen, dass Bogan Andrew nicht hier vergraben hat. Ihre Männer, die den Reifenspuren folgen, werden Ihnen sagen können, in welche Richtung er gefahren ist.«

»Es wäre nicht gerade überraschend, Andrews Haare in dem Wagen zu finden, wenn man bedenkt, dass es seiner ist«, sagte Blount.

»Nun ja, man kann nicht alles haben. Ich versuche nur zu helfen. Ich weiß, ich bin nur ein schwachsinniger Oxford-Absolvent.«

»Ganz genau. Vielleicht können Sie mir dann ja sagen, warum Bogan Andrew getötet hat?«

»Mit Vergnügen. Weil die vermeintliche Verhaftung von Will Dykes Andrew veranlasste, Bogan gegenüber seine Deckung aufzugeben.«

»Wenn Andrew wirklich belastende Beweise gegen Bogan hatte und wollte, dass Dykes freikommt, warum um alles in der Welt ging er damit nicht zur Polizei?«

»Das weiß ich noch nicht. Das beschäftigt mich. Das und wie Bogan es schaffte, das Schlafpulver in unsere Ovomaltine zu mischen. Ich habe Eunice und die Restoricks gefragt, aber keiner von ihnen hat irgendwas Verdächtiges bemerkt.«

Blount holte eine komplizierte Apparatur aus seiner Tasche und rollte sich eine Zigarette. Als er sie angezündet und ein paar Tabakfäden von seiner Zunge entfernt hatte, sagte er:

»Das Schlafpulver ist ein interessanter Punkt. Sie haben mich überzeugt, dass es nur über die Ovomaltine verabreicht werden konnte. Und die einzige Person, die es gefahrlos und in aller Ruhe in das Getränk oder den Zucker hatte mischen können, war Mrs Restorick.«

»Aha!«

»Nun denn. Darauf könnte man eine Theorie aufbauen. Die Restoricks sind mit ihrem ersten Versuch, Andrew zu ermorden, gescheitert. Sie ergreifen die Gelegenheit der erneuten Zusammenkunft aller Beteiligten, um es noch einmal zu versuchen. Aber der Verdacht muss in eine andere Richtung gelenkt werden. Daher töten sie Bogan sowie Andrew, schaffen ihre Leichen in den Wagen ... Übrigens war die Garage gestern Abend verschlossen, nachdem Bogans Wagen hineingefahren worden war, sodass ich nicht so recht sehe, wie *er* sie hätte öffnen können ... Wo war ich ... Ach ja, Hereward fährt die Leichen weg, schaufelt ein gemeinsames Grab für sie, lässt den Wagen stehen und geht zu Fuß nach Hause, während Mrs Restorick Andrews Zimmer verwüstet, damit es so aussieht, als hätte ein Kampf stattgefunden. Dr. Bogans Sachen haben sie da natürlich schon weggeschafft und versteckt, damit alle glauben, Bogan sei aus freien Stücken verschwunden. Die Restoricks werden nun sowohl Elizabeths als auch Andrews Geld erben.«

Nigel blickte Blount direkt in die Augen. »Ich glaube«, sagte er schließlich, »ich glaube wirklich, dass Sie versuchen, mich auf den Arm zu nehmen. Inspector Blount erlaubt sich einen Spaß. Ist das eine Aufnahme? Gut, gut, gut. Aber merkwürdigerweise hat dieser unpassende Scherz etwas in mir zum Klingen gebracht. Einen sehr interessanten Gedanken.«

Nigel eilte zur Hinterseite des Hauses und fand den Chauffeur in der lässigen Art seines Berufsstands am Daimler der Restoricks lehnen. Mit ein paar Fragen entlockte er ihm die

Information, dass es drei Garagenschlüssel gab; einen hatte der Chauffeur selbst, und er behauptete, dass er letzte Nacht in seiner Tasche gewesen sei; ein zweiter sei im Besitz von Mr Restorick; der dritte würde an einem Haken innen an der Hintertür hängen. Nigel bat den Mann, ihm den Haken zu zeigen. Sie gingen hinein.

»Das ist komisch«, sagte der Chauffeur. »Er ist nicht da.«

»Hat sich Mr Andrew Ihren Schlüssel ausgeliehen, als er Dr. Bogans Wagen letzte Nacht in die Garage gefahren hat?«

»Nein, Sir.«

Nigel suchte Hereward auf und stellte ihm die gleiche Frage. Wieder lautete die Antwort »Nein«. Dann musste Andrew also den dritten Schlüssel benutzt haben.

»Wie lange ist Ihr Chauffeur schon bei Ihnen?«

»Wie? Oh, drei Jahre. Ein sehr zuverlässiger Bursche. Es liegt doch nichts gegen ihn vor, hoffe ich«, erwiderte Hereward.

Nigel blieb keine Zeit zu antworten, denn es klopfte an der Tür des Arbeitszimmers, und Blount kam herein.

»Ich dachte, Sie sollten es wissen, Mr Restorick. Der Wagen Ihres Bruders wurde gerade gefunden, drei Meilen entfernt an der Chelmsford Road.«

Hereward runzelte die Stirn. »Dann scheinen sie ja nicht sehr weit gekommen zu sein«, sagte er. »Ich versteh das alles nicht.«

»Der Wagen ist in eine Schneewehe hineingefahren worden.« Blount beobachtete Hereward aufmerksam.

»Was? Hineingefahren worden ... Sie meinen, das war Absicht?«

»Vielleicht. Vieleicht war es auch ein Unfall.«

»Wenn Bogan am Steuer saß, ist das sehr wahrscheinlich.

Er war ein miserabler Fahrer, wissen Sie. Musste immer Howells oder Andrew bitten, seinen Wagen für ihn in unsere Garage zu fahren und auch wieder hinaus. Ist natürlich ein bisschen knifflig, darin zu manövrieren. Ich sollte sie etwas vergrößern lassen.«

»Verstehe. Nun gut, wir bringen den Wagen nach Chelmsford, um ihn zu untersuchen. Vielleicht finden wir ja etwas.«

»War er ... äh ... leer, als er gefunden wurde?«

»Ja. Das heißt keine Koffer oder so etwas.«

»Wollen Sie jetzt gleich nach Chelmsford?« Hereward sah Blount nachdenklich an und zupfte an seinem flachsblonden Schnurrbart. »Ich bringe Sie hin, wenn Sie wollen.«

»Das wäre sehr freundlich von Ihnen.«

Als er im Daimler neben Hereward saß und sie mit klirrenden Schneeketten vorsichtig die kurvenreiche, tief verschneite Straße entlangfuhren, dachte Nigel nach. Angenommen, Blounts kleines Gedankenspiel erwiese sich als korrekte Interpretation der Fakten. Andrews Wagen stand nur drei Meilen entfernt. Damit hätte Hereward nur einen recht kurzen Weg zurück zum Haus gehabt, wenn er derjenige gewesen war, der ... Nigel blickte verstohlen zu der steifen, korrekten, in einen karierten Reitmantel aus Tweed gehüllten Gestalt neben sich und versuchte sich vorzustellen, wie Hereward in den frühen Morgenstunden zwei Leichen durch den Schneesturm fuhr.

»Eine schwierige Straße im Dunkeln, nehme ich an, bei den augenblicklichen Verdunkelungsvorschriften«, bemerkte er sanft.

»Ja. Kein Wunder, dass Bogan von der Fahrbahn abkam. Es überrascht mich, dass er es überhaupt zu uns geschafft hat.«

Hereward blinzelte und runzelte leicht die Stirn. Nun gut, dachte Nigel, das bedeutet gar nichts. Er ist vielleicht vom Schnee geblendet und steht noch unter der Wirkung des Schlafpulvers, oder er täuscht es nur vor; oder er hat das Schlafpulver erst genommen, als er letzte Nacht von seiner kleinen Spritztour mit den zwei Leichen zurückgekommen ist.

»Hatte er keinen Chauffeur?«, fragte Nigel.

»Oh doch, ich glaube schon. Aber er hat ihn nicht mitgebracht. Ich sag Ihnen, was mich verwirrt«, fuhr Hereward fort, nachdem er den Wagen, der ins Schlingern geraten war, wieder unter Kontrolle gebracht hatte. Nigels Magen war derweil unter die Räder geraten. »Ihre Frage nach den Garagenschlüsseln hat mich zum Nachdenken gebracht. Wie hat Bogan die Garage letzte Nacht geöffnet?«

»Vermutlich mit dem dritten Schlüssel. Dem, mit dem Andrew sie abgeschlossen hatte.«

»Das ist genau der springende Punkt. Wenn er bei uns war, hat er seinen Wagen nie selbst in die Garage gefahren oder ihn wieder herausgeholt. Wie konnte er da wissen, wo der Schlüssel sich befand?«

»Wenn er seine Flucht geplant hat, hätte er alles darangesetzt, es herauszufinden«, erwiderte Nigel beiläufig. Die Schlüssel interessierten ihn nicht länger. Er fragte sich vielmehr, warum Hereward den Wagen gerade jetzt ins Schlingern hatte geraten lassen, ob es durch Herewards unfreiwilliges Zusammenzucken angesichts seiner Frage nach dem Chauffeur verursacht worden war. Aber warum sollte die Frage, ob Bogan einen Chauffeur hatte, Hereward erschrecken?

Eine Theorie kristallisierte sich in Nigels Kopf heraus, so fantastisch wie die Schneemuster auf den Weiden, an denen sie vorbeifuhren. Angenommen, Bogans Chauffeur hätte ihn hergefahren. Wenn Bogan das Hauptopfer der Geschehnisse der letzten Nacht war, würde der Verbrecher auch seinen Chauffeur aus dem Weg räumen wollen. Andrew hatte den Wagen weggeschafft; hatte er auch den Chauffeur weggeschafft? Waren er und Hereward Komplizen? Erneut veränderte sich die Konstellation der *dramatis personae*. Nein, das war unmöglich. Ein Dutzend Einwände. Schon die oberflächlichste Untersuchung würde ergeben, dass der Chauffeur mit seinem Herrn nach Easterham gekommen war – und wo würden Andrew und Hereward dann landen?

Sie erreichten eine Biegung der Straße, wo ein Mann vom Abschleppdienst ihnen bedeutete, die Geschwindigkeit zu verringern. Direkt hinter der Kurve steckte ein Wagen tief in einer Schneeverwehung. Andrew Restoricks Wagen. Ein Sergeant und ein Constable, die neben ihm standen, grüßten Blount.

»Da gibt es kaum einen Zweifel«, sagte Blount nach einer kurzen Untersuchung. »Schauen Sie nur, wie tief der Wagen im Schnee steckt. Er muss hineingefahren worden sein, aus Versehen oder mit Absicht, bevor er hier zurückgelassen wurde.«

Und ein Verbrecher auf der Flucht, dachte Nigel, würde das nicht absichtlich tun – nicht, wenn er dann mehrere Meilen bis zum nächsten Bahnhof zu Fuß gehen muss. Auf ein Wort von Blount hin begannen die Polizisten und der Mann vom Abschleppdienst, das Fahrzeug aus dem Schnee zu befreien. Es würde nach Chelmsford gebracht werden, wo die Experten den Wagen untersuchen würden.

In der Zwischenzeit stießen alle Männer, die Phillips erübrigen konnte, mit Stöcken, Stangen und Schaufeln in die Schneeverwehungen ringsum, wobei sie sich in einem groben Halbkreis von dem feststeckenden Wagen in die Richtung vorarbeiteten, aus der sie gekommen waren. Wenn der Fahrer nicht einen großen Umweg gemacht hatte, um den Leichnam loszuwerden, oder ihn weit von der Straße weggeschleppt hatte - was angesichts der Dunkelheit und seinem natürlichen Wunsch nach Eile unwahrscheinlich war -, sollten sie ihn bald finden.

Hereward starrte ausdruckslos auf den verlassenen Wagen und zupfte an seinem Schnurrbart. Er wirkte seltsam hilflos, als wäre es sein eigener Wagen und niemand in der Nähe, der ihm helfen könnte.

»Machen Sie sich keine zu großen Sorgen, Mr Restorick«, sagte Blount. »Wir sind mit unseren Ermittlungen noch nicht am Ende. Es kann durchaus eine andere Erklärung geben. Wollen wir losfahren?«

Als sie auf der Polizeiwache ankamen, waren Nachrichten für Blount eingetroffen. Phillips' Männer hatten auf den Bahnhöfen in der Nähe nachgefragt. Es war jedoch niemand, der Bogans oder Andrews Beschreibung entsprach, gesehen worden, wie er in den frühen Morgenstunden in einen Zug gestiegen war. Aber gerade war noch ein Anruf von Scotland Yard hereingekommen. Ein Bahnsteigschaffner an der Endstation der Linie in London, der von einem Mann des C. I. D. befragt worden war, hatte in der Beschreibung, die ihm von Dr. Bogan gegeben worden war, einen Passagier erkannt, der den 5-Uhr-20-Bummelzug verlassen und die Sperre passiert hatte. Ein bärtiger Mann mit blasser Gesichtsfarbe und einem Buckel. Der Passagier war ihm besonders aufgefallen, weil er seine Fahrkarte erst an der Sperre bezahlt hatte, mit der Begründung, er habe keine Zeit gehabt, in Chelmsford eine zu kaufen. In dem Zug seien nur wenige Passagiere gewesen, und der Schaffner war, nachdem ihm die Beschreibung von Andrew Restorick gegeben worden war, bereit zu schwören, dass er nicht unter ihnen gewesen sei.

Blount warf Nigel einen bedeutsamen Blick zu, als er sich dem Telefon zuwandte.

»Ich bin mir da nicht so sicher«, sagte Nigel, mehr aus Sturheit denn aus Überzeugung. »Andrew kann an einem anderen Bahnhof ausgestiegen sein. Vielleicht hat er auch gar keinen Zug genommen. Wenn sie Komplizen sind, wäre das Letzte, was sie tun würden, zusammen nach London zurückzukehren.«

»Nein. Das überzeugt mich nicht. Die offensichtliche Interpretation ist die richtige. Bogan hat Andrew Restorick getötet. Und er wird nicht ungestraft davonkommen – diesmal nicht.«

Blount rief New Scotland Yard an und gab seine Befehle. Die Suche nach Dr. Dennis Bogan sollte ausgeweitet, jeder Hafen und jeder Landeplatz überwacht werden. Es war jetzt nur noch eine Frage der Zeit ...

Aber die Tage vergingen, eine ganze Woche verstrich, und noch immer keine Spur von dem lebenden Dr. Bogan oder dem toten Andrew Restorick. Sie waren so gründlich verschwunden, als wären sie mit dem Schnee verschmolzen, der die Landschaft bedeckte.

KAPITEL 21

Unsere Herzen, mein Liebling, wurden geformt, um
die wahren Zwillinge des Mitgefühls zu sein,
sie leben mit einem Empfinden.
THOMAS MOORE

Nigel war extrem wetterempfindlich. Später behauptete er, die lähmende Kälte jener beiden Wintermonate habe seinen Verstand daran gehindert, richtig zu funktionieren. Selbst wenn ihm größere Bruchstücke der Wahrheit ins Gesicht geschleudert worden seien, hätten sie keinen Abdruck in seinem benommenen Auffassungsvermögen hinterlassen. Ob man dem nun Glauben schenken mag oder nicht, kein Zweifel besteht jedenfalls, dass er an einem Abend zehn Tage nach dem Verschwinden von Andrew und Bogan zur Lösung des Restorick-Falls ansetzte, als Superintendent Phillips mit dem rituellen unauffälligen Himmelblick des Landbewohners bemerkte: »Das Wetter wird sich bald ändern, Mr Strangeways.«

Eine Reihe von Bildern blitzte in Nigels Kopf auf. Seine erste Ankunft in Easterham. Das zart mit Schnee überzogene Dower House. Clarissa Cavendishs über ihrem meisterhaft geschminkten Gesicht aufgetürmtes schneeweißes Haar. Will Dykes und er auf ihrem Spaziergang durch das

Birkenwäldchen. Andrew, der den Schneemann baute, während Eunice Ainsley versuchte, lustig zu sein. John Restorick, der mit seinem Luftgewehr im Garten herumstrolchte. Hereward, der die flache, eintönige Landschaft betrachtete und sich umdrehte, um Priscilla sanft für eine falsche Note zu tadeln, die sie auf dem Klavier gespielt hatte. Charlotte, die in Gummistiefeln, einen Korb über dem Arm, die Einfahrt hinunterging, um im Dorf gute Fee zu spielen, als hätte sie ihr Leben lang nichts anderes getan. Dr. Bogan, der sich den Schnee vom Kragen klopfte, als er bei seinem letzten Besuch in die Eingangshalle trat.

»Schnee war gefallen, Schnee auf Schnee, Schnee auf Schnee.« Er hatte den ganzen Fall verschleiert, war in jede Ecke eingedrungen. Und nicht nur Schnee, sondern »Schnee«. In der letzten Woche hatten Blounts Nachforschungen immerhin die ganze Verdorbenheit von Bogans Charakter offenbart. Es stand jetzt außer Zweifel, dass Bogan jahrelang und mit kriminellem Scharfsinn und Opportunismus, die an Genialität grenzten, seine berufliche Stellung als Deckmantel für Kokainhandel und Erpressung benutzt hatte. Das Drogendezernat des C.I.D. hatte schließlich seine Lieferanten und ihre Quelle für den Stoff aufgespürt. Als Blount einen nach dem anderen die Patienten auf Bogans langer Liste befragt hatte, hatte er detailliert die Methoden erfahren, nach denen Bogan gearbeitet hatte. Das Beeindruckendste an Bogan war sein Riecher für die richtigen Patienten. Ein hoher Prozentsatz seiner Behandlungen war echt – ein so hoher, dass seine Ergebnisse nie angezweifelt worden waren. Aber selbst bei diesen benutzte er die intimen Details, die ihm im Laufe der Behandlung enthüllt wurden, häufig, um seine Patienten zu erpressen. Die Frau, mit der sich Eunices Freundin getroffen hatte, war nur eine von mehreren Verbündeten, die Bogan in diesem Zweig seiner kriminellen Machenschaften beschäftigt hatte. Seine Drogenopfer – die »erfolglosen« Behandlungen – waren mit der gleichen Geschicklichkeit ausgewählt worden. Es waren immer Leute gewesen, die das Bekanntwerden ihrer Sucht ganz besonders fürchteten – junge Frauen in der Regel, Töchter reicher Eltern.

Aber der dunkelste Aspekt von Bogans Aktivitäten war ihre mutwillige Bosheit. Seine normalen Gebühren für professionelle Behandlungen waren hoch genug, um ihn zu einem reichen Mann zu machen, der kriminelle Nebentätigkeiten nicht nötig hatte. Blounts Ermittlungen machten es mehr als offensichtlich, dass Bogan tatsächlich Andrews Beschreibung einer Person entsprach, die das Böse feiert. Nicht Reichtum und Stellung reizten ihn, sondern die abscheuliche Befriedigung, Menschen körperlich und seelisch zu zerstören. Hinter seiner undurchsichtigen Persönlichkeit, seiner distinguierten, unnahbaren Art verbarg sich eine furchtbare Freude an der Macht, eine so perverse Genialität, dass er diese Freude nur in der Verdorbenheit empfinden konnte.

Und damit, dachte Nigel, kommen wir zu Elizabeth Restorick zurück – zu diesem Körper, der nackt in dem nach Sandelholz duftenden Zimmer gehangen hatte, das Auge blendend, der Körper einer Frau, die lüstern, launenhaft, töricht und schamlos, aber niemals kleinlich, niemals feige gewesen war. Die langen Gespräche, die er mit Miss Cavendish geführt hatte, hatten daran keinen Zweifel gelassen. Sie hatten ihm auch versichert, dass es, was immer zwischen Elizabeth und Bogan gewesen sein mochte, keine Erpressung gegeben haben konnte; eine Frau, die nicht den Hauch eines Rufs zu verlieren hatte und in ihrem Leben nie vor etwas davongelaufen war, konnte er nicht erpressen.

»Es wird nicht lange dauern, bis wir ihn finden, sobald das Tauwetter eingesetzt hat«, sagte der Superintendent.

»Nein. Aber es ist schon seltsam. Ihre Männer haben tagelang die Gegend abgesucht. Bogan muss einen äußerst ungewöhnlichen Ort gefunden haben, um die Leiche zu verstecken. Es kann ja wohl als sicher gelten, dass er sie nicht meilenweit entfernt begraben hat und den Wagen nur in der Nähe von Easterham in die Schneewehe gefahren hat, um uns auf eine falsche Fährte zu führen.«

»O ja, Sir. Daran besteht kein Zweifel. Er hatte keine Zeit dafür. Der Constable wurde unmittelbar nach 1 Uhr bewusstlos geschlagen. Der Koch, Sie erinnern sich, hat ausgesagt, dass er um 1 Uhr 45 gehört hat, wie ein Wagen aus der Garage gefahren wurde. Er hat frühestens um 1 Uhr 50 die Biegung erreicht, wo der Wagen in der Schneewehe feststeckte. Chelmsford, der nächstgelegene Bahnhof, liegt sieben Meilen entfernt, was in dem tiefen Schnee mindestens zwei Stunden Fußmarsch bedeutet. 3 Uhr 50. Und der Zug, mit dem er in London ankam, verließ Chelmsford um 4 Uhr 05. Das gibt ihm höchstens fünfzehn Minuten, um den Leichnam zu vergraben. Er konnte ihn also gar nicht allzu weit von der Straße zwischen Easterham und dem Bahnhof wegtragen.«

»Es verging eine ganze Menge Zeit zwischen dem Niederschlagen des Constables und dem Wegfahren von Andrews Wagen.«

»Wir haben auch das untersucht. In diesem Zeitraum musste er Mr Restorick töten und sein Zimmer durchsuchen – Sie haben ja selbst gesehen, wie gründlich es durchwühlt worden ist.«

»Ja. Das stimmt.«

Erneut schwiegen sie eine ganze Weile. Sie saßen im Pub in Easterham. Es war gerade mal halb sieben, und der kleine Schankraum war außer ihnen beiden leer.

Ja, das klingt alles sehr vernünftig, sagte Nigel zu sich selbst. Aber warum sollte Bogan überhaupt abhauen? Vermutlich, weil er in Andrews Zimmer den Beweis gegen ihn nicht gefunden hatte. Andrew hatte ihm zweifellos gesagt, dass ein solcher schriftlicher Beweis existiere, daher musste Bogan vermuten, dass Andrew ihn an einem sicheren Ort aufbewahrte, um aufzutauchen, falls ihm irgendetwas passieren sollte. Aber er war nie aufgetaucht. Weder Andrews Bank noch seine Anwälte und auch nicht seine Londoner Wohnung hatten etwas Derartiges enthüllt.

Die Theorie der Polizei lautete, dass Bogan den Beweis in Andrews Zimmer gefunden und mitgenommen hatte. Schön. Aber warum sollte er dann den Mord an Andrew eingestehen, indem er abhaute und die Leiche mit sich nahm? Er hätte mehrere Stunden Zeit gehabt, um ihn ebenfalls wie einen Selbstmord aussehen zu lassen. Die Polizei meinte, er habe die Nerven verloren. Bogan war ein niederträchtiger Mensch, aber er verlor nicht die Nerven. Selbst bei dem Mittagessen mit Nigel in London, selbst als er durch Nigels Bemerkungen erkannt haben musste, dass die Polizei in seinem Leben herumschnüffelte und jeden Moment die ungeheuerlichen Dinge herausfinden konnte, die sich hinter der professionellen Fassade abspielten – selbst da hatte er sich in keiner Weise beunruhigt gezeigt.

Kein Zweifel, wie andere Verbrecher seines Kalibers auch hatte er einen fanatischen Glauben an seine eigene Unfehlbarkeit. Aber das schwächte Nigels Argument nicht. Bogan war kein Mensch, der die Nerven verlor. Er war nicht abgehauen, nachdem er Elizabeth Restorick getötet hatte, weit gefehlt, seine Selbstbeherrschung war beinahe makellos gewesen.

Aber warum hatte er Andrew dann überhaupt getötet? Sicher nicht, weil Andrew Beweise für seine Drogen- und Erpresseraktivitäten hatte; die Polizei würde das mit größter Wahrscheinlichkeit früher oder später von allein herausfinden. Nein, schon eher, weil Andrew ihn mit dem Mord an Elizabeth in Verbindung bringen konnte. Aber warum hatte Andrew dann so lange gezögert, ihn zu überführen? War es nur eine Art Katz-und-Maus-Spiel? War es Rache?

Rache! Jetzt wurde es wärmer. Wenn Bogan Andrew nur getötet hätte, damit der sein Wissen über den Mord an Elizabeth nicht weitergeben konnte, in dem Glauben, dieses Wissen würde mit ihm sterben, dann wäre er nicht abgehauen. Wenn er aber gewusst hatte, dass das Spiel so oder so aus war, und geglaubt hatte, dass Andrew ihn besiegt hatte, dann *würde* er nach dem Mord verschwinden. Diese Theorie passte auch zu der Tatsache, dass Bogan gewartet hatte, bis die Einladung nach Easterham ihm die Gelegenheit gab, den Mord zu begehen und danach zu fliehen. In London, wo alle Verdächtigen engmaschig überwacht wurden, wäre die Aussicht, entkommen zu können, viel geringer gewesen.

Ein paar ungelöste Fragen gab es aber immer noch. Wie hatte Bogan das Schlafpulver in die Ovomaltine oder den Zucker gemischt? Warum hatte Bogan, wenn er den Mord allein aus Rache begangen und somit keine Notwendigkeit bestanden hatte, Andrews Zimmer nach belastenden Beweisen zu durchsuchen, so lange gezögert, das Haus zu verlassen? Warum war Andrews Zimmer überhaupt so verwüstet worden? Einen Kampf konnte es nicht gegeben haben, da Andrew vermutlich wie alle anderen seine Dosis Schlafpulver abbekommen hatte. Und wenn Bogan es doch nicht geschafft hatte, Andrew das Schlafmittel zu verabreichen, und ein Kampf stattgefunden *hatte*, warum hatte dann das Dienstmädchen nichts gehört?

Nigel seufzte laut. Der Superintendent sah ihn mitfühlend über seinen Bierkrug hinweg an.

»Fühlen Sie sich nicht wohl, Sir?«

»Ich fühle mich wie Laokoon. Ich fühle mich wie ein Schlangenmensch, der sich siebzigmal verknotet und vergessen hat, wie er die Knoten wieder lösen kann.«

Sie erhoben sich, um zu gehen. Auf der Dorfstraße merkte Phillips erneut an, dass das Wetter sich ändern würde. Nigel konnte ehrlich gesagt keine Veränderung des, wie es schien, endlos anhaltenden rauen und kalten Wetters feststellen, aber eine leichte Aufgeregtheit machte sich in seiner Magengrube bemerkbar, eine Art Vorahnung, wie die eines Dichters, in dem ein Gedicht aufzukeimen beginnt.

Er verabschiedete sich vom Superintendent und ging zum Dower House, wo er seit dem Verschwinden von Andrew Restorick wohnte. Nach dem Abendessen ermunterte er Clarissa Cavendish, noch einmal über Elizabeth und Andrew zu sprechen. Sie waren in den letzten Tagen gute Freunde geworden. Die langen Gespräche in Clarissas stilvollem Gesellschaftszimmer hatten sie zu Vertrauten gemacht, denn Miss

Cavendish hatte ihm das ganze Ausmaß ihrer Liebe für die jungen Restoricks offenbart. Durch ihre verdorbenen und zerstörten Leben war ihre eigene Tragödie sublimiert worden. Sie hatte nie ihre Privatsphäre verletzt und einen Vorteil aus ihrer Vertrautheit gezogen. Sie waren ihre »Traumkinder« geblieben, die von Clarissas Liebe zu ihrem Vater nichts gewusst hatten. Aber ihre ganze Kindheit hindurch und bei ihren Besuchen in Easterham als Erwachsene hatte sie sie mit der leidenschaftlichen Hingabe einer Mutter und der Distanz eines scharfen Verstands begleitet.

Als sie jetzt auf dem Stuhl mit der geraden Rückenlehne saß, die Hände auf dem Elfenbeinstock abgelegt, kam sie erneut auf ihr Lieblingsthema zu sprechen.

»Die arme Betty. Sie ist zweihundert Jahre zu spät geboren worden. Zu meiner Zeit«, sie hob missbilligend einen Finger und lächelte reumütig, »zu der Zeit, die ich gern die meine nenne, wäre ihre Lebensfreude anerkannt worden. Die Geschichtsbücher sagen, wir hätten Begeisterung damals abscheulich gefunden. Aber wir schämten uns unserer Gefühle wenigstens nicht. Die Liebe ließ uns schwärmen. Wir räumten der Trauer ihr Recht auf Tränen ein und gaben dem Tod ein elegantes Epitaph. Wenn wir tranken, endeten wir unter dem Tisch und nicht auf dem Beichtstuhl oder in der Apotheke. Betty hätte die Geliebte eines Königs sein können. Sie erinnern sich sicher an die Anekdote über die Herzogin von Marlborough.« Ihre glänzenden schwarzen Augen blickten Nigel verschmitzt an. »Wie sie einem Freund erzählte: ›Heute kam der Herzog aus dem Krieg zurück und befriedigte mich zweimal in seinen Stulpenstiefeln.‹ Ich finde ein solches Verhalten überaus wohltuend – das, wie ich vermute, die Fähigkeiten der Personen des öffentlichen Lebens unserer Zeit bei Weitem übersteigt. Ich denke, wir können mit Fug und Recht behaupten, dass eine solche heroische Impulsivität der Vergangenheit angehört. Männer sind, wie man so schön sagt, keine Männer mehr.«

»Und darum hat Betty sich Will Dykes zugewandt?«

»Eine scharfsinnige Bemerkung, mein lieber Nigel. Mr Dykes' Erziehung lässt viel zu wünschen übrig, aber wenigstens verfügt er über die Männlichkeit der Klasse, der er entstammt. Er würde, nehme ich an, eine Frau weder wie einen Engel noch wie einen Diktator noch wie eine Sau behandeln. Je mehr ich Hereward und Charlotte beobachte, desto mehr komme ich zu der Überzeugung, dass ihr Aufenthalt in der Neuen Welt das Gleichgewicht der alten durcheinandergebracht hat. Eine Frau mag sich ihren Mann als stillen Teilhaber in einem Geschäft wünschen, das sie selbst führt, aber das ist unnatürlich, und schon bald wird sie es einsehen. Will Dykes hätte Betty viel zugemutet, doch sie hätte das sicher dem Salonheldentum all ihrer anderen jungen Männer vorgezogen. Ich finde dieses moderne Katzbuckeln vor der Weiblichkeit grässlich. Was Betty brauchte, war ein charakterfester Mann – einer, der ihren Überschwang sowohl unterstützte als auch lenkte.«

»Und denken Sie, dass Andrew auch ein Anachronismus war?«

Clarissa starrte traurig in das flackernde Feuer. Tränen traten in ihre Augen.

»Andrews Leben ist die wahre Tragödie. Betty lebte wenigstens eine Art Leben, auch wenn es ein fruchtloses Blühen war. Andrews Leben aber hat nie angefangen. Sie mögen sagen, er hat alles gehabt – Charme, Geld, Muße, Esprit. Aber trotz alledem war er steril, vollkommen steril. Und ich übertreibe keineswegs. Seit dem, was Betty in Amerika zugestoßen ist, war er wie von Furien getrieben.«

»Sie meinen, er hat sich niemals vergeben, dass er seine Schwester hat hängen lassen?«

»Das und mehr. Bitte bedenken Sie, was für ein Schock der Skandal um Betty für einen jungen Menschen gewesen sein muss, der vorher nie mit dem Bösen konfrontiert gewesen war. Andrew – ich muss selbst meinem Liebling *ein paar* Fehler zugestehen – war eine Spur selbstgefällig. Damit meine ich, dass seine Ideale – und es waren sehr hohe – ererbt waren und nicht auf Erfahrung beruhten. Aber auch *das* bedeutete weniger als die Tatsache ihrer außergewöhnlichen Gleichheit. Ich habe Ihnen ja erzählt, dass sie wie Zwillinge waren. Ich erinnere mich, wie Andrew in ihrer Kindheit, wenn Betty einen Albtraum hatte, in ihr Zimmer zu kommen pflegte, um sie zu trösten. Er erzählte mir einmal, dass er es oft wusste, wenn sie einen Albtraum hatte. Er wurde davon wach, als würde er selbst aus einem Albtraum erwachen. Und so war es auch, als Betty dort durch die Hölle dieser furchtbaren Erfahrung ging. Andrew, dessen bin ich überzeugt, empfand das noch weitaus tiefer – körperlicher und unmittelbarer, sollte ich vielleicht sagen –, als ein normal liebender Bruder es tun würde.«

»Würden Sie sagen, dass seine geistige Gesundheit, im weitesten Sinne, davon beeinflusst wurde?«

»Geistige Gesundheit?« Ein Hauch ihrer alten Munterkeit schwang in ihrer Stimme mit. »Das ist ein äußerst vages Prinzip. Geistige Gesundheit liegt, wie so manche anderen Eigenschaften, im Auge – und den Vorurteilen – des Betrachters.

Sie selbst zum Beispiel dachten, als Sie zum ersten Mal hier waren, *ich* sei geistig verwirrt. Ist es nicht so?«

Nigel schmunzelte. »Wie Justitia mit ihrer Waage«, erwiderte er, »habe ich mein Urteil aufgeschoben.«

»Ah, Sie sind ein trauriger Tatsachenverdreher!«, sagte die alte Dame aufs Höchste entzückt. »Nein. Ich spreche nicht von geistiger Gesundheit. Lassen Sie uns sagen, dass das, was Betty zustieß, für ihn der Verlust seiner Unschuld war. Es war eine Verletzung, von der das Herz sich nie mehr erholt. Und er hatte nicht die nötige Widerstandskraft, die eine derbere Natur gestärkt hätte. Sein ganzes Leben seitdem«, sie senkte ihre Stimme zu einem brüchigen Flüstern, »war eine Buße für die Sünde, die, durch Betty, an ihm begangen worden war. Er war wie ein Mann, der ohnmächtig durchs Leben geht.«

Nigel war seltsam bewegt davon, ja fast ein bisschen erschrocken darüber, mit was für einer Bedeutung Clarissas zarte Stimme ihre Worte auflud. Ihre Augen glänzten im Schein des Feuers wie Brombeeren. Die Hände, auf ihrem Elfenbeinstock gefaltet, waren friedlich wie Sahne.

»Ich erinnere mich, als Betty zehn war …«, begann sie erneut.

Als er eine Stunde später im Bett lag, zündete Nigel sich eine Zigarette an und bemühte sich nach Leibeskräften, all die Theorien und Verworrenheiten aus seinem Kopf zu vertreiben, die um Elizabeth Restoricks Tod gewuchert waren wie das Dornengestrüpp um Dornröschen. Nach und nach nahmen sie Reißaus. Ein Durcheinander von Bildern ersetzte sie, und unter ihnen trat mit der Selbstsicherheit eines Dirigenten etwas nach vorn auf die Bühne, das Clarissa Cavendish ihm an diesem Abend erzählt hatte. Wie von selbst bat es, während er sich zurücklehnte und dem Treiben entspannt zuschaute, um Ruhe, gab den Instrumenten ein Zeichen und begann. Alles ergab sich von selbst: Jedes Bild spielte seine Noten in der Symphonie, übernahm die Führung und trug zu dem unvermeidlichen Thema bei, das Gestalt annahm. Die brennende Zigarette versengte seine Lippen. Gedankenverloren drückte er sie aus und nahm eine neue. Es hätte auch eine Marihuana-Zigarette sein können, er hätte es nicht bemerkt …

Am nächsten Morgen wurde er von dem Geräusch von Wasser geweckt. Es floss in den Regenrinnen, tropfte von den Traufen, sang überall. Superintendent Phillips hatte recht behalten. Das Wetter hatte sich geändert.

Gleich nach dem Frühstück watete Nigel durch den schmelzenden Schnee zum Manor. Dort sprach er mit Hereward Restorick, befragte die Dienstboten, redete kurz mit John und Priscilla und inspizierte den Kostümschrank. Am frühen Nachmittag kam er in London an und suchte Chief Inspector Blount auf.

»Sie machen einen furchtbar selbstzufriedenen Eindruck. Fall gelöst, nehme ich an?«

»Ja. Oder sagen wir, bis zu einem gewissen Punkt. Aber ich will mich nicht mit fremden Federn schmücken. Es hat mich einfach angesprungen. Letzte Nacht.«

»Ich habe gerade entsetzlich viel zu tun, Strangeways …«

»Nein, nein, ich meine es ernst. Kein Witz. Ich hatte heute Morgen ein Gespräch mit einem der Restorick-Kinder – dem Jungen. Er hatte die ganze Zeit den Schlüssel in Händen, ohne es zu wissen.«

Bedächtig schob Chief Inspector Blount die Papiere auf

seinem Schreibtisch beiseite, putzte seinen Kneifer, als wollte er einen klareren Blick auf Nigel haben, und bemerkte dann süffisant:

»Wen soll ich verhaften?«

Nigel nannte ihm einen Namen. Blounts glatte Gesichtszüge entgleisten förmlich. Sein Kneifer wackelte auf der Nase hin und her.

»Mann, was reden Sie denn da? Das ist unmöglich. Wir haben bereits …«

Auf der Ecke von Blounts Schreibtisch sitzend, begann Nigel zu erzählen.

KAPITEL 22

Wenn ich ihm mal die Hüfte rühren kann,
so tu ich meinem alten Groll gütlich.
WILLIAM SHAKESPEARE

Als Nigel am nächsten Morgen mit Will Dykes und Miss Cavendish zum Manor ging, konnten sie den Klang des Klaviers hören, in den sich die undeutliche Wassermusik des schmelzenden Schnees mischte. Eine Phrase wurde ziemlich mühselig zweimal gespielt, dann trat eine Pause ein. Dann erklang die Phrase erneut, perfekt diesmal.

»Hereward gibt Priscilla ihren Klavierunterricht«, sagte Clarissa.

»Er spielt sehr gut, nicht wahr?«, sagte Will Dykes. »Schon komisch, wenn man es recht bedenkt.«

»Trauen Sie uns das etwa nicht zu?«

Dykes antwortete nicht. Er betrachtete die Fassade des Manors, das steile Dach, von dem der Schnee sich in langen Streifen gelöst hatte. Dann sagte er:

»Ich hätte nie gedacht, dass ich noch mal in dieses Haus zurückkehren würde. Es liegt ein Fluch darauf.«

Ein paar Minuten später saßen sie im Gesellschaftszimmer zusammen mit den Restoricks und Miss Ainsley. Priscillas Klavierstunde war abgebrochen worden.

Nigel ließ seinen Blick über die Anwesenden wandern. Herewards Finger spielten immer noch unbewusst eine Phrase auf der Armlehne seines Sessels. Charlotte hatte vergessen, ihre Gummistiefel auszuziehen, nachdem sie aus dem Garten hereingekommen war – Schnee tropfte von ihnen auf den Teppich. Eunice starrte Nigel aufsässig an. Will Dykes fummelte an einem Westenknopf herum. Nur Clarissa Cavendish, deren zarter, glänzender Kopf über der voluminösen Kleidung, in die sie sich gehüllt hatte, klein wie eine Kamee wirkte, machte einen sehr gefassten Eindruck.

Nigel stellte sich mit dem Rücken an eines der französischen Fenster, die auf die Terrasse gingen.

»Auf die eine oder andere Weise«, sagte er, »interessieren Sie sich alle für das, was im Manor geschehen ist. Daher dachte ich, es sei nur gerecht, Sie alle die Erklärung hören zu lassen. Es ist gar nicht so leicht, einen Anfang zu finden.«

Er machte eine Pause. Um ihn herum herrschte eine quälende Gehemmtheit, die irgendwie auf ihn abfärbte.

»Ich erzähle Ihnen am besten erst einmal, wie ich auf die Wahrheit gestoßen bin. John hat sie mir gesagt.«

Charlotte presste unwillkürlich die Hand auf ihre Lippen.

»Keine Sorge«, sagte Nigel. »Er weiß nicht um die Bedeutung des Ganzen, und er muss es auch nicht wissen. Ich hatte gestern Morgen ein Gespräch mit ihm. Aus Gründen, auf die ich noch zu sprechen komme, glaubte ich, er könnte mir etwas von entscheidender Wichtigkeit mitteilen. Und das war auch so. Er sagte, in der Nacht, in der Elizabeth starb, sei ihr Geist in seinem Zimmer erschienen.«

»Geister?«, sagte Miss Cavendish gereizt. »Wir werden es

doch jetzt nicht wieder mit dem Übernatürlichen zu tun bekommen?«

»Nein. Er nahm an, dass es ihr Geist war, weil er am nächsten Morgen erfuhr, dass sie tot war, und weil – hören Sie gut zu – ›ihr Gesicht totenbleich war‹. Das sind seine eigenen Worte. Ich möchte, dass Ihnen das ganz klar ist. Zu diesem Zeitpunkt dachte er nicht daran, dass seine Besucherin nicht die Elizabeth aus Fleisch und Blut war. Er hatte keine Angst. Sie kam einfach in sein Zimmer, sah sehr traurig aus, beugte sich über sein Bett – er tat so, als schliefe er –, und dann ging sie wieder. Nun wäre es für einen Jungen unter diesen Umständen normal gewesen, mit ihr zu reden. Ich habe ihn also gefragt, warum er es nicht getan hat. Er konnte es mir nicht wirklich erklären, aber ich hatte das Gefühl, dass er von ihrer Erscheinung eingeschüchtert war – Sie wissen ja, wie Kinder auf den heftigen emotionalen Konflikt eines Erwachsenen reagieren: Sie ziehen sich zurück und werden mucksmäuschenstill. Deswegen hat er so getan, als würde er schlafen.«

»Aber warum hat der Junge das nicht der Polizei erzählt? Das verstehe ich einfach nicht«, sagte Hereward.

»Sie haben ihn gefragt, ob er in der Nacht irgendwen an seiner Tür vorbeigehen hörte. Sie wissen ja, wie wörtlich Kinder alles nehmen. Er hatte niemanden *an der Tür vorbeigehen* hören. Außerdem war dieser mitternächtliche Besuch wie gesagt etwas, das er instinktiv für sich behalten würde. Ich selbst wäre im Traum nicht darauf gekommen, wäre da nicht etwas gewesen, das mir meine Frau erzählte. Die Kinder haben mit ihr über Geister geredet. Priscilla hat irgendwie von der Geschichte mit Scribbles im Bischofszimmer erfahren. Georgia hatte das Gefühl, dass John, den dieses Thema nervös machte, nichts davon wusste – dass er aber einen anderen ›Geist‹ im Kopf hatte. Und nachdem Miss Cavendish mir neulich Nacht noch etwas anderes erzählt hatte, gelang es mir, es aus ihm herauszulocken.«

»Etwas, das *ich* Ihnen erzählt habe?« Clarissa blickte ihn überrascht an.

»Ja. Wir sprachen über das Mitempfinden zwischen Andrew und Betty. Als wären sie Zwillinge. Sie erzählten mir, dass Andrew, als sie Kinder waren, immer wenn Betty einen Albtraum hatte, davon aufwachte und in ihr Zimmer kam, um sie zu trösten.«

Charlotte entfuhr ein plötzlicher Ausruf.

»Ja?«, sagte Nigel aufmunternd.

»Was Sie andeuten wollen, ist, dass Andrew Bettys Todesqualen gespürt hat. Er ging hinein und fand sie – erhängt.«

»Aber, verdammt, die Tür war doch verschlossen«, wandte Hereward ein.

»Ja, die Tür *war* verschlossen. Jedenfalls um 23 Uhr 30. Aber Andrew war so unvorsichtig zuzugeben, dass er ganz geschickt sei im Öffnen von Schlössern. Fahren Sie fort, Mrs Restorick.«

Ihre schlauen Augen ruhten auf Nigel. »Das hat mich schon damals irritiert. Als wir Betty an jenem Morgen fanden, war Andrew so besonnen und souverän. Er hat sich um alles gekümmert. Ich habe mich gefragt, wie er das schafft, wo er Betty doch so sehr liebte. Es hätte der Schock sein können ... Aber wenn er natürlich schon in der Nacht in ihrem Zimmer war und sie gesehen hat ... Ich hatte befürchtet«, fuhr sie unsicher fort, »befürchtet, er wäre es gewesen, der ... aber jetzt, wo Sie eine andere Erklärung geliefert haben, warum er in ihr Zimmer ging …«

»Sie sind schon ziemlich dicht an der Wahrheit dran. Aber das ist noch nicht die ganze Wahrheit. Es hätte mir schon viel früher merkwürdig vorkommen müssen, dass Andrew die Situation so gut unter Kontrolle hatte, aber …«

»Noch nicht die *ganze* Wahrheit?«, rief Charlotte und warf Nigel einen eindringlichen Blick zu. »Sie wollen doch nicht immer noch behaupten, dass Andrew …«

Nigel öffnete gerade den Mund, um zu antworten, als sie alle durch einen Schrei von oben und dem Geräusch von Füßen, die die Treppe herunterstürmten, aufgeschreckt wurden.

»Daddy! Daddy!«, schrie John. »Komm schnell. Da ist jemand im Schneemann.«

»Verdammt!«, rief Nigel. »Da wurde er also versteckt. Was für ein Narr ich doch bin. Direkt vor unserer Nase.«

Hereward verließ das Zimmer und befahl den Kindern, nicht nach draußen zu gehen. Eunice Ainsley flüsterte mit zitternden Lippen:

»O Gott! Der arme Andrew! Und ich war dabei, als er ihn baute. Das reicht. Noch mehr ertrag ich nicht.«

Nigel, der an der Tür stand, drehte sich zu ihr um. »Das ist nicht Andrew in dem Schneemann. Es ist Dr. Bogan …«

Nach dem Mittagessen versammelte er sie erneut im Gesellschaftszimmer. Die Polizei war gekommen und wieder gegangen, die Leiche fortgebracht worden. Das ausdruckslos aus dem Schneemann starrende Gesicht des verbrecherischen Doktors, dessen schmutziger Bart das Seil um seinen Hals verdeckte, quälte Nigel.

»Ja«, sagte er, »Andrew hat Bogan getötet. Ich hätte wissen

müssen, wo er ihn versteckt hat. Der Mord war geplant und das Versteck schon ausgeguckt. Deswegen hat Andrew John ein Luftgewehr aus London mitgebracht. Der Schneemann stand unter dem Fenster des Kinderzimmers, und von dort aus schießt John auf die Vögel. Die Vögel waren während des großen Frosts sehr hungrig, und Andrew wollte sie fernhalten von dem, was in dem Schneemann steckte.«

Charlotte Restorick erschauderte. Ihr strenges, schönes Gesicht verfinsterte sich vor Entsetzen.

»Andrew«, flüsterte sie. »Aber warum …«

»Andrew versteckte Bogan in dem Schneemann, um Zeit zu gewinnen. Er wollte das Land verlassen und arrangierte die Dinge geschickt so, dass wir denken mussten, er sei selbst ermordet worden, und die Suche daher auf Bogan konzentrierten.«

»Wie lange wussten Sie das schon?«, fragte Will Dykes.

»Es drängte sich mir nach und nach auf. Zu viele Dinge sprachen dagegen, dass Bogan Andrew getötet hat. Wie hätte Bogan das Schlafpulver in die Ovomaltine mischen können? Warum war Andrews Raum so verwüstet? Andrew hat es natürlich selbst getan, um den Verdacht noch stärker auf Bogan zu lenken. Wie konnte Bogan von dem dritten Garagenschlüssel wissen? Dem, der an der Hintertür hing? Sie, Mr Restorick, sagten mir, dass er ein schlechter Fahrer gewesen sei und immer jemanden gebeten habe, seinen Wagen in Ihre Garage und wieder hinauszufahren, weil das Manövrieren dort kniffflig ist. Ich habe die Dienstboten gestern Morgen befragt. Sie und Ihr Chauffeur haben ausgesagt, dass Bogan sich nie nach diesem Schlüssel erkundigt hat. Wie hätte er also dann die Garagentür aufschließen können, da Sie und der Chauffeur ja die beiden anderen Schlüssel hatten? Ein weiterer Punkt. Warum sollte Bogan so viel Zeit vergehen lassen zwischen der Attacke auf den Constable und dem Wegfahren?«

»Aber Robins sagte uns doch, dass Bogan der Mann war, der ihn niedergeschlagen hat«, wandte Hereward ein.

»Nein, das hat er nicht. Er sagte, er habe den Bart des Angreifers gestreift. Denselben Bart, der übrigens in Ihrem Kostümschrank fehlt, trug Andrew während der Scharade als böser Onkel. Es war ein dichter, gewaltiger schwarzer Bart, der leicht so zurechtgestutzt werden konnte, dass er Bogans ähnelte.«

»Dann hat Andrew diese Zeit also damit verbracht, den Schneemann zu zerlegen und um ... um den Mann, den er ermordet hat, wieder aufzubauen«, sagte Eunice. »Oh, ich kann es nicht glauben! Es ist mir unbegreiflich, wie er das tun konnte.«

»Andrew war außergewöhnlich feinfühlig und geschickt mit seinen Händen. Es hatte schon angefangen zu schneien, als Bogan eintraf, was mit etwas Glück die Spuren auslöschen würde, die er um den Schneemann herum hinterlassen würde. Ob er von Anfang an geplant hatte, den Schneemann zu benutzen, kann ich natürlich nicht sagen. Aber Johns Luftgewehr deutet darauf hin. Und selbst wenn es nicht geschneit hätte, war der Schnee um den Schneemann herum schon vorher mit Spuren übersät.«

»Ich verstehe nicht, warum wir nicht bemerkt haben, dass der neue Schneemann größer als der alte war«, sagte Charlotte. »Er muss doch größer sein, oder?«

»Der Schneemann hat schon so lange dort gestanden, dass er eine vertraute Gestalt war. Sogar die Kinder hatten aufgehört, mit ihm zu spielen. Und der frische Schneefall rechtfertigte, dass er massiger und unförmiger wirkte. Wir können Andrews Bewegungen in der Nacht also rekonstruieren: Er mischt das Schlafpulver in die Ovomaltine oder den Zucker, sodass im ersten Stock niemand aufwacht, und er verwüstet sein Schlafzimmer. Er klebt sich den Bart an, setzt den Constable außer Gefecht und bringt ihn in den Heizkeller. Dann geht er in Bogans Zimmer, erwürgt ihn im Schlaf, packt Bogans Sachen in seinen Koffer, versteckt die Leiche im Schneemann und fährt weg.«

»Und warum fuhr er den Wagen in die Schneeverwehung?«, unterbrach Hereward ihn. »Andrew ist ein guter Fahrer, ich kann mir das bei ihm also nicht so recht vorstellen.«

»Das war ein weiteres raffiniertes Detail in dem Bild von Bogan als Flüchtiger - Bogan, der schlechte Autofahrer. Die nächste Station dieses Flüchtigen ist der Endbahnhof in London. Er kauft eine Fahrkarte. Tja, ich frage Sie, wenn es Bogan gewesen wäre, hätte er auf so auffällige Weise auf sich aufmerksam gemacht? Wohl kaum. Aber Andrew schon. Sein gebräunter Teint sah in dem schwach beleuchteten Bahnhof fahl aus, und mit dem Bart und einem vermeintlichen Buckel entsprach er ohne Weiteres der Beschreibung, die die Polizei dem Schaffner gegeben hat. Diese Sache am Bahnhof ließ mich zum ersten Mal daran denken, ob nicht jemand sich als Bogan ausgegeben hat.«

Will Dykes runzelte die Stirn. »Glauben Sie, dass meine vermeintliche Verhaftung Andrew zum Handeln zwang? Aber warum? Ich sehe da keinen Zusammenhang. Warum sollte ihn das dazu bringen, sich Bogan vom Hals zu schaffen?«

»Das ist ein sehr wichtiger Punkt. Sehen Sie, Andrew muss gewusst haben, dass Ihre Verhaftung nicht echt war.«

»Aber ich dachte, alles hinge davon ab …«

»Wenn die Polizei Sie wirklich verhaftet hätte, hätte es am nächsten Morgen in der Zeitung gestanden. Der Restorick-Fall hat trotz des Kriegs großes Aufsehen erregt. Andrew las Zeitung, nehme ich an?«

»Natürlich«, sagte Charlotte.

»Es stand nichts davon in der Zeitung. Also war Dykes nicht verhaftet worden. Aber Andrew führte seinen Plan, Bogan zu töten, dennoch aus. Sein Motiv kann daher nichts damit zu tun haben, einem Unschuldigen den Prozess zu ersparen. Verstehen Sie, was uns die ganze Zeit in die Irre führte, war unsere Annahme, Andrew hätte Beweise dafür, dass Bogan Elizabeth ermordet hatte. In Wirklichkeit …«

Charlotte Restorick fiel ihm ins Wort, mit heiserer, unsicherer Stimme, die sie verzweifelt zu kontrollieren versuchte. Sie sprach aus, was alle dachten.

»Bitte, Mr Strangeways. Ich bitte Sie, spannen Sie uns nicht länger auf die Folter. Was Sie sagen wollen, ist, dass es genau umgekehrt war, oder? Dass Bogan Beweise gegen Andrew hatte und daher sterben musste? Dass Andrew Betty getötet hat?«

Im Raum herrschte tiefe Stille. Alle starrten Nigel mit quälender Angst an, als wäre er gekommen, um ihnen das Ergebnis einer schwereren Operation mitzuteilen, die an einer ihnen teuren Person durchgeführt werden musste. Nigel blickte Charlotte Restorick lange und ernst an.

»Nein«, sagte er schließlich. »Nein, Mrs Restorick, Andrew hat Elizabeth nicht getötet.«

Will Dykes brach das verblüffte Schweigen. »Aber das ist ja fantastisch. Wollen Sie uns damit sagen, dass es keinen Zusammenhang gibt zwischen Bogans Tod und Elizabeths?«

»Nein. Es gibt einen Zusammenhang. Lassen Sie mich Ihnen in Erinnerung rufen, was John mir erzählte – über Elizabeths Besuch in seinem Zimmer in jener Nacht. Über ihre Blässe und ihre Traurigkeit. Sie war totenbleich im Mondlicht, sagte er. Ich befragte ihn sehr eindringlich, aber er blieb dabei. Aber als wir sie fanden, war ihr Gesicht geschminkt. Verstehen Sie nicht?«

Sie blickten einander kopfschüttelnd an.

»Dann gebe ich Ihnen noch einen anderen Hinweis. Als das Hausmädchen sie in jener Nacht verließ, schminkte Betty sich gerade ab und wirkte ›aufgeregt‹. Das und die Ereignisse danach ließen uns glauben, dass sie einen Liebhaber erwartete; dass sie sich abschminkte, um das Mädchen zu täuschen. Aber – verstehen Sie nicht? – wenn sie wirklich einen Liebhaber erwartete, wäre doch das Letzte, was sie täte, mitten in der Nacht ins Kinderzimmer zu gehen, mit einem so traurigen Gesicht, als würde ...«

»Als würde ...« Will Dykes Worte schienen, gegen seinen Willen, aus der Tiefe seines Herzens zu kommen. »Als würde sie sich von den Kindern verabschieden.«

»Sich von den Kindern verabschieden«, echote Nigel. »Ja. Genau das *tat* sie. *Es war das Letzte, was sie tat, bevor sie sich erhängte.*«

Sie saßen da in fassungslosem Schweigen. Schließlich fand Hereward seine Stimme wieder. »Sich erhängte? Aber Sie sagten uns doch, dass es ein als Selbstmord inszenierter Mord war? Alle haben das gesagt.«

»Ja, es war sehr schlau gemacht. Aber genau das Gegenteil ist wahr. Ein als Mord inszenierter Selbstmord. Sogar Bogan hat manchmal die Wahrheit gesagt. Sie erinnern sich, dass er uns erzählt hat, Elizabeth hätte ihm gegenüber so etwas wie Selbstmord angedeutet: ›Ich nehme an, dass du froh sein wirst, eine hysterische Frau weniger zu haben, um die du dich kümmern musst‹?«

»Ich kann nicht glauben«, bemerkte Clarissa scharf, »dass Betty sich das Leben nehmen wollte. Sie war kein Feigling.«

»Sie hätte es nicht ihretwegen getan. Da stimme ich Ihnen zu. Aber es ging um mehr. Die Kinder. Deswegen ging sie zu ihnen, um sich zu verabschieden. Deswegen hat sie auf das Hausmädchen einen ›aufgeregten‹ Eindruck gemacht. Es war mehr als Aufregung. Es war das Hochgefühl eines Menschen, der kurz davor steht, eine rein altruistische Handlung zu vollziehen.«

»Wie? Altruistisch? Ich kann nicht folgen«, sagte Hereward. »Sie meinen, sie hat sich für die Kinder geopfert?«

»Genau das. Aber vermutlich war sie auch in anderer Hinsicht am Ende. Ich bezweifle, dass wir es jemals sicher wissen werden, aber wahrscheinlich glaubte sie, Bogan hätte sie in seiner Gewalt; teilweise durch die Hypnose, teilweise durch die Kontrolle ihrer Drogensucht. Worauf Bogan aus war, werden wir vermutlich auch nie erfahren. Vielleicht wollte er sie als seine Geliebte, vielleicht war es nur seine bösartige Lust daran, die Seele eines Menschen zu quälen. Wie auch immer, für mich besteht kein Zweifel daran, dass der entscheidende Augenblick für sie gekommen war, als er drohte, John und Priscilla zu verderben. Die Marihuana-Geschichte macht das ziemlich deutlich.«

»Ich verstehe das nicht«, sagte Charlotte. »Warum hat sie ihre Verbindung zu ihm nicht einfach abgebrochen und uns erzählt, was er den Kindern antun wollte?«

»Erstens, weil sie vielleicht wirklich geglaubt hat, dass sie ihm durch die Hypnose ausgeliefert war. Zweitens, weil niemand außer ihrer Familie – und vielleicht nicht einmal die – dem Wort einer neurotischen, labilen Drogensüchtigen eher geglaubt hätte als dem eines angesehenen Arztes. Sie hatte keinen *konkreten* Beweis gegen ihn, verstehen Sie. Wenn sie versucht hätte, ihn bloßzustellen, hätte er einfach behaupten können, es handele sich um krankhafte Wahnvorstellungen. Und vor allem hatte sie Todesangst vor Bogan. Sie wusste, dass er sich, selbst wenn es ihr gelänge, ihn bei ihrer Familie in Misskredit zu bringen, früher oder später rächen würde.«

»Jetzt verstehe ich«, sagte Dykes. »Sie musste sich Bogan ein für alle Mal vom Hals schaffen. Daher tötete sie sich auf eine Weise, die ihn als ihren Mörder dastehen lassen würde.«

»Oh nein. So war es nicht. Sie lassen die Beweise zu sehr außer Betracht. Nein, sie erhängte sich und hinterließ einen Abschiedsbrief, der Bogan die Verantwortung für ihren Selbstmord zuschob. Bogans Ruf hätte alle Angriffe einer neurotischen Patientin überstanden, aber er würde *nicht* die polizeilichen Ermittlungen überstehen, die der Selbstmord einer seiner Patientinnen unweigerlich nach sich ziehen würde.«

»Einen Augenblick«, sagte Hereward. »Das kann nicht sein. Es gab keinen Abschiedsbrief. Wir haben keinen gefunden.«

»Nein. Andrew hat ihn zerstört – oder zumindest mitgenommen.«

Hereward starrte ihn an.

»Ah, jetzt verstehe ich, was Sie mit dem Mitempfinden zwischen den beiden armen Kindern meinten«, sagte Clarissa.

»Ja. Die körperliche Qual, die extreme emotionale Unruhe, die Betty empfand, als sie sich tötete, übertrug sich auf Andrew, wie ihre Albträume, als sie Kinder waren. Er wachte auf, ging zu ihrem Zimmer, aber die Tür war verschlossen, und er bekam keine Antwort, als er sie rief. Also knackte er das Schloss, ging hinein und fand ihre Leiche und den Abschiedsbrief. Er las ihn und wusste nun, dass sein Verdacht gegen Bogan gerechtfertigt war. Miss Cavendish und ich hatten ein paar lange Gespräche über Andrews Charakter. Ich will darauf jetzt nicht näher eingehen, nur sagen, dass das, was sie mir über ihn erzählte, meine Annahme bestätigte, dass das, was Betty in Amerika zugestoßen ist, seinen Geist dauerhaft zerrüttet hat. Worauf ich hinaus will: Als er seine Schwester tot vorfand und den Abschiedsbrief las, verschärfte das nur noch seine Todfeindschaft mit Bogan, die schon seit Jahren existiert hatte.«

»Sie meinen, Bogan war tatsächlich Engelman – der Mann, der Betty ruiniert hat?«, fragte Charlotte.

»*Und* auch Andrews Leben. Ja. Er hat uns gegenüber zugegeben, dass er dachte, in Bogan den damaligen Marihuana-Lieferanten erkannt zu haben. Klugerweise hat er nie zu verhehlen versucht, dass er Bogan verdächtigte und nicht ausstehen konnte. Er betonte seinen Hass, einfach weil er wusste, dass es ihm unmöglich sein würde, ihn zu verbergen. Ich bin überzeugt, dass er Bogan schon bei ihrer ersten Begegnung wiedererkannt hat. Man vergisst einen Mann nicht, mit dem man sich geprügelt hat, einen Mann, der einen derart verletzt hat. Das kleine Spielchen mit Scribbles und die

Inszenierung während der *Babes-in-the-Wood*-Scharade waren Versuche herauszufinden, was Bogan mit Betty im Schilde führte. Und ein wenig tat er es wohl auch, um Bogan zu verunsichern. Bettys Tod gab Andrew dann die Gelegenheit und auch die Rechtfertigung, sich an Bogan für die Verletzungen zu rächen, die er ihnen zugefügt hatte.«

»Dann hat also Andrew ihren Tod wie Mord aussehen lassen?«, fragte Will Dykes.

»Ja. Er hat alles entsprechend arrangiert. Er nahm ihren Körper ab und zog ihn dann an dem Seil wieder hoch, sodass wir, als wir das Seil untersuchten, glauben mussten, ihr Mörder hätte sie auf diese Weise hochgezogen. Dann veränderte er ein paar Dinge im Zimmer - vergessen Sie nicht, dass es sein Ziel war, es wie einen Mord aussehen zu lassen, den der Verbrecher als Selbstmord zu inszenieren versucht hatte. Das brillanteste und makaberste Detail, das er diesem Bild hinzufügte, war das Schminken ihres Gesichts.«

»Mein Gott!«, rief Hereward.

»Ja. Ziemlich grausig. Ich habe damals bemerkt, dass ihr Mund nicht ganz perfekt geschminkt war. Andrews Nerven haben ihn dann wohl doch ein bisschen im Stich gelassen; aber ich habe dem keine große Beachtung geschenkt. Er verschloss die Tür von außen mit der Stift-und-Schnur-Methode - ein weiterer klarer Hinweis darauf, dass es Mord war - und entfernte sich mit dem Abschiedsbrief. Danach hielt er sich ruhig, aber nicht völlig untätig, im Hintergrund. Natürlich war er es, der die verbrannten Papiere in Bogans Kamin platzierte. Aber die Polizei verhaftete Bogan immer noch nicht. Und Bogan, der scharfsinnig erkannt hatte, was da vor sich ging und wer dahintersteckte, beschloss, selbst aktiv zu werden. Er platzierte einen Faden der Quaste von Dykes Morgenrock in Bettys Zimmer. Er musste den Verdacht von sich ablenken, durfte uns gegenüber aber nicht andeuten, dass Andrew versuchte, ihm etwas anzuhängen, denn damit hätte er all seine eigenen Katzen aus dem Sack gelassen. Andrew brachte in der Zwischenzeit eine Theorie über die Beziehung zwischen Bogan und Elizabeth vor, die der Wahrheit ziemlich nahe kam. Ganz unauffällig lieferte er uns damit ein Motiv, warum Bogan sie getötet hatte. Aber wir verhafteten Bogan *noch immer* nicht. Also inszenierte Andrew die etwas unbeholfene Aktion mit der vergifteten Milch. Er hoffte, wir würden das als Bogans Versuch interpretieren, auch ihn zum Schweigen zu bringen. Aber die Sache klappte nicht so, wie er sich das gedacht hatte. In Wirklichkeit lenkte er damit die Aufmerksamkeit der Polizei auf Mr und Mrs Restorick.«

»Wie bitte? Sie meinen, die Polizei hat tatsächlich …?«, begann Hereward empört.

»Natürlich hat sie das, mein Lieber«, sagte Charlotte. »Fahren Sie fort, Nigel.«

»Bogan war jetzt auf der Hut vor Andrew. Daher reagierte er, indem er etwas von der vergifteten Milch in das Kännchen goss. Es war ein ziemlich heftiges Duell, das da hinter der Bühne stattfand, glauben Sie mir – Bogan versuchte vorauszuahnen, was Andrew als Nächstes tun würde, und Andrew umkreiste Bogan auf der Suche nach einem weiteren Schwachpunkt, während beide gleichzeitig aufpassen mussten, nicht ins Visier der Polizei zu geraten. Andrew hatte seinen Spaß, dessen bin ich mir sicher. Aber er machte einen Fehler. Er war viel zu schlau, um die Beschuldigung von

Bogan zu übertreiben, aber er untermauerte sie auch nicht genug. Nach einer Weile wurde ihm das klar, aber da war es schon zu spät, um noch weitere Beweise zu fabrizieren. Das Problem war natürlich, dass Bogan – falls er vorgehabt hatte, Betty zu töten – sehr viel zuverlässigere Mittel an der Hand gehabt hätte als dasjenige, dessen Einsatz Andrew uns glauben machen wollte. Und genau das war es auch, was uns die ganze Zeit zu schaffen machte.«

»Moment mal«, sagte Will Dykes. »Sie haben Andrew und mir in Ihrer Wohnung gesagt, dass die Polizei Bogan wegen seiner illegalen Aktivitäten auf der Spur war – Erpressung, Drogenhandel und so weiter. Ich frage mich, warum Andrew es nicht dabei belassen konnte. Es war doch absehbar, dass Bogan eine lange Haftstrafe vor sich hatte, die seine Karriere ruinieren würde.«

»Ja. Aber das war Andrew nicht genug. Er wollte die Schlange tot sehen, nicht nur ruiniert. Teils aufgrund seines persönlichen Hasses, teils aufgrund einer echten und vermutlich auch berechtigten Angst, dass Bogan, wenn er am Leben bleiben würde, sich früher oder später rächen würde – und zwar nicht nur an Andrew selbst, sondern auch an John und Priscilla. Als daher klar war, dass Bogan nicht wegen Mordes verhaftet werden würde, beschloss Andrew, das Gesetz selbst in die Hand zu nehmen. Dykes vermeintliche Verhaftung beschleunigte diesen Prozess zweifellos. Zwar muss Andrew sehr schnell erkannt haben, dass es eine Täuschung war, als nichts darüber in der Zeitung stand. Aber da war er schon zu sehr in den Gedanken verliebt, sich eigenhändig an Bogan zu rächen, indem er ihn tötete. Oder wie Clarissa es mir gegenüber ausdrückte: Andrew war ein von Furien getriebener Mann.«

Es trat ein langes Schweigen ein, wie das erschöpfte Schweigen der Rekonvaleszenz. Sie werden sich alle davon erholen, dachte Nigel; sogar Will Dykes, er vielleicht ganz besonders, denn er trägt das schöpferische Prinzip am stärksten in sich. Sie konnten hören, wie der Schnee über das Dach glitt, platschend herabfiel und zu musikalischen Rinnsalen schmolz. Nigel blickte durch die französischen Fenster über die Terrasse hinweg auf die flache Landschaft dahinter, die Wälder und Wiesen, durch die einst zwei Kinder spaziert waren, unzertrennlich. Die Welt hatte sich zwischen sie gedrängt, doch der Tod hatte sie wieder vereint. Er summte die Melodie von *The Enniskilling Dragoon* vor sich hin:

Und hell war ihr Lachen, wie die Sonne über dem Meer,
Bis das Gewicht der Welt zwischen sie und mich trat.

Wie ging es weiter? Die zweite Strophe?

Oh, was kann ein Mann machen, wenn die Welt sein Feind ist
Und die Blicke ihrer Völker wie Schnee auf ihn fallen,
Als kühn die Stirn zu runzeln und weit zu reisen,
Um sein Glück zu suchen und Ruhm zu finden im Krieg?

Als würde er Nigels Gedanken fortsetzen, flüsterte Will Dykes: »Ich bin irgendwie froh, dass es kein Mord war. Dass Betty nicht ermordet worden ist, ich weiß nicht, warum. Doch, ich weiß es. Sich selbst zu töten – das war ein freiwilliger Akt, auch wenn der arme Liebling halb verrückt war, als sie es tat. Aber ermordet zu werden, aus dem Leben gestoßen zu werden – nein, das wäre nicht das richtige Ende für sie gewesen. Das wäre ganz und gar falsch gewesen – als würde man eine Prinzessin aus ihrem Palast werfen. Nicht dass ich sonderlich viel von Palästen halten würde. Ach ja, sie hat es hinter sich.«

»Aber Andrew nicht«, sagte Clarissa. »Was wird mit Andrew geschehen?«

»Das werden wir nie erfahren«, sagte Hereward mit unerwarteter Herzlichkeit. »Er ist zu schlau für sie. Der alte Andrew hatte immer schon Köpfchen.«

»Ja, ich wage zu behaupten, er ist entkommen. Er hatte genug Zeit, während die Polizei hinter Bogan her war. Und da er sich auskennt in der Welt, wird er eine Möglichkeit finden, aus dem Land zu kommen, selbst in Kriegszeiten. Aber wir werden von ihm hören. Er ist kein Mann, der zulässt, dass jemand anderer für den Mord an Bogan vor Gericht gestellt wird.«

Und so war es dann auch. Ein paar Tage später erhielt Blount einen in Spanien aufgegebenen Brief von Andrew, der einen vollständigen Bericht über Bettys Selbstmord und den Mord an Bogan enthielt. Nigel hatte diese Ereignisse mit äußerster Präzision rekonstruiert, wie sogar der Chief Inspector zugeben musste.

»Das war schon ein ziemlich grober Schnitzer, der uns da am Anfang unterlaufen ist«, sagte er. »Immerhin *gab* es keine Anzeichen von Gewalt auf dem Körper, abgesehen vom Abdruck des Seils am Hals. Wir hätten uns die Selbstmord-Theorie nicht so schnell von ihm ausreden lassen dürfen.«

Nigel blickte vom letzten Absatz des Briefs auf und nickte gedankenverloren. Dann las er ihn noch einmal.

»Es ist schon merkwürdig, was für einen Hang zum Melodramatischen die Rache doch hat. Ich nehme an, es ist ziemlich billig und banal, aber ich kann einfach nicht anders, als eine lebhafte Befriedigung darüber zu empfinden, dass dieser Teufel mit seinem eiskalten Herzen und seinem ›Schnee‹ sein Ende in einem Schneemann gefunden hat, obwohl ich zugeben muss, dass es Pragmatismus war und keine künstlerische Geste, der mich dazu veranlasste, ihn darin zu verstecken ... Ich sage allen Lebewohl. Ich werde mich nicht ›der Justiz übergeben‹, sondern ein produktiveres Ende suchen für ein arg unproduktives Leben. Wenn Sie diese Zeilen lesen, werde ich in Deutschland sein - ich kenne Mittel und Wege, um hineinzukommen. Dort werde ich so viel Schaden anrichten, wie ich kann, bevor sie mir auf die Schliche kommen. Ich habe Freunde, die mich dabei unterstützen werden. Salud.«